剣と魔法とナノマシン⑨

砂原に沈む太陽

ベニサンゴ 著
イラスト　刕田恭

いずみノベルス

キャラクター紹介

ララ

星の海から落ちてきた科学の申し子

イール

経験豊富な隻腕の傭兵

ロミ

才能あふれる武装神官

レイラ

捉え所のない神殿長

ヨッタ

将来有望なダークエルフの魔導技師

マレスタ

深謀遠慮を巡らせる騎士団長

ララ
星の海から落ちてきた科学の申し子
冷凍睡眠状態で宇宙航行中、謎の事故によって見知らぬ世界へ迷い込んだ少女。幼い外見ながら頭脳明晰で、体内には強力な身体機能拡張装置であるナノマシンを宿す。これまでの常識の通用しない剣と魔法のファンタジー世界を前に、絶望することなく探究心を光らせる。

イール
経験豊富な隻腕の傭兵
ララが初めて出会った異世界の人物。長い赤髪と禍々しく変化した左腕が特徴の女傭兵。左腕は〝邪鬼の醜腕〟と呼ばれる呪いに侵されており、体内の魔力を根こそぎ奪う代わりに尋常ならざる力を与える。愛馬のロッドと共に腕を治すため度をしていたが、最近はうまく使いこなしている様子。

ロミ
才能あふれる武装神官
キア・クルミナ教の敬虔な信徒で、各地を旅して回る武装神官。年若く神官としてはまだ見習いを脱したばかりだが、類稀なる魔法の才と莫大な魔力量で他者を圧倒する。普段は寝起きの悪い、穏やかな性格の少女。ララ達と旅を共にするようになってからは、振り回されることも多い。

レイラ
捉え所のない神殿長
辺境随一の大都市であるヤルダの神殿長を務める赤髪の女性。ロミの師匠でもあり、神殿内外に強い力を発揮する実力者。普段はいい加減なように見えて、実際のところは深遠な知略を巡らせる。――しかし、実際わりとだらしない所もある。

テトル
姉一筋の天才少女
ヤルダ評議会直属の秘密組織〈壁の中の花園〉を取り仕切る少女。イールの実の妹であり、彼女のことを強く深く強烈に敬愛している。古代遺失技術の復元が専門であり、扱いによっては甚大な被害も凄まじい恩恵ももたらすそれを研究するため、ヤルダの神殿ひいてはレイラとも協力関係にある。未知の技術の塊であるララにも、強い憧憬を抱く。

サクラ
丸くて可愛いララの忠臣
ララによって魔改造が施された人工知能。元々は、宇宙船の制御を担当していた。その本体はカミシロの地に埋もれた巨大なコンピュータだが、子機を用いてララたちの旅に付き従っている。おしゃべりな性格でララを困らせることも多いが、彼女にとってもかけがえのない忠実な相棒。

ヨッタ
将来有望なダークエルフの魔導技師
砂漠のオアシスで出会ったダークエルフの少女。魔導技師として砂漠各地の集落を巡り、魔導具の修理を生業としている。若く聡明で、人当たりも良い。独り立ちするまでは師匠の下で修行を積んでいたが、その技術や仕事振りを尊敬しているものの立ち振る舞いには色々と鬱憤も溜まっている様子。

マレスタ
深謀遠慮を巡らせる騎士団長
ディスロの治安維持を司る自警組織、赤銅騎士団のリーダー。冷静沈着な女性で、荒々しいディスロの住民をまとめ上げる手腕を持つ。最近は、新たに町へ入ってきた〈錆びた歯車〉の一団に頭を悩ませている。

夘田恭
イラスト ベニサンゴ
砂原に沈む太陽
剣と魔法とナノマシン 9
impress

第一章　砂漠の都市

数日ぶりに晴れ間の見えた草原を濃緑色のモービルが駆け抜ける。深い溝を走ったタイヤが水を含んだ土を蹴り上げ、後方に弾き飛ばす。旅人の往来で禿げた街道に、二筋の轍《わだち》を刻んでいく。

「雨が止むと、走り甲斐もあるな」

そんなモービルと併走しているのは、逞しい体躯の駿馬である。鞍に荷物を提げ、その上に鎧を着た長身の女性を乗せてなお、軽快に蹄《ひづめ》を鳴らして濡れた草原を駆けている。

手綱を握った女性——イールは楽しげに赤い髪を振り乱しながら、胸元のペンダントに向かって語りかけた。

『プラティクスを出発してからここまで、あんまり天気よくなかったもんね。足下ぬかるんでるけど、ロッドは大丈夫なの？』

彼女の声に反応して、ペンダントから少女の少しくぐもった声が響く。イールは隣を走るモービルの運転席に視線を向けて、にやりと口角を上げた。

「これくらい、ロッドなら余裕だ。むしろ久しぶりに走れて嬉しがってるよ」

彼女の声に賛同するように、ロッドは一つ嘶《いなな》く。

モービルの運転席からそれを見た銀髪の少女、ララも目を細めた。彼女の視線の先で、イールは手綱を振る。乾いた音が鳴り、ロッドはさらに力強く大地を蹴った。

「二人とも、楽しそうですねぇ」

ロッドを追って、ララもアクセルを深く踏み込む。エンジンが唸りを上げてさらに回転を加速させた。

後方へ流れていく景色を見ながら、モービルの後部座席に身を沈めたロミは眉を下げた。彼女は馬車よりも速い快適な旅程にだらけきっており、走りの楽しさはあまり響いていない様子だった。

ララのモービルは優れた走行性能を発揮しており、泥濘《ぬかるみ》つつも大きな石の埋まった悪路も問題なく走破している。

さらに強力な懸架装置によって地面の凹凸《おうとつ》はまったく感じられない。まるで宙に浮いて滑るように走る車内で、ロミは優雅に飲み物を楽しむ余裕すらあった。

「きゃあっ⁉」

しかし、突然車体が大きく揺れ、車輪の回転が止まる。水筒の栓を開けていたロミは、顔面に水を浴びて柔らかな金髪から水を滴らせた。

突然なモービルの挙動にララも驚いた様子で目を見開き、無残な姿になっているロミにバックミラー越しに謝った。

「ご、ごめんなさい。ブレーキは踏んでないんだけど……」

『ララ様、スピードを出し過ぎです』

戸惑うララの代わりに答えたのは、運転席の隣に据えられた銀色の球体だった。表面のランプがピコピコと小刻みに明滅している。

「ちょっとサクラ！ 急ブレーキの方が危ないでしょう」

『安全装置が自動的に発動しただけです。法定速度をいちじるしく超過していました』

「法定速度って……。そんなので取り締まるやつがどこにいるのよ」

無機質な声で戒める自立型支援AI端末に、ララは唇を尖らせて反論する。彼女の母星では整備された道路が地面を覆い、その上では速度の上限が定まっていた。しかし、ここは彼女も知らない未知の惑星だ。そのような規則が効力を発揮する理由もない。

『捕まるか、捕まらないかが問題ではありません。荷台には精密機器も積んでいるのですから』

拗ねる娘を諭す母親のようにサクラが言う。

ララがハンドルを握るモービルの荷台には、彼女が集めた宇宙船のパーツが搭載されている。モービルの車体と一体化している〝精密作業工作室《ファクトリー》〟は当然のこと、動力源となっている〝ブルーブラストエンジン〟も万が一破損すれば大惨事だ。

「ちょっとやそっとの事で壊れるほど、柔な作りはしてないわよ」

『そういう話ではありません』

『そーそー！ 私たち、セーミツキカイなんだし、テーチョーに扱ってよね☆』

サクラに便乗して、また別の声が車内に響く。サクラの筐体に隣り合って置かれたキューブから光が放たれ、ワンピース姿の少女のホログラムがあらわれた。

それを見たララはさらにげんなりとする。

「レコは結局その人格以外受け付けなくなってるし。ＡＩなのに自我が強すぎるのよ、あんたたち」

その少女はララたちが先日まで滞在していた町で回収した、大型記録装置〝情報収集保管庫《ライブラリー》〟の支援ＡＩだ。主人《ララ》が他の人格モジュールをインストールしようと画策したのだが、それをことごとくを退け、未だに自由奔放かつ適当な性格を固持している。

「そもそも、レコはなんでその人格を選んだのよ」

『んー？ 一番思考リソースが少なかったからかな☆』

「納得できちゃうのが悔しいわねぇ」

ララは脱力し、ハンドルに額を付ける。その危なっかしい様子を見て、サクラが操縦系統を強引に自動操縦へと切り替えた。

レコは本来、とても優秀な情報処理能力を持つＡＩだ。しかし、悠久の時の中で収集し続けた情報の保管のため、ＡＩ自身の能力を削減する必要があったのだろう。本来の目的のため、重要だが必要ではないと判断した機能を切り捨てる。ある面では機械的で合理的な判断だ。

『衝撃がきます。注意してください』

「はえ？ ――ほぎゃっ⁉」

サクラが唐突に声を上げ、ぴったり三秒後に車輪が大きな石に乗り上げる。懸架装置でも殺しきれない強い衝撃で車内が揺れ、ぼんやりしていたロミが悲鳴を上げる。

「ちょっとサクラ！ 運転代わったなら安全に気を遣いなさいよ」

自分のことは棚に上げて、ララがサクラを責める。後部座席では額を赤くしたロミが涙目で唇を噛んでいた。

『周囲の泥濘を鑑みて、緊急回避は危険であると判断しました。衝撃の前には警告もしました』

「あんたねぇ……」

そっぽを向くようにカメラアイを窓の外へ向けるサクラ。その人間味溢れた挙動を見て、どこでそんなものを学んだのかとララは肩を落とした。

「ごめんね、ロミ」

「いいんですよ、ララさん。わたしがぼうっとしていただけです」

そう言って、ロミは大きな欠伸を漏らす。

緩やかに揺れる車内は、周囲の代わり映えのしない風景と相まって快適だ。馬上ほどの風もなく、気を抜けばすぐに睡魔が襲ってくる。

「ロミには野営のときに助けて貰ってるし、移動中くらいはゆっくり寝ててちょうだい」

「えへへ。ありがとうございます」

ロミは嬉しそうにうなずきつつも、居住まいを正して話を続ける。先ほど額を強く打って、そのうえ顔に水も浴びている。本格的な眠気が来るのはまだ先だった。

「それにしても、モービルは快適ですね。次の目的地、アグラ砂漠は結構遠いと思うんですが、この分だとすぐに着いてしまいそうです」

「辺境の中でもさらに辺境なんだっけ。確かに、地図を見ても端っこの方だけど……。ロミは行ったことあるの?」

ララが荷物の中から折りたたんだ地図を引っ張りだし、広げながら首を傾げる。

大陸の片隅に位置するこの辺境は、ハギル山脈とリディア森林、そして広大なアグラ砂漠によって中央から隔絶されている。山脈は高く険しい壁となって、森林は凶悪な魔獣の巣窟《そうくつ》として、そして砂漠は過酷な環境によって人々を遠ざけている。

「流石に訪れたことはないですね。ヤルダからも離れていますし」

『あたしもはじめて行く場所だ。噂はよく聞くけどな』

二人の会話にイールも〝遠話の首飾り〟で参加する。ロッドも落ち着き、無理のない速度でモービルと併走していた。

「噂っていうのは、ティラが言ってたようなやつ？」

ララの問いに、イールはうなずく。

プラティクスの若き当主が彼女たちにこの砂漠を指し示した。そこに〝叡智《えいち》の鏡〟と同じ古代遺失技術、もしくはララの母星由来のなにかと思われる存在があるとして。

しかし、彼女は同時に三人に忠告した。辺境でもさらに辺境と呼ばれるアグラ砂漠の町は、他の土地を追われた人々の駆け込み寺となっている。脛に傷持つ者は少なくなく、ゆえに治安は悪い。たびたびララたちと対峙してきた『錆びた歯車《ラスティ・ギア》』の拠点となっている町もある。

『錆びた歯車』は各地に眠る古代遺失技術を狙い、その力を私欲のために悪用しようと画策する集団だ。首領イライザが捕縛され、幹部たちが消えてなお、その影響力は強い。

『ただまあ、アグラ砂漠はかなり遠い。この後も大きい町をいくつか通ることになるからな』

前方を見据え、イールは遠い目をして言う。

辺境の中の辺境という評判はだてではない。この草原が枯れ、砂の荒野に変わるまで、まだしばらく時間が必要だった。

「今日は野宿じゃないといいけど……」

「もう少し進めば、小さな村に着くはずです。今夜はベッドで眠れると思いますよ」

地図を睨んで憂《うれ》うララに、ロミは後部座席から顔を覗かせて語る。彼女の白い指が地図の一点を押さえた。

「この村を抜けてさらに進めば、エストルに辿り着きます」

「ふむ……。プラティクスより小さいけど、立派な町みたいね」

地図に記された都市の図は実体を伴っていないことも往々にしてある。しかし、周囲の村々よりもはっきりと強調して描かれているのを見ると、一帯でも強い存在感を示しているのは明らかだった。

『若草の芽吹く土地、エストルか』

「ずいぶん格好いい二つ名じゃないの」

呟くように言ったイールの言葉を耳聡く拾い、ララがにやりと笑う。

「エストルがちょうど、荒野と草原の境界なんですよ。砂漠側からやって来た人たちが、そう名付けたらしいですよ」

『砂漠ほど乾いてるわけじゃないが、それでも日差しは強いからな。覚悟しとけよ』

だんだんと青空の広がっていく天を仰ぎ、イールは目を細める。ロッドの蹴り上げる土は乾いていた。


若草の芽吹く土地と評されるエストルの町は、他の大きな都市と同様に背の高い外壁に囲まれていた。外壁の外には乾いた畑が広がり、農民たちの小屋が疎《まば》らに散在している。

石畳敷きの幅広な街道には、荷物を携えた旅人たちが長蛇の列を作っていた。

「うはぁ。これは結構並ぶ感じかしら」

その黒く横たわる影を眺めて、ララは口をへの字に曲げる。プラティクスに入ったときと同様に、町から離れたひとけのない場所にモービルを隠したララたちは、ロッドの手綱を握ったイールを先頭に、徒歩でエストルへと向かっていた。

夕暮れが迫っているという事もあり、町の外へ仕事に出ていた農民や、宿を求める旅人たちが門に殺到している。厳重な警備体制が敷かれているのか、人々の歩みは遅々として進んでいない。

「エストルも他と比べれば治安が悪いからな。身分の確認も慎重なんだろ」

「嫌ですねぇ」

アグラ砂漠が悪人たちの目指す土地である以上、その道中にあるエストルにもそれに類した者が多くやってくる。取り締まる側からすれば、この町は逃げる獣を捕らえる最後の網なのだ。

「これ、日没までに入れる？」

じりじりと低くなる太陽に目を配り、ララが不穏な顔になる。ギリギリでも町に入れるのならともかく、無慈悲に門が閉じられる可能性もあった。そうなれば、町の側で野宿という悲しい状況が待っている。

祈るような気持ちで列に加わろうとしたララは、門の足下に立つ武装した男たちを見つける。彼らは鮮やかな赤と黄の腕章を揃え、門を通ろうとする人々に対応していた。

「ねえ、あの人たちは？」

ララはイールの服の袖を引っ張り、男たちを指さす。

彼らに声をかけられた者は懐をまさぐり、なにかを見せているようだった。

「うん？　ああ、ありゃあ衛士だな。町の自警団みたいなもんだ。身分の確認をしてるのさ」

イールの説明を聞いて、ララはなるほどとうなずく。彼女の言葉通り、ときおり身なりの立派な者が列から抜け出し、衛士に連れられて町の中へと入っている。

「ここでも身分が物を言うのね」

「日没が近いからな。豪商だったり貴族だったりをうっかり野宿させるわけにもいかないだろ」

「なるほど……」

いいなあ、指をくわえて見ていたララに、ロミが背後から話しかける。

「あの、ララさん。ティラさんから貰ったアレを使えば、わたしたちもすぐに入れるのでは？」

「そうだ！　頭いいわね、ロミ」

彼女の提案に、ララは飛び跳ねて歓声を上げる。

彼女は急いで胸元をまさぐり、〝遠話の首飾り〟と共に掛けていた煌びやかなペンダントを取り出す。そこに大きく刻まれているのは、この近辺では有数の大都市であるプラティクス、その町を治める大貴族の家門である。

「やあ。なにか身分を証明できるものは持っているか？」

ほどなくしてやって来た衛士たちに、ララは意気揚々とそれを掲げてみせる。

「これよ！」

彼女が突き出した首飾り。そこに描かれたペンと剣の交差する紋章を見て、衛士たちの目つきが急に変わる。背筋を伸ばし、緊張した様子で態度を改めた。

「こ、これは……。申し訳ない、すぐにご案内を」

目に見えて様子の変わった男たちに、ララは少し胸がすく気持ちになる。他の旅人たちからの羨望の眼差しを背中に受けながら、三人は悠々とエストルの町へと足を踏み入れた。

「ふふー。まさかここまで効果てきめんだったとはね。ティラ様々だわ」

門をくぐり、賑やかな大通りを歩きながらララは上機嫌で歌うように言う。大切なペンダントをしっかりと服の下に仕舞い、労うように軽く叩いた。

「流石は大貴族様だな。この先の町でも楽ができそうだ」

「武装神官のロミはともかく、ただの傭兵な私たちは荷物検査とか大変だもんね」

ララ同様に足取りの軽いイールが、にこりと笑う。心なしか、彼女に牽かれているロッドも楽しげだ。

とはいえ、なによりイールを喜ばせたのは関税が平時よりもかなり安かったからだ。傭兵として町に入るときは武器にも税が掛かっていたが、大貴族のお墨付きということもありあっさりと免除されてしまった。三人の財布を預かっている彼女としては、払う金は少なければ少ないほど嬉しい。

「武装神官はいろいろな特権がある代わりに、義務もあるんですからね。というわけで、わたしはエストルの神殿に行ってきます」

そんな二人に困ったように眉を寄せながら、ロミは進路を変えて立ち止まる。武装神官である彼女は傭兵の二人より身分が保証されているため、すんなりと町に入ることができる。その代わり、立ち寄った町の神殿には必ず足を運ばなければならなかった。

「はいはーい。宿が決まったら首飾りで連絡するね」

神殿に向かって歩き出すロミの背中を見送り、ララとイールは顔を合わせる。彼女のようにまどろっこしい義務のない二人にとっては、自由な時間だ。とはいえ、彼女たちにもやるべき事は山積している。

「まずは宿を探して、ロッドを預けよう。荷物も置ければいいんだが……」

イールが逞《たくま》しいロッドの首を撫でて言う。重い荷物を背負ったまま歩き続けたロッドも、流石に疲労の色を隠せていない。労う主人の優しい撫で方に、彼女は嬉しそうに嘶いた。

「消耗品の買い出しもしないと。ナイフも研ぎに出したいし、サクラから油と鉄くずを頼まれてるのよね」

「ララもずいぶん旅慣れてきたな」

指を折りながらやるべき事を確認するララを見下ろして、イールは懐かしげに笑みを浮かべる。出会った当初の常識という言葉すら知らない少女から比べると、大きな成長だ。

ぽんぽんと細い銀髪を撫でるイールに、ララは唇を尖らせる。

「そりゃ私だって、いくつも町を回ってるんだから嫌でも慣れるわよ」

「そうだな。思えばずんぶん遠くまできた」

これまで訪れた町々を思い返し、イールはしばし懐古に浸る。そんな彼女の手を押し退けて、ララは近くに並んでいた露店へと走り出した。

「ねえ、イール。双頭魚の塩焼きだって！」

人混みの向こうからララはイールに向かって大きく手を振る。その無邪気な姿を見て、イールは思わず吹き出した。

「そんなの食べてると、夕食が入らないぞ」

「大丈夫よ。この程度じゃおやつにもならないわ」

自慢げに断言したララは、くるりと背を向けて屋台の者に声をかける。イールの下に戻ってきた彼女の手には、二叉にわかれた頭を持つ魚の串焼きが握られていた。

「ほら、ほくほくしてておいしいわよ」

一口食べたララが目を輝かせて言う。日が落ち、肌寒くなってきたところに白い湯気がふわりと浮き上がる。

「じゃあ、一口貰おうか」

ぐいぐいと迫るララの圧力に屈し、イールが腹のあたりに齧《かじ》り付く。

双頭魚は柔らかな白身の魚で、皮はこんがりぱりぱりに焼けている。噛めばじゅんわりと脂が染み出し、口の中が火傷しそうになる。

「ん……。うまいな」

「でしょ！」

塩を振っただけの素朴な味付けだが、逆にそれがいい。脂の甘みが広がり、疲れた体に染み渡る。

「これをかけてもおいしいんだって。さっぱりするらしいわよ」

ララはさらに、柑橘系の果実を絞る。すると酸味の爽やかさが追加されて、脂っぽい後味が軽くなる。

「やっぱり旅の醍醐味はおいしいご飯よね」

はむはむと魚を囓りながらララは上機嫌で言う。それなりに大きい双頭魚を、彼女は一人で食べきってしまう勢いだ。

「双頭魚はこの辺の特産品なんだろうな。ヤルダのあたりじゃ見たこともない」

脂で光る艶やか唇を拭い、充足した顔でイールが言う。彼女も旅の空に出て長いが、まだまだ知らないことの方が多かった。

「エストルは建物の様子も違うわね。土煉瓦《つちれんが》が積まれた建物が多いわ」

綺麗になった串を折りながら、ララは周囲を見渡して言う。

エストルの町並みは、黄土色の乾燥したものだ。固く乾いた日干し煉瓦が巧みに積み上げられ、真四角の頑丈そうな建物がいくつも建ち並んでいる。その足下に隙間なく張られているのは、色とりどりの庇《ひさし》だ。

「この辺はもう雨も少ないからだろうな。奥の砂漠に入るとこういうのばっかり並んでるはずだ」

イールにとっても物珍しいのか、彼女は視線を忙《せわ》しなく動かしながら答える。

「宿屋もこんな感じかしらね」

「あんまり埃《ほこり》っぽいのは勘弁してほしいが……」

憂鬱な表情でイールが眉を寄せる。

鎧を着用している彼女にとって、砂埃はあまり歓迎したくないものだ。さらに彼女の右腕もまた、同様に埃を溜めやすい。

「そういえば、砂漠にも鎧を着たままいくの？」

「いや……。ちょっと難しいだろうな」

ふと零されたララの問いに、イールは難しい顔になる。砂埃だけでなく、強い日差しの下を金属製の鎧で出歩くのは愚の骨頂だ。イールの着ているものも、胸や肩膝などの急所だけとはいえ金属が使われているため、ふとした瞬間に触れて火傷を負う可能性がある。

「服装も考えるか」

「衣替えってやつね！」

金が減る、と気分の沈むイールとは対照的に、ララはにわかに目を輝かせる。彼女は内側に着ている薄いスーツのおかげで大抵の環境は耐えられるが、それとこれとは話が別だった。

「――と、いうわけで装備を整えたいと思うのよ」

エストルにある宿の一室。清潔なベッドに腰掛けたララが話を切り出す。

神殿の訪問を終え、二人と合流したロミはきょとんとして首を傾げた。イールが砂漠と金属鎧の相性について説明すると、彼女も事情を理解する。

「確かにここからどんどん日差しも強くなりますからね。服は工夫した方がよさそうです」

「ロミはその神官服で大丈夫なの？」

「はい。温度調節の魔法が付与されてますからね」

ララの問いにロミは胸を張って答える。

彼女の着用する白い厚手の神官服は、一見すると熱がこもりやすそうなものだ。実際、防御力も加味して作られた特殊な生地で、なにもしなければとても暑い。

しかし、天下のキア・クルミナ教が作った神官服は特別製だ。外部からの魔法に対する抵抗力を高める魔法、重量を軽くする魔法、汚れを弾く魔法、そして内部の温度を快適に維持する魔法など、高度な魔法がいくつも付与されている。

「見ただけでも暑苦しいんだけどな」

「あはは。そう言われましても、おいそれと脱げる代物でもなくて」

眉を寄せるイールに対し、ロミも困り顔で答えるしかない。

そもそも、なぜ神官服にそこまで高度な魔法が掛けられているかといえば、武装神官が常にそれ着用することを求められているからだ。

神官服は身を守る防具であると同時に、それを着る者の身分を示す証でもあった。

「この先はもっと治安が悪くなるんでしょう？　神官服なんて着てると目を付けられない？」

ララは不安を顔に浮かべる。

実際、彼女も宿に辿り着くまで何度か柄の悪い輩《やから》に絡まれた。そのたびに微弱な雷撃《ショックボルト》で追い払っているが、今後さらにこれが増えるとなるとなかなか煩《わずら》わしい。

「逆ですよ。わざわざ神官を狙う者はそうそう居ません」

「それもそうね。キア・クルミナ教ってしつこそうだし」

「なんですかその言い方は」

ララが率直な感想を漏らすと、ロミはぷっくりと頬を膨らせる。

キア・クルミナ教は辺境のみならず、大陸で広く信じられている一大宗教だ。大抵の集落には必ずと言っていいほど教会があり、そこに聖職者が一人は住んでいる。さらに彼らは厳格な情報統制の下でいくつもの古代遺失技術《ロストアーツ》を保有しており、戦力的にも屈強な神殿騎士の軍勢を抱えている。

堅固で緻密なネットワークと絶大な影響力、圧倒的な力を持つ彼らを敵に回せば、地の果てまで追いかけられるのは火を見るよりも明らかだった。

「それじゃあ明日は、私とイールの装備探しね。他の雑事は終わらせたし、それさえできればすぐにでも出発できるわ」

予定を固め、ララはベッドに身を沈める。少し奮発して高い宿を選んだ甲斐あって、寝具は柔らかく清潔だ。これなら、連日の野宿でくたびれた体もすっかり癒えるだろう。

「ギルドには行ったんですか？　砂漠には強い魔獣も多いみたいですけど」

「それも明日だな。まあ、依頼を受けるかどうかはわからんが」

ロミが神殿に属しているように、ララとイールは傭兵ギルドに属している。使った分の金を稼ぐためにもギルドで依頼を受けて仕事をする必要はあるが、焦って下手な依頼書を掴むほど懐が逼迫《ひっぱく》しているわけでもない。

そもそも、今回三人が砂漠を目指している理由は古代遺失技術かララの船のパーツと思わしき〝太陽の欠片〟とやらを探すためだ。そちらが一段落するまでは、積極的に仕事を受ける必要もないだろうと、財布の紐を握ったイールも考えていた。

「依頼を受けないにしても、砂漠での歩き方なんかはギルドで教わった方が手っ取り早い。なんなら、装備を買う店もそこで教えてもらうつもりだ」

「なるほど。そういうことはギルドが一番詳しいですもんね」

傭兵ギルドもまた、辺境だけでなく大陸全土に強いネットワークを持つ組織だ。魔獣という脅威に対抗するため、強い傭兵を管理し、斡旋《あっせん》する。そのための情報をやりとりすることも業務の一つだ。

そして、ギルドの支部がある町には大抵、ギルドと連携する武具や道具を取り揃えた店もある。少ないとはいえ、砂漠へ向かう傭兵もいる。そんな彼らのために装備を提供する店も必ずあるものだ。

「とりあえず、初日はつつがなく終えられてよかったわ」

ベッドに寝転んだまま、ララが気楽な調子で言う。

ティラから受け取った家門入りのペンダントのおかげで門もすんなりと通ることができ、こうして安全な宿も確保できた。治安が悪いと聞いて身構えていたが、自衛でなんとかなる範囲だった。

むしろ、ララが住んでいた故郷よりよほど平和である。

「それじゃあ、わたしはレイラ様に連絡を取りますね」

話が一段落したのを見て、ロミは立ち上がる。彼女は懐から取り出したチョークで床に細やかな模様の魔法陣を描き出した。

「あたしもたまにはテトルに連絡するかな……」

億劫そうな顔をしながらもイールは首元のペンダントを手繰る。

彼女の妹であるテトルは、遠いヤルダの町で評議会直下の秘密組織〝壁の中の花園《シークレットガーデン》〟を指揮している。ララたちの持つ〝遠話の首飾り〟も彼女が開発したものだ。

イールはそんな妹から、こまめに連絡を取るように強く強く懇願《こんがん》されていた。

「それじゃ、私もサクラたちと話そうっと」

二人が壁の方を向いたのを見て、ララも起き上がる。彼女が通信するのは、町の外に置いてきたモービルを守るＡＩたちだ。ララが信号を送ると、すぐに聞き慣れた声が彼女の耳元で囁《ささや》かれた。

『こんばんは、ララ様。どうかなさいましたか？』

「落ち着いたから連絡しただけよ。そっちの調子はどう？　見つかってない？」

『こちらは正常です。光学迷彩、妨害電波は問題なしですので、そうそう見つかることはないでしょう。定期的な隠密環境探査波にも異常はありません。周囲にしかけたトラップ、センサー類も同様です』

淀みなく告げられた状況報告に、ララは満足げにうなずく。街道から外れれば、それだけで人の目は一気に薄くなる。その上で光学迷彩などでしっかりと隠蔽措置を図れば、見つかる可能性はぐっと低くなる。

「そう？　なら安心ね。レコの方はどう？」

『こっちも問題ないよー☆　ちゃんと砂漠の情報も集めてるからね♪　魔獣の種類がちょっと変わってるみたいだから、そのあたりの情報をまとめて送るね！』

「はいはい。……働きっぷりは優秀なんだけどなぁ」

耳がキンキンと痛くなるような声に、ララは思わず眉間に皺を寄せる。

そんな主人を意にも介さず、レコは収集・分析した情報を彼女に送った。エストルの詳細な地図や周辺の地形、さらに生息している動植物、特に魔獣に関する情報だ。

「……うん？　これは？」

膨大な情報をざっと洗い、ララは首を傾げる。必要な情報に混じって、地域の特産品や珍味に関するデータがある。

『お土産、期待してるからね♪』

「あなた……。観光じゃないんだからね？　ていうか、あなたたちは味覚無いでしょう」

底抜けに明るいレコの声に、ララがっくりと肩を落とす。昔は求めた情報だけを的確に出してくれる優秀なAIだったのに、すっかり変わってしまった。

『ララ様が感じた味覚データは、レコもすべて収集していますので』

『そゆこと☆　できるだけいろんな物を食べてくれると、私も楽しいんだよー♪』

サクラも平坦な声だがどこかそわそわとしている。そんな二人に呆れつつも、ララはうなずいた。

「まあいいわよ。どうせおいしい物は探す予定だったし」

彼女にとっても、旅の楽しみの大部分を食事が占めている。レコたちに頼まれずともおいしい物は探す腹づもりだった。

とはいえ、どこか釈然とせず首を傾げるララ。そんな彼女を、テトルとの通話を終えたイールが笑いを堪えて見ていた。

「それじゃあね。しっかり隠れてるのよ！」

『了解です』

『ラジャー！』

気恥ずかしくなったララは多少強引に通信を切る。その瞬間に、イールは堪えきれず吹き出した。

「もー！　なによ、イールまで」

ぷんぷんと憤《いきどお》るララに、イールは肩を震わせながら謝る。しかし、なかなか落ち着かない様子でその後もしばらく腹を抱えていた。

「いやぁ、食い意地が張ってるのはあいつらも同じなんだな。主人に似るってやつか？」

「もー！」

なおもくつくつと笑うイールに、ララは拳を振り上げる。

「事実じゃないか。双頭魚も美味かったろ」

「それはそうだけど……。むぅ」

もちもちとした頬を膨らせるララ。そんな彼女の肩を、いつの間にか結界を解いて話を聞いていたロミが叩いた。

「ララさん、双頭魚ってなんですか？」

「露店で売ってた魚よ。とってもおいしくて――。あっ」

ララがしまったと口を塞ぐが、時既に遅し。ロミは満面の笑みを浮かべて彼女に迫った。

「わたし、そんなの食べてません」

「うぐっ」

食い意地で言えば、ロミだっていい勝負ではないか。そんな感想がララの脳裏を過ったが、それを口に出すほどの勇気はなかった。

「ま、今から夕食だし、うまいものを食べたらいいじゃないか」

イールが二人の間に割って入り諫《いさ》める。

そんな彼女も双頭魚の串焼きを楽しんだはずだが、それを指摘すれば話は余計にこじれてしまう。ララは素直にうなずいて、食事に出掛ける準備を始めるのだった。


「アグラ砂漠に行きたい？」

素っ頓狂な声を上げ、男は眉を吊り上げた。

場所はエストルの一角にある武具専門店。情報を求めてギルドを訪れたララたちが、そこで教えて貰った提携店の一つだ。

砂漠を歩くための装備を求めてやってきた三人を出迎えた店主の反応は、彼女たちの予想からいささか逸れていた。

「なにかまずいことでもあるのか？」

目を見張りつつ、首を傾げてイールがたずねる。その様子から三人がなにもわかっていないことを察して、店主の男は首筋を掻きながら唸った。

「アグラ砂漠はこれから本格的な乾期に入る。その様子じゃ、お嬢ちゃんたちは砂漠に慣れてるわけでもないんだろう？　せめて雨期の前後にしないと、最悪野垂れ死ぬぞ」

「そんなに過酷なんだ……」

慄《おのの》くララに、店主はうなずく。

「砂漠はいつでも過酷だが、特に乾期は別格だ。昼間は熱い空気で肺が焼け、砂嵐で目が潰れ、強い日差しで肌が割れる。夜は夜で血まで凍り付くような寒さだ」

「アグラ砂漠の過酷さは神官の間でもよく言われますが、それほどとは……」

「いるんだよね、お嬢ちゃんたちみたいな人。よく知らないで砂漠に入っちゃって、帰ってこねぇ」

肩を竦《すく》める男。その眼差しは真剣なものだ。彼も面白半分で脅しているわけではない。むしろ、ララたちのような者を多く見送ってきたからこそ、こうして忠告していた。

「参ったわね……。でも、私たちどうしてもディスロに行きたいのよ」

「ディスロ⁉」

呻《うめ》くように呟いたララ。彼女の言葉に男はさらに目を丸くする。

「よりにもよって、ディスロに行きたいのか」

ララたちが揃ってうなずくと、彼はぶんぶんと首を振った。

「やめとけやめとけ。あそこはお嬢ちゃんたちが行くような場所じゃねぇ」

「そんなに治安が悪いのか？」

「いろんな意味で危険なんだよ。オアシスからも外れてるし、行商も滅多に巡らん。そのくせ砂漠の中でも特に凶悪な魔獣がうろついてる。そんなこんなで外からくっきり区切られてるから、他の町以上に悪人がいくらでも駆け込んでくるような場所だ」

本当になんにも知らないんだな、と男は心底呆れた様子で丁寧に説明を施す。

「町には一応、騎士団もあるらしいがね。それがどれほどのもんかは怪しいところだ。何千万って賞金が懸けられた悪党が大手を振って歩いてるって話もある」

彼はそう言って、恐ろしげに大きな体を震わせる。

それを聞いたララは内心で深くうなずく。ディスロという町は、『錆びた歯車』が根城に選ぶだけの理由をいくつも併せ持っているようだ。

「――わかったよ、おっさん」

黙って話を聞いていたイールが素直にうなずく。こうして商機を失ってでも忠告してくれる者は信用に値する。しかし、だからといって彼女たちも素直に従うわけにはいかなかった。

「ごめんなさいね。こういう事情があるのよ」

そう言ってララは首にかけたペンダントを見せる。ペンと剣の交差したそれは、名にし負うプラティクス家の家紋である。

銀に輝く紋章を目の当たりにした男は、今までで一番大きく目を見開いて、さらに大きく仰け反って全身で驚きをあらわした。

「そ、それは！」

わなわなと震え出す店主。プラティクス家の名声がここまで驚異的だと、ララもだんだんと楽しくなってくる。

「わたしたちはこの御方からの導きもあって、ディスロを目指しているんです」

「どうしてもって事情がありそうだな……。そんなもん出されちゃかなわねえ。あんたらも無知なだけで、実力が無いってわけじゃないんだな」

男はやれやれと首元を掻き、一つうなずいた。

「ちっちゃい嬢ちゃんはよくわからんが、そっちの姉ちゃんは傭兵としても腕利きなんだろう。それに武装神官もいるなら、なんとかなるかもな。——一式、見繕ってやるよ」

「私だって腕利きなんだけど！」

約一名が不満げに抗議の声を上げるなか、男は店の奥へと三人を誘う。砂漠用の装備品がずらりと並んだ店内では、数人の傭兵がそれらを吟味《ぎんみ》していた。

「武装神官のお嬢ちゃんはともかく、二人分でいいかい？ 注文があったら言ってくれ」

店主の声に応じて、イールとララがそれぞれの要望を伝える。彼はそれを元に、商品の中から最適なものを選び取っていく。

「わたし、外で待ってますね」

「すまんな。散歩してきてもいいぞ」

邪魔になると考えたロミはひとり、店から出る。

一刻ほどの時が過ぎ、ロミが退屈そうに店先の往来を眺めていると、ようやく一足先にララが戻ってきた。

「どうかしら？」

装いを新たにしたララが、ロミの前で両手を広げる。

彼女はゆったりとした白い布の服を着て、腰と手元足元を細い帯で縛っていた。頭には薄く透けたヴェールを被り、直射日光を防いでいる。

「いいですね。覆面は魔法使いもよく使うんですよ」

「そうなの？」

「ええ。詠唱している口元を見られずにすみますから」

「へぇ。私もコマンドを発声でするし、こっちの方が有利かな？」

「ララさんのそれは、唇の動きを読まれてもあまり関係ないと思いますけど……」

真新しい服に身を包んだララは楽しげに動き回る。ゆったりとした柔らかい布は動きやすいようで、彼女はいつにもまして身軽そうだ。

一応、胸元には革が当てられており、急所も守れるようにはなっている。

「イールさんはどんな感じですか？」

「うーん。もうすぐ戻ってくると思うけど」

興味を持ってロミがたずねると、タイミングよく店の奥からイールが現れた。

「待たせたな」

ロミが振り返ると、そこにはいつもと印象を変えたイールが立っていた。

金属板の代わりに、薄緑色の滑らかな鱗が彼女の体に沿って纏《まと》われている。鱗が縫い付けられているのは、半透明の薄い革だ。

イールは体のラインが強調される魅惑的な鎧の上から、それを包むように薄手のマントを羽織っていた。

「砂蜥蜴の鱗鎧に、冷却の魔法を付与した魔法糸のマントだ。防御力も十分だし、これなら多少の暑さにも耐えられる」

品定めした店主が自慢げに語る。

砂蜥蜴はまさしくアグラ砂漠の過酷な環境に生きる魔獣であり、その鱗は硬く皮は熱を通さない。適度に湿度も逃がし、汗を掻いても快適だ。

そんな謳い文句を聞いて、ロミも口元を綻《ほころ》ばせた。

「ありがとうございます。これなら、砂漠でも平気ですね」

彼女が丁重に感謝を告げると、店主はすかさず首を振って否定する。

「今、靴もサイズを調整してるところだ。そんな分厚いブーツじゃ、蒸れて指が腐るぞ」

そう言っている間に、店の者が二足の靴を持ってくる。薄い革と布で作られたもので、通気性を確保しつつ、熱い砂が入りこまないように工夫されている。

「一式揃えるとこれくらいになるが、いいかい？」

「もちろん。ここでケチるほどバカじゃないさ」

最後に店主が提示した金額を、イールが代表して払う。装備は命に直結する重要なものだ。そこを疎《おろそ》かにすれば、いつか命を落とす。そのことを彼女は長い経験の中から知っていた。

「よし、じゃあこれで準備が整ったわね」

イールが代金を払い、晴れて所有権が彼女たちに移る。ララは腰に手を当て気炎を上げた。

「――しかし、あれだわ」

そうして、ララは不意にイールの方へ視線を向ける。財布をしまいながら、彼女は怪訝《けげん》な顔で首を傾げる。

彼女の新しい装備は、ぴったりと体の曲線に沿っている。それが逆に、イールの豊かな凹凸をはっきりと際立たせ――。

「なんというか、エッチね」

薄いマントだけでは隠しきれない、女性的な魅力を見せていた。背中の巨大な大剣も、籠手の代わりに包帯を巻いた右腕も、彼女の魅力におけるちょっとしたアクセントにしかならない。

「よくわからんが……。褒め言葉として受け取っておくよ」

ララの言葉の意味を理解できなかったイールが、眉を寄せながら言う。

「うん。いいと思うわよ」

ララはぐっと親指を立てて、いい笑みを浮かべてうなずいた。

物資を補充し、装備を砂漠に適した物へと変えたララたち。もろもろの準備がすべて完了したと判断し、三人はいよいよエストルを発つこととなった。

「じゃあ、ロッドをよろしく頼む」

武具店の親父が目を三角にして脅すほど過酷な砂漠に、ロッドを連れて行くことはできない。イールは当初の予定通り、彼女を宿に預けることにした。

ロッドは主人とのしばしの別れを惜しむように、イールの腹に鼻先を擦りつける。その逞しい首筋を優しく撫でて、イールも決意を固める。

「お気をつけて」

宿屋の主人に見送られ、三人は出発する。町を囲む防壁の門をくぐり抜け、荒涼《こうりょう》とした地をしばらく歩く。草原側とは異なり、砂漠に面した門の出入りは極端にひとけが少なかった。

「こっちは本当に誰も来ないのね」

「これからどんどん過酷になるって話だからな。あたしたちみたいな変わり者はそう居ないんだろ」

先日までの曇天《どんてん》は嘘のように、天は高く青空は広い。ジリジリと照りつける日射が土を焼き、地面には薄く疎《まば》らにしか緑はなかった。それでも、道を示すキア・クルミナ教の聖柱は点々と連なり、彼女たちもそれを頼りに歩くことができる。

しばらく徒歩で進み、町も小さくなった頃。ララはようやく立ち止まり、周囲を見渡しながら声を上げた。

「もう出てきていいわよ」

彼女の呼びかけに応じて、道から外れた荒野の風景にノイズが走る。イールとロミも慣れた様子で、透明なヴェールに隠されていた濃緑の車体を出迎えた。

『一日ぶりですね、ララ様』

「久しぶりってほどでもないでしょ。車体の状態は大丈夫？」

『もちろんです。既に砂漠環境に合わせてタイヤ形状の調整、車体重心の最適化、及び計器類のキャリブレーションを済ませています。エネルギー、装甲、その他設備類も異常なし。いつでもトップスピードで走れますよ』

サクラの自慢げな声と共に、モービルの四枚のドアが一斉に開く。助手席に座ったサクラとレコの筐体が仲良くライトを点滅させていた。

「さあ乗っちゃって。ここからは飛ばすわよ」

ララは早速運転席に乗り込み、イールとロミも車内に誘う。

ロッドを宿に預けたのは、砂漠が彼女には辛い環境であることも理由の一つではあったが、それとは別にモービルで一気に距離を稼ぐという算段もあったからだ。車体後部に彼女を乗せることもできるが、その状態で不整地を飛ばすのは少々不安があった。

「ほら、イールさん。シートベルトを締めてください」

おっかなびっくり車内に入り込むイールとは対照的に、ロミは慣れたものだ。早速シートに腰を落ち着けると、手早くシートベルトで体を固定する。

「シートベルトっていうのは、どれのことだ？」

「これですよ。ここをこう、しゅっとやって……。かちっとやればぴしっとなるので」

計器類の確認をしているララに代わって、ロミがイールに乗り方をレクチャーする。普段、イールはロッドに跨がってモービルと併走しているため、ふかふかしたシートもなにもかもがはじめての体験だった。

「クーラーつけるからドア閉めるわよ。指挟まないでね」

「お、おう」

ララが運転席から操作してドアを閉じる。すぐに空調装置が動き出し、冷気が車内に満ちていく。

「ふわぁ。やっぱりモービルは快適ですね」

「こんな柔らかい椅子に座って、しかも気温まで変えて。砂漠の旅だってのに快適だなぁ」

早速とろけるロミと困惑と感心の入り交じった表情で車内を見渡すイール。二人の姿をバックミラー越しに覗き込んで、ララは得意げにほくそ笑んだ。

「ようし、それじゃあ出発！」

ララがアクセルを踏み込む。砂漠地帯に向けてゴツゴツとしたトレッドパターンに変わったタイヤが地面に食い込み、勢いよく車体が動き出した。

乾いた大地を軽快に進むモービルは、ときおり路傍の石を蹴る。しかし、驚くほどに車内に伝わる振動は少なく、イールはそのことに目を見張った。

「ロッドの鞍上とか、普通の馬車とは大違いだな」

「ふふん。そうでしょう、そうでしょう。わたしもはじめて乗ったときは感動しました」

透明な車窓から果てしなく広がる荒野を眺望し、イールが感嘆の声を漏らす。すると、ハンドルを握るララではなくロミが自分のことのようにしきりにうなずいた。

「サクラ、ナビゲーションお願いね。魔獣も人も極力避けて行くから」

『了解しました。周辺探査の結果をマップとリンクさせます』

モービル各所に取り付けられたセンサー類を元に、サクラがルートを選定する。ララはそれを頼りに広い荒野を進んでいく。

「順調だな。もう一日分の距離は稼いだんじゃないか？」

徒歩であれば一日掛けて進む距離を、モービルはものの数刻で駆け抜ける。後部座席で地図を広げていたイールは、目印となるオアシスや砂漠の村落を流し見してにんまりと笑った。

速度もさることながら、これが座っているだけで進むのだから、旅人にとってこれほどいいものはない。容赦の無い日射に晒され、不安定な砂の上を歩き続ければ、今頃足が棒になっていたことだろう。しかし、彼女たちは欠片も疲労を感じていないし、風景を楽しむ余裕すらある。

「最初に予定を知ったときは驚きましたけど、これなら余裕で行けそうですね。今日はこのオアシスに泊まるんでしたっけ」

イールの隣からロミが地図を覗き込み、広大な砂漠の中央に指先を落とす。

アグラ砂漠には点々と湧き水のオアシスが散在しており、そこを起点として小さいながらも集落が営まれていた。

モービルは移動には快適だが、食事や寝泊まりには少々手狭だ。

それに、どうせなら現地ならではのものを食べて、ゆっくりと足を伸ばして体を休めたいというのが三人の総意だった。

「モービルも快適は快適だけど、ずっと座ってるとお尻が痛くなってくるのよねぇ」

「贅沢な悩みだなぁ」

モービルは本格的に砂に覆われた荒原へと入る。車輪は軽快に回り、砂埃がもうもうと立ち上がる。邪魔するものがなにもない広い大地を、ララの繰る濃緑色の車は軽快に駆けていく。

「ふわぁ。なんだか眠たくなってきますねぇ」

「ロミは、すごいな……」

優秀な懸架装置のおかげで揺れがかなり軽減されているとはいえ、それでも不整地を走る車体は揺れている。そんな中で暢気に欠伸を漏らしてみせるロミを、イールは感心したような呆れたような、複雑な表情で見ていた。

ララはときおり水分を補給し、干し肉を噛みながら運転を続ける。障害物のない砂漠を走るのは爽快だが、距離感が徐々に麻痺してくるのが困りものだ。

イールと言葉を交わして気を紛らせつつ、サクラのナビゲーションを頼りにハンドルを切る。

「砂漠は魔獣が多いって話だったけど、あんまり見ないわね」

「見ないというか、見えないってところだな。砂色の鱗や皮をしていたり、そもそも砂の下に潜ってたりしてるんだろ」

「なるほど？」

ララの目にはなんの変化もないただの砂原だ。しかし、そこには確かに生命が息づいている。

「ロミのやつ、本格的に寝たな……」

イールは肩にもたれ掛かってきたロミの頭を押し退けながら、口をへの字に曲げる。過酷な旅の途中だというのに、彼女は穏やかな寝息を立てていた。

「ま、それだけ私の運転技術が高いってことでしょ。イールも寝ちゃっていいのよ？」

「あたしは眠たくなってないからな。砂蜥蜴の尻尾でも数えてるよ」

「えっ。そんなのあるの？　どこ？」

イールの視線が向く先には、砂の中から突き出した細い尻尾が見えている。それは直射日光を避けて休んでいる大柄な蜥蜴の魔獣のものだ。彼らは尻尾の先をわずかに砂の上に出すことで、周囲の様子を把握しているのだという。

上手く隠れていて見つけるのにも苦労するが、目が慣れてくればいくつか並んでいる様子もわかるようになる。

そういったことを、イールはエストルのギルドで購入した図鑑片手に解説した。

「砂蜥蜴ねぇ。砂漠で狩りをする傭兵は、他とは違う専門技術も沢山持ってそうね」

「だろうな。ま、それはどの土地に行ったって似たようなもんだ」

イールのように各地を遍歴する傭兵もいれば、一定の土地に根ざして活動する傭兵もいる。前者はどのような場所でもある程度の働きができる応用力が求められるが、後者はより専門的な能力が必要だ。

「なんの変哲もない風景に見えるのは、自分に知識がないからってだけさ」

イールの含蓄のある言葉は、ララの胸に染みこむ。ハンドルを握りなおした彼女は、少し注意深く周囲を観察しながら進むことにした。

その直後だった。

『ララ様！』

「うきゃああ⁉」

突然、モービルが直下から強い衝撃を受ける。砂の下から突き上げられた車体は、その重量にも関わらず高く宙に浮き上がる。

「ふわああっ⁉ な、何事ですか！」

「よくわからんが非常事態だ！」

すやすやと寝ていたロミも飛び起き、イールも剣を掴む。二人ともしっかりとシートベルトを締めていたため、負傷はしていない。

『スタビライザー正常。車体姿勢安定。着地ショック来ます！』

サクラの声。ほぼ同時にモービルが着地し、殺しきれなかった衝撃が車内にも伝わった。

「いったいなにが――」

「あれが原因みたいね……」

困惑するロミを余所に、イールとララは車窓から周囲を見渡す。そうして、二人は同時に見つけた。

砂の中から太い首を伸ばした、大樹のように巨大な蛇。モービルは突如としてあらわれたそれの硬い頭突きによって吹き飛ばされたのだ。

「ま、ずっと座りっぱなしってのも体が鈍るからな」

「たまには運動した方がいいわよね」

ドアが勢いよく開け放たれ、イールとララが飛び出す。イールは砂漠の魔獣と戦えることに喜びを滲ませているが、ララは大切な車両に不意打ちを受けたことに怒りを覚えていた。

「ロミも一緒に戦うわよ」

「わ、わかってますよう」

寝起きのロミもあたふたとしながらモービルから出て杖を構える。そうして、三人の砂漠ではじめての戦いが始まった。

砂漠の真ん中、炎天下の中でララたちは突如として砂の中からあらわれた大蛇と対峙する。それは見上げるほど大きな体を砂の中から出し、ゆらゆらと揺れながら彼女らを睥睨《へいげい》していた。

「サクラ、モービルは任せたわよ」

『了解しました。戦闘区域から離脱します』

ララの指示を受け、サクラがモービルの操縦権を取得する。自動操縦モードになった車体は戦闘の邪魔にならないように距離を取った。

その間にもララは蛇の金眼から目をそらさず、その力を推測する。砂色の鱗は周囲の環境によくなじむが、腹側は薄い白色になっている。口の隙間から覗く舌は赤い。

「イール、この魔獣に心当たりは？」

「ずいぶんデカいが、砂鳴り蛇だろう」

イールは大剣の柄を握り、鞘《さや》を足元に落としながら言う。アグラ砂漠の固有種なのだろう。当然ながらララの知らない魔獣である。

それでも、やることは変わらない。

「──〝神聖なる光の女神アルメリダの名の下、腕の使徒イワに希《こいねが》う。求める者に虚偽の安寧を、黒き贄《にえ》に永久の拘束を〟」

口早に紡がれた詠唱。ロミが高く掲げた草紋の白杖が薄く輝き、砂鳴り蛇のすぐ下に青白く輝く魔法陣が展開された。

その中からあらわれた無数の生白い左腕が蛇に纏わり付き、その動きを制限する。

「行くわよ！」

ロミの魔法により拘束されたのを確認し、ララが突風のように走り出す。彼女は一瞬で距離を詰め、蛇の喉元に向かって白銀のハルバードを差し向けた。

しかし──。

『シュアアアアアアッ！』

「ぬわああああっ⁉」

突如、大蛇が口を大きく開く。彼は全身を震わせ、甲高い声を放つ。耳を劈《つんざ》く爆音に、ララたちは思わず怯《ひる》む。

周囲の砂が共振し、小刻みに震えながら円形の模様を広げていく。

「砂鳴り蛇は音の魔法を使う！　厄介な相手だぞ」

「それを早く言ってよ！」

片耳を押さえたイールの遅い忠告に、ララは憤慨《ふんがい》する。

しかし、特に影響が顕著だったのはロミである。集中力と共に魔力の流れも乱され、魔法が破壊されている。それどころか、平衡感覚を失ったようでふらふらと足元も覚束《おぼつか》ない。

「やばっ⁉」

その大きな隙を──ましてや自分を拘束した忌まわしき相手を攻撃できる千載一遇の好機を、砂鳴り蛇は逃さない。鋭い牙が生えた口を開き、今度は噛み付くために頭を突き出す。

「『脚力強化』ッ！」

ララが咄嗟《とっさ》にコマンドを発動させ、間一髪のところでロミと蛇の間にハルバードを差し込むことに成功する。硬い金属音と共に、蛇がハルバードの長い柄に噛み付く。

「うらあっ！」

その隙にイールが蛇の胴体へ大剣を振り下ろす。しかし、彼女の自慢の強撃も、堅固な鱗に阻まれた。

「ちぃ。砂の上じゃあ力が入れにくいな」

戦い慣れない砂原での戦闘に、イールも予想以上に苦戦していた。ここまでモービルに乗って楽をしていたぶん、砂の上での歩き方がわかっていなかった。

「また吠えるわよ！」

ララはハルバードを一時的に待機形態へと戻し、蛇の口から引き抜く。その瞬間、蛇の喉元が大きく膨らんだ。

イールとロミは咄嗟に武器を落としながら両耳を塞ぐ。

「『聴覚遮断』ッ！」

『シュアアッ！』

短い発声。だが、魔力を帯びた声は攻撃的だ。コマンドにより聴覚を切ったララも、イールとロミの二人も、音の衝撃によって弾き飛ばされる。

「ぐぬぅ。厄介じゃないの……」

「あわわ、杖が遠くに」

ララはハルバードを砂に刺して体を立てる。イールの剣は上手く彼女の足元に転がっていたが、ロミの杖はその軽さから彼女のさらに後方へと飛んでいた。

『シュゥアッ！』

三人が体勢を立て直すよりも早く、蛇が再び声を上げる。

すると、彼の足元の砂が弾け、波となって三人に攻め寄せた。

「『空振衝撃《エアーショック》』ッ！」

咄嗟にララが放った空気の震動が、それを相殺する。砂埃がもうもうと立ち上がるなか、イールが蛇のもとへと再び接近した。

「オラァッ！」

今度はしっかりと砂を踏みしめ、体重の乗った一撃が蛇を捕らえる。巨大で鋭利な剣は蛇の鱗を砕き、皮を切る。赤い血が噴き出し、蛇が絶叫する。

「蛇のくせによく喋るわねぇ」

「しかもタフだ。傷がすぐに塞がってやがる」

魔獣はその身に宿す原始的かつ本能的な魔法によって、通常の獣では考えられない動きを見せる。鳴き声で攻撃していることもその一つだが、また別に魔力の循環によって傷の治癒を加速させることもよく見られた。

特に、それができる魔獣はかなりの力を持っていることの証となり、傭兵としても覚悟を持って挑まねばならない。

「そおお、れっ！」

『シュアッ！』

砂を蹴り飛ばし、ララがハルバードを振るう。

砂鳴き蛇は体を柔軟に曲げることで傷を浅くして、間髪入れず喉を絞って反撃の衝撃波を発する。

声による不可視の攻撃はララでも避けることは難しく、そのエネルギーを受け流すので精一杯だ。

「喉を潰せば！」

体勢を崩すララと入れ替わるように、イールが大剣の切っ先を蛇の喉元に向ける。だが、そこが弱点であることは向こうもよく知っているようだった。

「クソッ」

蛇は長い体を自在に動かし、彼女の攻撃を自在に避ける。音の魔法を警戒する必要もあり、イールは攻めあぐねていた。

「――〝神聖なる光の女神アルメリダの名の下、爪の使徒トゼに希う。揺るぎなき正義の心を具現し、不壊の矢を放て〟」

そんな状況を打開する光の矢が突如としてあらわれる。長い尾を残しながら風を切り裂いて飛来した魔力の矢は、そのまま滑らかに砂鳴き蛇の喉を貫く。

的確な狙撃によって要の喉を潰され、蛇は水の泡立つ悲鳴を上げた。

「一矢報いてやりましたよ！」

得意げな顔で言うのは、白杖を拾ったロミである。

「助かった！」

「ナイスよ、ロミ！」

そのチャンスを逃さず、イールとララが畳みかける。

二人は蛇の首の両側面から息を合わせてそれぞれの得物を叩き込み、刃を深く食い込ませる。

だくだくと流れ出す泡立った鮮血が砂地に染みを広げてゆく。

「これで、トドメよ！」

ララがナノマシンに指示を下す。微小なセルが互いに影響し合い、全体として強力なエネルギーを生み出す。それは彼女の手のひらから金属製のハルバードの柄を伝い、刃へと到達する。

「『雷《ショック》――』」

『ギュアッ！』

だが、彼女の生み出した莫大な電気エネルギーが蛇の喉を焼き切るよりもわずかに早く、砂鳴り蛇が最後の力を振り絞って魔力を放つ。

死を受け入れながらも、わずかに抗う意思。

周囲に広げるほどの余裕はない。ただ一点、ただ一人の対象を狙った、最後の一撃。

砂鳴き蛇の喉から赤い飛沫と共に絞り出された、音の針。それは高速で回転しながら、離れた場所に立っていたロミの胸を叩いた。

「ロミ！」

「きゃあっ！」

砂漠に悲鳴が広がる。

砂鳴き蛇はそれを聞くことなく、雷撃によって焼け死んだ。イールとララは死亡確認も後回しにして、砂の上に倒れたロミの元へと駆け寄った。

「ロミ、ロミ。大丈夫⁉」

「しっかりしろ。状況を確認するぞ」

弱々しく呻くロミを、イールが抱きかかえる。

ロミの白い神官服には赤い血液がべっとりと付着しており、胸部の中央は生地がズタズタに切れていた。

「だ、大丈夫、です……」

取り乱すララ、焦るイール。

そんな二人にロミは弱々しく声を返す。

実際に、イールが神官服をはだけると、インナーには目立った傷が見当たらない。

「神官服には防御の魔法も掛けられているので……。衝撃が殺しきれなかったようで痛みますが、骨が折れているわけではないので」

健気に笑みを浮かべて説明するロミ。彼女に大事がないことを確認した二人は、大きく息を吐いて胸を撫で下ろした。

「よ、よかったわ……。ロミが怪我しちゃったらどうしようかと」

「大丈夫です。この程度なら、神官服で問題なく受け止められますから」

ララが目を潤ませる。ロミはそれを見て、心配ご無用と胸を叩いた。実際、彼女はそれからすぐに立ち上がり、後に響いていないことを動きで示す。

「武装神官の服は特別製ですからね。この程度、どうということは……」

ロミは自慢げに口を弓形にして語る。しかし、その途中で突然、言葉を切った。彼女はなにかを確認するかのように神官服をまさぐり、さっと顔を青ざめさせる。

「ロミ？」

「やっぱり、どっか怪我してるのか？」

怪訝な顔をする二人に、ロミは首を横に振る。

彼女は神官服に付与された防御魔法によって、五体満足だ。だが、神官服の方に異常があった。

「し、神官服に付与されてた魔法が消えてます……」

「えっ」

だらだらと大粒の汗を流し始めるロミ。

それは焦燥からだけではない。体温調整の魔法がなくなったことにより、砂漠の熱気が分厚い神官服の中で容赦なく蓄積していた。

イールが大剣からナイフへと持ち替えて、大きな砂鳴り蛇の皮を剥いでいく。それを見ながら、ロミはモービルの車内で青い顔をして頭を抱える。

「あわわ、どうしましょう……」

「神官服の魔法が解けちゃったのよね。結構マズい感じ？」

「滅茶苦茶マズいですよ。砂漠を歩けませんし、次になにか攻撃を受けたらそのまま死んでしまいます！　うぅ、ララさんのモービルがあって助かりました……」

灼熱の砂漠のなか、魔力を失った神官服はただの重く分厚いだけの服だ。熱は籠もり、汗を吸い、鉛のように重くなる。その上で外部からの衝撃はすべて通し、防御力などあってないようなものだ。

ロミは空調の効いた車内で神官服を脱ぎ、ひとまず前面にべったりと付いた蛇の血を落とそうと格闘していた。

「うぅぅ……」

「流石にこのまま旅を続ける訳にもいかないわね。一度エストルに戻る？」

半泣きで汚れを落とし続けるロミに、ララは腕を組み眉を寄せながら提案する。モービルがあるとはいえ、夜の寝泊まりや食事の際には外に出る。ロミには厳しいものがあるだろう。

「一応、神官服の応急処置の方法は知っているんです。材料があればなんとかできると思いますし……」

「材料ね。それって特別なものじゃないの？」

「替えが利かなかったり、手に入れるのが難しいものは予備を常に持ってますから。必要なのは魔力糸と当て布、泡蜥蜴の浸透軟膏……。まあ、魔導技師のいる村なら大抵揃うものばかりなんです」

ロミが指を折りつつ挙げた品々は、ララにはとんと見当もつかない代物だったが、魔導具の界隈ではオーソドックスなものばかりだった。様々な魔導具で広く使用される需要も供給も太いもので、どこの集落でも大抵は売られている。

だからこそ、極限まで荷物を減らす必要のあるロミは持っていなかった。

「エストルより、今日泊まる予定のオアシスの方が近いだろ。そっちで探してみるか？」

「うわあっ⁉ び、びっくりした……」

外側からドアを叩き、窓ガラスの向こうからイールが二人を覗き込む。彼女は頬を血で汚し、憮然とした顔で蛇の皮を肩に掛けていた。

「解体してたの？」

「これを売れば、ロミの神官服の修理代くらいにはなるかと思ってな。流石に全部運ぶ訳にもいかないから、売れそうなモンだけ取ってきた」

そう言って、イールはモービルの荷台に蛇の皮をどさりと載せる。その後も血まみれの骨や目玉、破れた喉袋など、次々と運び込んでいく。

瞬く間に車内に鉄錆のような臭いが充満し、ララは口をへの字に曲げて空気清浄機能を全力稼働させた。

「すみません、イールさん……」

「いいよ。元々解体はするつもりだったからな。なにもなかったら、今夜の食事がちょっと豪華になるだけだ」

しょんぼりと肩を落として萎れるロミに、イールは血の汚れを拭いながら笑って答える。

彼女としても、せっかく狩った魔獣をそのまま放置するのは忍びなかった。それならば、少しでも持ち帰って有効活用した方が何倍もいい。泣く泣くその場に残した肉も、自分たちが去った直後に他の動物によって食べられるだろう。

「それじゃ、予定通りオアシス目指して出発ってことでいい？」

運転席でハンドルを握り、ララが最後の確認を取る。

「はい。それでお願いします！」

ロミが強く言い切り、水を飲んでいたイールもうなずく。それを見て、ララはアクセルを踏み込んだ。

「オアシスに材料があれば御の字。まあ、もしなくても、全速力で帰れば、日付が変わるまでにはエストルに戻れるはずだし」

モービルはブルーブラストエンジンを唸らせ砂丘を越えてゆく。

この車が快適性を顧みず全力を出せば、さらに速度が出る。また装甲も特殊合金製の頑丈なものだ。並の魔獣など襲い掛かってきたところで返り討ちにしてしまうだろう。

そのような算段もあり、一行は砂鳴り蛇と出会った場所から近いオアシスの集落へと向かう。

「見えたわね」

「おお、ほんとに突然出てくるもんだな」

しばらく進むと、広大な黄土色の砂原の真ん中に突如として緑があらわれる。三人が想像していたよりも大きな湖を中心にしたオアシスだ。

湖岸に日干し煉瓦を積み上げた建物がいくつか並び、人々の姿も見える。

「これなら、目的のものもありそうかね」

「そうですね。希望は持てます」

規模の大きな砂漠の集落を見て、ロミがほっと胸を撫で下ろす。ここで欲しいものが揃えば、旅の予定をさほど乱さず進めることができる。

ララはモービルをオアシスから離れた場所に停め、そこから歩くことにする。明らかに異質なもので突然乗り込んでも、いいことは一つもない。

「ふぅ……ふぅ……」

「大丈夫?」

「な、なんとか……」

「水はこまめに取れよ」

とはいえ、今はロミの事情が事情だ。

神官服の内部には様々な荷物を収納しており、またその下には肌着のようなものしか着ていないこともあり、彼女はそれを脱ぐこともできず汗を流しながら砂漠を歩く。

ララとイールは水を飲ませ、ぱたぱたと風を起こして扇いでやるが、まさに焼け石に水といった状況だ。

「ほら、もうちょっとよ！」

「と、遠いです」

最後はほとんど気合いである。

ララの懸命な励ましを受け、ロミはようやくオアシスの集落へと辿り着いた。

「とりあえず、宿を探して少し休もう。その間にあたしはこれを売ってくるから」

「すみません。ありがとうございます」

イールは背負っていた荷物――砂鳴き蛇の皮などを売るため二人と別れる。残されたララは、ロミの手を引きながら宿屋らしい建物を目指した。

その途中、ララは周囲を見渡して首を傾げる。

「なんだか、思ったよりひとけがないわね。というか、人間がいない？」

「はふぅ。か、乾期が本格化するから、皆さんエストルの方に移っているのかもしれませんね。残っているのは……砂竜人の方々でしょう」

ロミも額の汗を拭いながら、そんなことを口にする。

オアシスの集落で出歩いているのは、滑らかな鱗としなやかな長い尻尾を持つ蜥蜴のような姿をした亜人種族の者が多かった。エストルやそれ以前の町ではあまり見られなかった、珍しい種族だ。

砂竜人はその名に砂を冠しているとおり、砂漠で生きる民だ。乾燥や熱に強く、過酷な環境でも問題なく生活を営める。

「ごめんくださーい」

「やあ、いらっしゃい。珍しいね、こんな時期に人間族のお客なんて」

ララたちが訪れた集落で唯一の宿屋も、そんな砂竜人が店主を務めているようだった。白い布のゆったりとした服を着た砂竜人が、金色の眼の縦長な瞳孔を開いて驚く。

「いろいろと事情があって。三人で一泊。いい部屋を」

「ウチは全部いい部屋さ。食事とかは無いがね。人間向けの料理を出す店も乾期は休業してるから……。向こうにある行商人の広場でなにか探した方がいいぞ」

人のよさそうな砂竜人は、イールが向かった方角を爪の長い指で示す。そちらには他の集落からやって来た砂漠の行商隊《キャラバン》が店を広げているのだという。

イールがそれを知っていたわけではないだろうが、確かにそちらには店舗らしいテントがいくつか並んでいた。

「しかし、お連れさんは大丈夫かい？　医者は砂竜人のやつしかいねぇぞ？」

「そっちは大丈夫。それより、魔導技師のお店はあるかしら」

店主は顔を赤くして汗を流しているロミを見て、その身を案じる。表情から考えは読み取りにくいが、悪い者ではなさそうだ。彼はララからの問いに驚きつつも、それならと手を叩いて答えた。

「ちょうどよく、エストルから魔導技師が来てるよ。三日ほど前に来て、明日には護衛を雇って次のオアシスに行くとか言ってた。幸運だったな」

「ほんと!?　それはよかったわ」

地獄に仏とはまさにこのこと。思わぬ幸運に遭遇したララとロミは、一気に表情が華やいだ。

「ほれ、部屋の鍵だ。二階の一番手前の部屋だぞ。他に客もいねぇから、安心してくれていい。あとこれ、サボテン茶だ。飲めば少しは体も冷えるだろ」

「わ、ありがとう！」

店主がカウンターに鍵を置き、奥の住居から陶器の器に注がれた飲み物を運んでくる。砂漠に自生しているサボテンを使った茶だと説明され、ララとロミはおそるおそるそれを口に運んだ。

「おいしいわね」

「はふぅ。少し楽になりました……」

ほのかな苦みがありつつも、後味のすっきりとした清涼感のある味だ。ロミは一気に飲みほして、大きく息を吐いた。

「なにからなにまで、ありがとうございます」

「いいって事よ。あんた、神官様だろ？　アルメリダ様やオルトナ様には、普段から世話になってるからな」

丁寧に感謝を告げるロミに、砂竜人の店主はにやりと笑って三本指の手を振る。彼女が神官服を着ているだけあって、店主もすぐに素性がわかったようだ。

神官服は魔力を失っても、なお有効な身分証として働くのだ。

「部屋を確認したら、魔導技師さんのところに行ってみよっか。ついでにイールとも合流しよう」

「そうですね。……ふぅ、助かりました」

なんとか首の皮一枚繋がったと、ロミは改めて安堵する。

ララたちは宿の二階にある部屋を確認し、持ち歩く必要の無い荷物を置いて身軽になる。そうして早速、行商広場に向けて出発する。

「ありがとね、おっちゃん！」

宿を出る際、ララが手を振って店主に感謝を伝える。すると、砂竜人の彼は大きな眼をぎょろりと見開いて長い舌を伸ばした。

「俺はまだ若い！　お兄さんと呼べ！」

他種族の外見年齢などまるで見当も付かなかったが、ララの言葉は竜の逆鱗に触れてしまったらしい。彼女は苦笑して訂正した。

宿に重い荷物を置いて身軽になったララたちは、軽やかな足取りで行商人広場へと向かう。ロミも相変わらずの厚着ではあったが、宿屋の主人から貰ったサボテン茶のおかげか、はたまた水辺であるからか、表情を和らげていた。

「綺麗なところね。治安が悪いって聞いてたから、もっとギスギスしたところかと思ってたけど」

オアシスの集落は静かではあるが、張り詰めたような空気は感じられない。砂竜人以外の住人が涼しい土地へ移っていることも理由の一つだろうが、ララが当初覚悟していたほどの危険は未だに感じられなかった。

「こんなに狭い集落で争っても意味はないからでしょうね。それに、道行く人は皆さん武装していますし」

ロミが周囲を見渡して言う。簡素な小屋の庇で涼んでいる砂竜人は腰に大きな曲刀を下げているし、行商人広場からやって来て二人とすれ違った者は厳《いか》めしい大弓を背負っている。ララも言われてわかったが、オアシスに集まった人々は皆、一筋縄ではいかなそうな屈強さを持っていた。

「商隊はあれですね。やっぱり、護衛の傭兵を沢山雇ってます」

二人はやがて、簡素なテントが並ぶ広場へと辿り着く。湖の側では装具を着けた砂蜥蜴が杭に繋げられ、のんびりと水を飲んでいる。

テントの中にいるのは、オアシスの外からやって来た行商人たちだ。様々な商品を並べて客を相手にしている。そして、そのかたわらには武装した砂竜人や鬼人など体の強い種族の傭兵が厳しく目を光らせていた。

「物々しいわねぇ」

「それだけする必要があるということです。わたしたちも気をつけていきましょう」

一見すると平和的な光景だが、よくよく見てみると油断している者は誰も居ない。このあたりの気質を理解したララは、警戒レベルを少し上げた。

「おう、二人もこっちに来たのか」

「イール！　砂鳴り蛇は売れたのね」

ララたちが肩を寄せ合って歩いていると、向こうからイールがやってくる。一足先に行商人広場へとやってきていた彼女は、無事に砂鳴り蛇の皮や骨を金に換えることができたようだった。

「結構な大物だったからな。それなりの値段にはなったよ。あとは店さえ見つけられればロミに必要なものも買えるはずだ」

ずっしりと重い財布を見せて、イールが白い歯をこぼす。それを受けて、ロミは宿屋の主人から教えて貰ったことを彼女にも話した。

「ちょうどよく、今このオアシスに流れの魔導技師が来ているようなんです。その方を探して、材料を売って貰おうと思って」

「なるほどね。じゃあ、探すか。あっちの方はまだ行ってないんだ」

イールも加わり、ララたちは三人で広場を歩く。

このオアシスに立ち寄っている商隊《キャラバン》はかなり規模が大きいらしく、色とりどりの天幕がずらりと並んでいる。売り物も陶器や反物、加工した食品、宝石類、書物など多岐《たき》に渡る。客の集中している繁盛店から閑古鳥の鳴いている寂しいところまで、様相も様々だ。

「この人たち、全員同じ商隊なのね」

天幕には揃って同じ紋章が掲げられている。天秤と鳥の象《かたど》られたそれが、商隊のシンボルのようだった。

「行商ギルドの商隊だよ。傭兵ギルドや配達ギルドなんかと肩を並べる大規模な組織で、アグラ砂漠でもこれと同じくらいの商隊をいくつもぐるぐる回してるらしい」

イールも商隊の隊員から聞いたのか、伝聞調で説明する。複数の行商人が一つにまとまり、行商ギルドを通して傭兵ギルドと協力することで、護衛の雇用費用を安く抑えているのだという。

人や資源に乏しいアグラ砂漠の集落では重要なライフラインであり、砂漠の珍しい魔獣などを仕入れる稼ぎ頭でもあった。

「あっ！　あそこ、たぶん魔導具関連のお店ですね」

ララが商隊の天幕に目を奪われながら歩いていると、ロミが声を上げて前を指さした。白い天幕が立っており、突き出した庇に金属製の飾りが吊されている。

「一目でわかるものなの？」

「魔導具を扱うお店は、ああいう魔導具を飾ってることが多いんです。あれはたぶん、熱気吸収の魔導具ですね」

かなり高価な魔導具ですよ、とロミは興奮気味に言う。そんなものを無防備に晒していて大丈夫なのかとララは疑問を覚えたが、ああいったものには盗難防止の魔法も付与されているのだと、ロミは加えて説明した。

「たぶん、触ったら吸収した熱が吹き出す感じですね。流石の砂竜人でも火傷じゃすまないと思います」

「よくわかるわねぇ」

ロミは銀色の精緻な飾りを熱心に覗き込んで、その能力を分析する。ララも魔力を帯びている程度のことはわかるが、逆に言えばそれ以外はさっぱりだ。

「へぇ、珍しい客だね」

「わわっ。失礼しました」

三人が天幕の前でたむろしていると、日陰から声がする。ロミが驚いて謝罪すると、声はくつくつと笑う。

「いいよ。どうやら、キア・クルミナ教の神官さんじゃないか。アンタのお眼鏡に適う代物があるかはわからないが、ゆっくり見てってくれ」

テントの奥は暗く様子はわからないが、声は嗄《か》れた老婆のものだ。ララは視力を強化してその素顔を見ようとしたが、どうにも闇が晴れず詳しくは見通せない。

「すまないね。あまり顔を見られるのは得意じゃないんだよ」

「あら、そうだったの。ごめんなさいね」

視線がバレていたことにドキリとしつつ、ララは素直に謝罪する。声は再び笑い、闇の中から伸びてきた枯れ木のような手が並べられた商品を指さした。

「アタシはユージャ系の魔導技師でね。アルターヤの魔法付与が専門だ。ここに並べてるのはウポトゥシのドワーフが採った霊銀やアルカヤの木を台座にしたもんさね。魔結晶に直接回路を刻印してるから、多少高いが、丈夫だよ」

「ごめんなさい。全然わからないわ……」

老婆の並べ立てた口上に、ララとイールは眉を顰《ひそ》める。なんとなくニュアンスはわかるが、それがどういいのかなに一つ見当が付かない。

「ユージャ系ですと、やっぱり風属性に強いんですね。メフィスやオルティウラは？」

「近い領域ではあるから、多少は並べてるよ。ポンティオラやガニームはもう売れちまったが」

「やはりそのあたりは、砂漠だと人気なんですね。あっ、このコルトゥールの指輪はとてもいい品ですね」

「ほう、よくわかったね。そりゃあ最近の中でもかなり出来がいい。せっかくだから秘蔵の白霊銀に金紋まで付けたんだ」

「となるとかなり高くなりますね……。いやはや、どれも品質のよい指輪ばかりです」

「くくっ。見る目のある神官様に褒められるとは、光栄だねぇ」

ララとイールが思考を放棄した後も、ロミと老婆は楽しげに会話を繰り広げる。固有名詞はララの自動翻訳機能の対象外であるため、まるで意味がわからない。

二人はそっとテントから出て、冷たいオアシスをぺちゃぺちゃと手で波立たせながら、雲がゆっくりと流れていくのを見る。

「平和ねぇ」

「そうだなぁ」

そうしてぼんやりと時間が過ぎるのを待っていると、ロミが慌ててテントから飛び出してきた。

「す、すみません！ つい夢中になってしまって」

「いいのいいの。テントの中、涼しかったしね。……あれ、結局なにも買わなかったの？」

恐縮するロミを見て、ララは首を傾げる。あれだけ話が弾んだのだから、なにか一つくらいは買って戻ってくるものだと思っていたが、彼女は手ぶらだった。

「ユージャ系の魔導具はどれも高いですからね。必要なものもありませんでしたし」

「そう？」

どうやら、ユージャ系というのは流派のようなものらしい。それに属する魔導技師の作品は、手が込んでいて高価になる傾向があるようだ。

「服の修理材料も買わなかったのか？」

「はい。指輪が専門なので、そういったものは取り扱っていないようでして。でも、オアシスに来ている別の魔導技師さんを紹介して貰いましたよ」

収獲はありました、とロミは笑顔で言う。そうして、老婆に教えて貰った方向へと歩き出す。

「こっちの方は、ギルドの商隊じゃないのね」

「そうみたいだな。ギルドの商隊にくっついてきた、個人ってところか」

広場から少し外れた場所に並んでいるのは、行商ギルドのテントよりも質素な店だった。売っているものも少なく、中には目に見えて粗悪とわかる品も多い。

「ほんとに大丈夫なの？」

「だ、大丈夫だと思いますが……」

ララが疑念の目を向けるが、ロミはひとまず件《くだん》の技師の露店を探し続ける。そうして彼女は、ようやくそれらしいテントを見つけた。

「たぶんあちらですね！」

よかった、とロミは胸を撫で下ろす。

四本足のテントは質素ではあるがしっかりとしており、軒下には銀色の飾りが付けてある。足元には茣蓙《ござ》が敷かれており、そこに商品を並べた褐色の肌の少女が退屈そうに座っていた。


「エルフの商人？」

ララがその少女の容姿を見て首を傾げる。

くすんだ白色の髪を赤や青の糸と共に編み込み、細い手足がすらりと伸びている。日陰とはいえ、砂漠の真ん中で晒した肌はよく焼けているが、彼女の耳は細長く尖っていた。

「アタシはダークエルフだよ。あんなモヤシ共と一緒にするな」

ララの声が聞こえていたのか、少女は深い青色の瞳を彼女に向けて刺々《とげとげ》しい声を上げる。そうして、ララの隣に立つロミを見てぎょっと肩を揺らした。

「キア・クルミナ教の神官か？　こんなところに珍しいね」

「あはは。こんにちは」

行く先々で驚かれ、ロミも苦笑する。彼女はちらりと露店に並んだ売り物を眺め、一つうなずくと歩み寄った。

「わたしは武装神官のロミです。実は、神官服が壊れてしまって、修復用の材料を探しているんです」

「なるほどね。アタシはヨッタ。見てのとおりダークエルフの魔導技師だ。修理業もやってるから、お望みの物もあるかもね」

ヨッタはそう言って、背後に置いていた大きなリュックサックを手繰り寄せた。リュックサックからは、魔導具

の部品らしき細々とした物がいくつも飛び出した。その中にはロミの求めていたものもすべて揃っており、彼女はようやく安堵の表情を浮かべる。

「神官服が壊れたんだよな。アタシが直してやろうか？」

「いいんですか？　結構複雑な魔法なんですけど」

修理材の代金を受け取ったヨッタの言葉に、ロミは目を丸くする。神官服に施された魔法は、どれもかなり高等なものだ。まだ年若いヨッタの手に任せられるのか、どうにも判断が付かなかった。

「アタシの腕が心配なら、魔導具を見てから判断してくれていいよ。売り物は全部自分で作ったものだからな」

「すみません、侮《あなど》っている訳ではないんですが……」

「いいよいいよ。アタシみたいな若造にはなかなか任せにくいよね」

ロミの胸中を察したヨッタは、売り物として並べている魔導具を示す。ロミは謝りつつも、それらをじっくりと品定めする。

「ヨッタって若いの？」

熱心に魔導具を見るロミに代わり、ララがヨッタに話しかける。彼女の率直な問いに、ヨッタはむっと眉間に皺を寄せた。

「どこからどう見てもうら若き乙女だろ」

「そう言われても……。ダークエルフというか、エルフの年齢は全然わかんないから」

ララたちは以前、エルフの隠れ里に滞在していた。そのときに出会ったエルフたちは、見た目こそ若々しかったが数百歳が当たり前だった。ドワーフや鬼人、砂竜人など、ほぼすべての種族について言えることだが、他種族の外見から年齢を推し量ることは難しい。

「まあ、ダークエルフもエルフと同じだからな。でも二十歳くらいまで人間とそう変わらないよ。ちなみにアタシは十八だ」

「十八⁉ 私と同じじゃない」

「アンタ、十八歳なのか⁉」

ヨッタが明かした年齢に、二人はお互いに驚く。ヨッタもララも小柄で華奢な体格をしていたため、どちらも相手がもう少し若いと思っていた。

「ちなみにこっちのイールは二十八よ」

「ああ、それはなんとなくわかる」

「……なんか、失礼じゃないか？」

ララが後ろでぼんやりと立っていたイールを示して言うと、ヨッタは素直にうなずく。それを見て、イールが口をへの字に曲げた。

「ちなみにわたしは十四歳です」

「十四歳⁉」

ロミの言葉に、ヨッタは再び大きく驚く。ロミはロミで、もう少し年上に見られることが多かった。

「やっぱり、ダークエルフから見た人間も年齢がわかんないんじゃない」

「それはアンタらがちぐはぐなだけじゃないかな……。ともかく、アタシは十八だけど小さい頃から魔導技師として鍛えられたから、安心してくれていいよ」

ヨッタは複雑な表情をした後、ぽんと胸を叩く。

「さっき別の店でも聞いたんだけど、魔導技師って流派がいくつもあるの？」

ララが気になっていたことをたずねる。ヨッタはうなずいて、軽く説明を始めた。

「アタシはサディアス流だけど、他にもいろいろあるよ。キア・クルミナ教は聖教流っていう独自の流派があるし。まあ、アタシは師匠からは一通りどんな魔導具でも見れるように鍛えて貰ってるから、大抵の魔導具は扱えるつもり。流石に、専門外のものを一から作るのは難しいけどね」

「へえ。修理はできるけど、って感じなのね」

「魔導具なんて、技師の数だけ流派があるようなもんだからな。基本を押さえてれば、直すことはできるけど、組み立てるのは難しいのさ」

工業技術の発達していないこの世界では、多くの物が手作りだ。魔導具もその例に漏れず、魔導技師が一つ一つ時間を掛けて製作する。

その過程で使用者や使用環境に合わせた微調整がなされ、そのノウハウが蓄積され、やがて流派としての流れが確立される。

ヨッタの専門とするサディアス流は砂漠地帯の技術流派であり、砂漠の過酷な環境に耐える頑丈なものを作る事を得意としていた。

「たしかに、ヨッタさんの技術は高いみたいですね。これなら、安心してお任せできそうです」

「ふふん。だから言ったろ」

ロミの検分も終わり、彼女は専門家に神官服を託すことを決めた。ヨッタが莫蓙の上に並べていた魔導具は、どれも品質のいいものばかりだったのだ。

「一応、応急修理はできるんですが、できれば本職の方にやってもらう方が確実ですからね。よろしくお願いします」

「はいよ。ここで脱いで預けてもらうか、それが嫌なら宿まで出張するよ」

「では、来ていただいてもいいですか？　流石にここで脱ぐわけにはいかなくて」

神官服の下はほとんど肌着のような簡素な服だ。ララやイールの前では身軽な姿になっていることも多いロミだが、流石に暑いとはいえオアシスの真ん中で曝《さら》け出すことは避けたいようだった。

そんな彼女の意思を汲み取り。ヨッタはうなずく。

「それじゃあ店じまいしたら行くから、部屋番号だけ教えてよ」

この集落に宿は一つだけということで、ロミが部屋の番号を伝えればそれで事足りる。

遍歴職人のヨッタは、普段から店舗を兼ねたこのテントで寝泊まりしているようだった。

「商隊の参加費も払えない貧乏職人だからね。仕事が増えるのは大歓迎だ」

そう言って笑うヨッタ。

ララたちは彼女によろしくと念押しして、露店を離れた。

「ふぅ。一段落付いたらお腹が空いたわね」

「車の中でも結構食べてたじゃないか」

腹をさするララに、イールが呆れて言う。

しかし、日も傾き夕刻に迫る頃合いでもあった。三人は少し話し合って、商隊の露店で今日の夕飯を買い求めることにした。

足元の影が長く伸びるようになると、広場にずらりと並んだ露店も夜に備え始める。軒先のランタンに火を灯したり、風を防ぐ覆いを追加したりと慌ただしい。

三人はそんな広場を歩き、おいしそうなものがないかと物色する。

「いらっしゃい！　冷たい氷だよ！　果物も一緒に凍らせてるんだ」

中には冷却の魔法を使える魔法使いによって営まれる氷売りもある。瑞々しい果物が内部に封じられた透明な氷にララは目を輝かせるが、そこに示された値段を見て跳び上がる。

「やっぱり氷は高いのねぇ」

「砂漠のど真ん中だからな。あの露店、護衛も多い」

おずおずと店先から去るララに、イールは苦笑して言う。彼女の言葉どおり、氷売りの露店では他よりも多くの護衛が睨《にら》みを利かせていた。

「魔法使いの氷売りとなると、狙う輩も多いんでしょうね」

大変そうだ、とロミが嘆息する。

だからこそ稼ぎも多いのだろうが、護衛の雇用でその少なくない割合が吹き飛んでいる可能性もある。商売とはなかなか難しい、とララは眉を顰めた。

「わ、見てみて。砂漠蟹の蒸し焼きですって！」

ララは再び周囲に視線を巡らせ、目に付いた露店を指さす。大きな筒のような鍋でぐらぐらと湯を沸かしているその店では、真っ赤な蒸し蟹を売っていた。

さらに隣の店では黄金色の油で大きな魚を豪快に揚げている。

「あれは砂魚ですね。砂漠蟹と同様に、アグラ砂漠ではよく食べられているものらしいです」

「へぇ。おいしそうだわ」

「もう買ってきたのか……」

ロミの解説を聞くララの手には、大きな茹で蟹と紙に包まれた魚のフライが握られている。少し目を離した隙に手に入れてきた彼女の行動力に、イールが呆れる。

目を輝かせたララは、湯気の立つ赤い蟹の足をもぎ取る。

「あれ……？」

「砂漠蟹は身が少ないみたいだな」

「そんなぁ」

ララの手に握られたカニの足は、分厚い甲殻とは裏腹に細く貧弱なものだ。食べてみると確かにカニの味がするが、どこか物足りない。

「イール、ちょっと食べる？　ロミもいいわよ」

「一本だけ貰おう。残りは自分で食べろよ」

「わ、わたしも……」

ララが複雑な表情で勧めるが、二人とも試食の域に留める。地元でよく食べられているからといって、それがおいしいとは限らないのだった。

「あ、でも砂魚のフライはおいしいわね」

「そっちは半分貰ってもいいぞ」

「自分で食べるわよ！」

砂魚は肉厚な白身で、さっくりと揚げられた衣の食感と共においしくいただける。ララはイールからそれを守りながら、三口ほどで平らげてしまった。

「うーん、当たり外れが激しいわね」

「それもまた旅の醍醐味《だいごみ》ってやつだ」

片方はあたりだったからよかったものの、と少し落ち込むララ。イールはそんな彼女を見て、くつくつと笑った。

ヨッタが宿を訪れたのは、ララとイールが鍛錬《たんれん》を終えてすぐのことだった。大きな荷物を背負ってあらわれたヨッタに、ララが気付いて手を振る。

「ヨッタ！　もうお店も閉めたのね」

「夜になると一気に冷えるからな。客もこなくなるのさ」

予想よりも早い来訪にララが驚くと、ヨッタは肩を竦めて言う。

砂漠は寒暖差の激しい土地だ。昼間は身を焦がすような日差しが降り注いでいたが、太陽が隠れてしまえば凍えるような寒さがやってくる。ヨッタも厚手の外套《がいとう》を着込んでいた。

ララとイールは暑いうちから激しい鍛錬を続けていたため、まだ体が火照《ほて》っており、気付かなかった。

「イールが汗臭くてごめんね。すぐ部屋に案内するわ」

「ありがとう、頼むよ」

「おい、なんであたしだけ汗臭いことになってるんだ」

ヨッタの手を引き、ララは宿の中に入る。カウンターに寄りかかっていた砂竜人の主人が、ヨッタを見て会釈《えしゃく》した。

「やっぱりヨッタだったか」

「まあね。魔導灯の調子はどう？」

「そっちはおかげさまで問題ない。数年は保ってくれるだろ」

親しげに話す二人に、ララたちは首を傾げる。その様子を見て、ヨッタが事情を話した。

「修理業もやってるって言ったろ。前にここへ来たときに、そこの魔導灯も直したんだ」

そう言ってヨッタは天井に吊り下がった大きなランプを指さす。炎のように揺らめかず、安定した光を放つその照明器具は魔導具だった。

「ヨッタは若いが、腕は確かだ。俺が言うんだから、間違いない」

「そりゃよかった。ロミが待ってるから早速やってくれ」

宿の主人に見送られ、三人は階段を上る。二階に並んだドアのうち、一番手前にあるドアを開くと、ロミが首を長くして待ちわびていた。

「いらっしゃい！　今日はよろしくお願いします」

「はいよ。じゃあ、早速始めるから」

ロミは神官服を脱ぎ、代わりにイールの外套を羽織る。体格が違うためぶかぶかだが、夜の冷気を凌《しの》ぐには十分だ。

神官服を受け取ったヨッタは、早速荷物の中から道具類を取り出し、服の状態を検分し始めた。

「強い衝撃を受けたんだな。この染みは……砂鳴り蛇か。っと、それ以外にもちょこちょこ手が入ってるな」

丁寧に隅々まで観察し、情報を拾っていくヨッタ。彼女の真剣な目つきにロミは居住まいを正し、正確な指摘に目を丸くした。

「破損した直接の原因は砂鳴り蛇の攻撃です。細かい修繕跡は、日々の点検で行ったものですね」

「なるほど。ちゃんと丁寧に使われてるのがわかる。ロミはいい神官だな」

「えへへ……」

ヨッタの素直な言葉に、ロミは照れた顔で頬を掻く。

そうしている間にも調査は続き、ヨッタは神官服の状態を隅々まで確かめた。

「よし、大体わかった。これなら今夜中にできそうだ」

「今夜中にできない可能性もあったの？」

ララが目を丸くして驚く。彼女はてっきり、パッチを当てて縫ったり、染みを落とせば済むようなものだと思っていた。

しかし現実はもう少し複雑なようで、ヨッタは呆れた顔でうなずく。

「武装神官の服は高度な魔法がいくつも付与された複雑な魔導具だからな。もし基幹回路が壊れてたり、侵蝕破壊術式が入ってたりしたら、もう大仕事だ。数日はかかるかもね」

「もともと、一着作るのに数ヶ月かかるような物ですからねぇ」

ヨッタの脅すような声に、ロミもぼんやりと柔らかな口調で続く。彼女はそんな大層な代物を身に着けていたのかと、ララは今さらになって瞠目《どうもく》した。

「ま、今回は表面の第一防御術式層が壊れて、その余波で体温調節とか他の付与魔法の術式の一部が乱れてるだけだな。すぐに直せるよ」

ヨッタはそう言って、早速修理作業に取りかかる。リュックの中から取り出した道具箱を並べ、ロミが購入した修理用の部品を手に取る。青い目に単眼のルーペを着けて、口の端をきゅっと結び、慎重に――。

「もっと気楽にしてていいよ」

服に触れる直前、ヨッタはルーペを上げてララたちを見る。三人はヨッタの雰囲気に飲まれて押し黙ってしまっていた。

「いいの？　集中が乱れない？」

「別に。むしろ、なにか話しててくれた方が集中できるくらいだから」

「なるほど。わかったわ」

軽く笑って、再びヨッタは作業に入る。そんな彼女の要望に応じて、ララは緊張していた体を弛緩させて口を開いた。

「ロミもそうだけど、武装神官の服って修理するのが普通なの？　普通に新しいの買った方がいいと思うんだけど」

物に溢れた世界で暮らしていたララにとって、修理しながら長く使うということは、しばしば特別な行為だった。彼女はサクラというＡＩをスクラップ同然のものから修理しつつ成長させてきたが、そんな行為は道楽のようなものだ。

壊れれば、捨てる。そして新しい物を買い、また壊れるまで使う。それが彼女の中にある常識だ。

「神官服は、さっきも言ったとおり作るのも大変ですからね。半分以上が焼け消えるとか、そういうもうどうにもならないような状況では無い限り、修理しますよ」

「魔導具全体がそんなもんだよ。全部人が作ったもんだからな」

「それもそっか。なんか失礼なこと言っちゃったわね」

ララの母星で大量生産大量消費が基本となっていたのは、優れた工業力と無限に近い資源があったからだ。この世界では魔導具に限らずあらゆるものが人の手によって作られており、限りあるリソースの中でやりくりせざるを得ない。

「ま、そのおかげであたしみたいな若手にも仕事が回ってくるんだけどな」

神官服に付いた赤い染みを落としながら、ヨッタが笑う。

「ヨッタは修理が本業なの？」

「今のところは。露店でいろいろ売ってるけど、稼ぎの大半は修理だね」

だから慣れてるんだよ、と彼女は言った。

たしかに、昼間ララが訪れたヨッタの店は、さほど繁盛しているようには見えなかった。

「若いうちは修理しながら、いろんな魔導具の技術を見て触って盗むんだ。そうやって実力を上げて、いい魔導具を作れば、評判になって店も買えるようになる」

「なるほどねぇ」

魔導技師にとって修理とは、稼ぎ時と同時に修行としての面もある。自分ではまだ作ることのできない高度な魔導具も、修理しながら構造や技術を覚え、作れるようになっていく。それと同時に、修理する魔導具の持ち主に名を売る。そういった下地を作り、やがて一人前の魔導技師となるのだ。

「ヨッタはこの近くの出身なのか？」

「エストル生まれのエストル育ちだ。ま、十歳の頃から師匠に付いて遍歴職人の真似事はやってたし、十四から独り立ちしたけどね」

「へぇ。師匠も遍歴職人だったのね」

ララの反応を見て、ヨッタは誇らしげに胸を張る。

「師匠は凄い魔導技師だよ。めちゃめちゃ厳しかったけどね。砂漠中の集落を回って、どんな魔導具も修理しちまうんだ」

「へぇ。一度会ってみたいわね」

「会えるかどうかは運次第だな。あたしでも、今どこに居るのか知らないし」

ヨッタの師匠は一箇所に三日と留まらない風来人だった。そのため、弟子入りしたヨッタも旅についていくことを許されるまではエストルに立ち寄った師匠から課題を貰い、再び戻ってくるまでに解いておくということを繰り返していたという。

そして、彼女に十分な技術が付いたとみるや、師匠はさっさと別れてしまった。

「ヨッタは師匠を探したりしないのか？」

「うーん、別に？　あたしが砂漠を巡ってれば、たまに会えるし」

「そういうもんなのか」

イールは実妹のことを思い出しながら、眉を上げる。世の中には様々な人間関係があるものだ。

「けど、あんたらも大概無謀だよね。この時期のアグラに来るなんて」

細い糸を細かなピンセットで摘まみながら、ヨッタが呆れた声で言う。

「いろんな人に言われたわ。まあ、いろいろ事情があるのよ」

「事情？」

ララが慣れた様子で答えると、彼女は首を傾げる。本格的な乾期まっただ中にやってくるなど、ほとんど自殺に近い行為だ。そんなことをせざるを得ない理由とはどんな物か、彼女も気になった。

「ディスロって町に用があるのよ」

「ディスロ⁉」

何気ないララの言葉に、ヨッタは大きな声を上げる。その拍子に糸が抜け、作業が振り出しに戻ってしまったが、構う様子はない。

「ど、どうしたのよ。突然」

ララの方が驚いて困惑する。ヨッタはそんな彼女に、深い青の瞳を真っ直ぐに向けた。

「あたしが次に行く予定の町もディスロなんだよ。実はまだ護衛の算段がついてなくって、ギルドの商隊ともここで別れるし、ちょっと困ってたんだ」

「ええ……。あなた、明日には発つんじゃないの？」

キラキラと目を輝かせるヨッタ。彼女の言わんとすることを察して、ララは眉を寄せる。

ここの宿の主人によれば、ヨッタは明日にはオアシスを出発するはずだ。それなのに、未だに護衛を見つけられていないのはマズいだろう。

「いやぁ、その予定だったんだけどね。話を付けてた傭兵が、商隊の氷屋に買われちゃって」

「なにそれ……」

ララは呆れ果てるが、隣に座るイールは驚きながらも納得したような顔をしていた。

「傭兵は良くも悪くも金で動くからな。より高い金額が出されたら、そっちに靡《なび》くさ」

「傭兵が言うの、それ？」

「あたしもララも、普段から報酬額で依頼を選んでるだろ」

ララが口を尖らせるが、イールはそれを一蹴する。

たしかに、普段から似たような依頼が二つあれば、より報酬の多い方を選ぶのが普通だ。それはこの砂漠のオアシスでも変わらない。

「このままだと一人でディスロに行くか、傭兵が雇えるまでここで足止めされるんだ。こんなとこにギルドも無いし、商隊にくっついてる傭兵を引き抜くなんてできないし、ディスロで待ってる依頼主も居るんだよ。ね、お願い！」

完全に作業を中断し、ヨッタが手を合わせる。

ララが素直に首を縦に振れないのは、彼女たちがモービルという特殊な乗り物でやって来たことが理由だ。しかし、ロミの神官服を修理してくれた彼女をそのまま見捨ててディスロに向かうというのも、後味が悪い。

ララは困り眉のまま、ロミとイールに助けを求める。

「まぁ、ヨッタの口が堅いならいいんじゃないか？」

「そうですねぇ。詰めれば一人くらい乗れると思いますし」

イールとロミの二人は、ヨッタを連れて行くことに前向きのようだった。ララは腹をくくり、懇願の姿勢のままこちらを窺っているヨッタに声をかける。

「いろいろあるんだけど、あんまり驚かないでね。あと、無闇に口外されると困るの」

「わかった。なにがあっても絶対に言わない。魔導技師は信用が大事だからな」

大部分をぼかしたララの言葉に、ヨッタは即座に断言する。そんな彼女に苦笑しつつも、ララは同行を認めた。

「わかった。じゃあ、明日出発ね」

「ありがとう！　助かったよ」

ヨッタはそう言ってララに抱きつく。

ダークエルフの肌はきめ細やかでしっとりとしていた。

第二章　野盗の砦

　翌朝、ララたちが荷支度を整えて宿を出ると、ヨッタは建物の前で待ち構えていた。昨日と同じく大きなリュックサックを背負い、その上に露店の天幕を畳んで積んでいる。かなりの大荷物だが、彼女は平気な顔をして三人に手を振った。

「おはよう。今日からよろしくな」

「おはよ。早いわね」

「いつ出てくるかわからなかったからな。それに、夜明けには目が覚めるんだ」

　ララは「勤勉ねぇ」と呆れたように言い、欠伸を一つ漏らす。

「ロミの服の具合はどうだ？　微調整が必要ならここでやるけど」

「問題ないです。以前よりも調子がいいくらいで」

　ヨッタはそんな彼女に苦笑して昨夜修理した神官服の様子を窺う。白い服を着込んだロミは、嬉しそうに目を細めて答えた。

　神官服は、壊れた魔法回路を直すついでに経年劣化していた箇所も修正されていた。そのため、今までよりもさらに魔法の効力が高まっている。とはいえ、彼女も神官服を扱うのははじめての経験であったため、万が一のことがないか気にしていたようだった。

　ヨッタはロミの評価を聞いて、安心した様子で胸を撫で下ろした。

「それじゃ、早速だけど出発しましょうか」

　早くも四人が揃ったのを見て、ララが切り出す。まだまだ旅の目的地であるディスロへの道のりは長く、少しでも急ぎたい彼女は、すぐにでも出発したかった。

「そうだな。涼しいうちに、距離を稼いでおきたいし」

　リュックサックを背負い直して言うヨッタ。彼女の言葉に、ララはにやりと不敵な笑みを浮かべた。

四人はオアシスの集落を発ち、砂漠の真ん中を歩く。ララを先頭にして進む一行を、ヨッタは怪訝な顔で見る。

「なあ、ディスロはこっちじゃないぞ？」

「わかってるわよ。ま、もうちょっとだから」

問いをはぐらかすララに、ヨッタの目は怪しい者を見るものに変わっていく。神官もいることで信用していたが、彼女たちはたちの悪い輩なのかもしれない。そんな思いが一歩進むごとに募っていくのが見えるようだ。

そもそも、女三人で旅をしているという時点で怪しい。しかも、これから本格的な乾期の始まるアグラ砂漠に、彼女たちは随分と軽装だ。神官服のロミはともかく、ララとイールの二人は乾期を侮ってるようにしか見えない。

ヨッタは三人に悟られないよう、静かに腰のベルトに吊った護身用の短剣を確かめる。彼女も女の身である以上、それなりの用心はしていた。ダークエルフの端くれとして、魔法の心得もある。なにかあればすぐに対処できるように、覚悟を決める。そのときだった。

「サクラ、出てきなさい」

唐突にララが立ち止まり、虚空に向かって叫ぶ。

仲間が待ち伏せしていたのかと驚きながらナイフを引き抜いたヨッタの目の前にあらわれたのは、凶悪な賊ではなかった。

『お待ちしておりました、ララ様』

「異常は無い？　すぐ出発できるかしら」

『もちろんです。システム、操縦系、駆動系、オールグリーンです』

なにも無い場所から突然あらわれた、濃緑色の車。すべてが金属でできた奇異な乗り物は、キンキンと耳に響く声を上げていた。

「……は？」

魔力反応もなく、なんの前触れもなかった。あまりにも予想を超えた事態に、ヨッタは呆然と立ち尽くす。

「驚かせましたね。こちらがわたしたちの乗り物で、モービルというんです」

彼女の様子に気がついたロミが、あまり役に立たない説明を施す。ヨッタにはこれがどういったものなのか、乗り物であるという事以外なにもわからなかった。

目を丸くするヨッタを置いて、モービルの扉がひとりでに開く。ララが前方の席に乗り込み、ロミとイールは後部へと向かう。

「ヨッタも乗っちゃって。シートベルトとかはロミが教えてくれるから」

「え、あ。……えっ？」

混乱したまま、ヨッタはロミに手招きされてモービルの中に入り込む。

中は少し狭いが、それでも三人が並んで座れる程度の幅がある。ロミが慣れた手つきで柔らかい座席に付いたベルトでヨッタを固定した。

彼女の持つ荷物は車体後部の荷台に移す。

「ら、ララ。これ、これはいったい……」

ハンドルを握り、機器の点検をしているララ。彼女が持ち主であることを推察し、ヨッタがたずねる。

「全地形対応型車両、モービルよ。まあ、砂漠を楽に移動するための馬なし馬車とでも思ってくれていいわ」

動力を内蔵した車両は、まだこの世界では普及していない。ヤルダではイールの妹であるテトルが〈壁の中の花園《シークレットガーデン》〉を指揮して魔導自動車の開発に取り組んでいるが、それもまだ研究段階だ。当然、ヨッタがそんなものを知るはずがない。

彼女はララの噛み砕いた説明を聞いて、さらに混乱を深めた。

「これは魔導具なのか？　魔力はなにも感じなかったけど」

「まあ、ある意味ではそうかもね。私以外には扱える人も居ないけど」

モービルの動力源であるブルーブラストは、ほとんど完全な魔力の上位互換と考えてもいい。その理論で言えば、モービルは魔導具の一つではあるはずだ。だが、魔導具が魔力さえあれば魔法を使えない者でも扱える道具であるのに対して、モービルはこの世界でただ一人ララ以外には使えない。

「よーし、それじゃあ出発するわよ」

前のめりになって車内を隈無く見渡しているヨッタに、ララは目を配る。彼女は三人がシートベルトをしっかりと締めているのを確認して、アクセルを踏み込んだ。

「うおおおおっ⁉」

タイヤが砂を蹴り上げ、軽快に走り出す。

動き出した車窓の風景を見て、ヨッタが大きな歓声を上げた。

「す、すごいすごい！　こんなのがあれば、砂漠中どこでも行けるじゃないか！」

「砂漠だけじゃないわよ。用意さえすれば溶岩や水の中だって問題ないんだから」

魔導技師としての性なのか、ヨッタは恐れるよりも驚きと好奇心が大きく勝っているようだった。彼女の無邪気な反応をミラー越しに窺《うかが》って、ララは口元を緩めた。

「こんな魔導具、いや、これはもう魔法具だな。いったいどこで手に入れたんだ？」

「いろいろと事情があるのよ。あんまり詳しくは言えないんだけど」

モービルの出自を語ろうとすると、かなり込み入った話になる。ララが申し訳なさそうに眉を寄せて謝罪すると、ヨッタはすんなりと引き下がった。ララが事前に口の堅さを聞いた理由を察したようだった。

「ヨッタ、魔法具っていうのは？」

代わりに、ララがヨッタにたずねる。

運転中は他にやることもなく、会話がある方が気が紛れる。

「魔導具よりももっと強力な魔法の道具だよ。遺失古代文明の遺跡なんかでたまに見つかったりするんだ」

「つまり、遺失古代技術《ロストアーツ》？」

現在、地上に栄えている文明より以前により華々しい栄華を誇った文明、それが遺失古代文明だ。詳細が不明な、なんらかの事件によって滅び、現在はその残滓《ざんし》がわずかに残るだけ。各地に点在する遺跡からは、現代の技術では再現不可能な高度な技術――遺失古代技術《ロストアーツ》が発見される。

「うーん、遺失古代技術《ロストアーツ》よりはまだ希望があるかもね」

ララの言葉に、ヨッタは曖昧な返答を出す。

「魔法具は、魔導技師が目指す究極の魔導具なんだ。遺失古代技術よりはまだ、現実味があるものっていうのが、魔導技師としての考えだな」

まあ他の一般人からすればどちらも同じようなもんだけど、とヨッタは笑って付け足す。

魔法具というものは、非常に高値ではあるものの、遺失古代技術よりは遙かに多く出土し出回っている。そのため、ある程度研究も進んでおり、〝理論上は実現可能〟というものもあるにはあるようだった。

「ヨッタも魔法具を作ってみたいとか、思ってるのか？」

話を聞いていたイールがふとたずねる。ヨッタはそれに対し、困った様子で小さく唸った。

「うーん。どうだろうな。アタシは魔導具で沢山の人の生活が便利になればそれでいいと思ってるから、魔法具ほどのものはいらない気がするし……。でも、便利な魔法具が広まって、もっと生活が楽になればいいとは思ってるよ」

少女の率直な思いに、ロミが感激して手を叩く。ヨッタは照れくさそうに鼻の頭を掻いた。


モービルは快調な走りを見せていた。

ヨッタの計画していたルートを、ヨッタの予想よりを遙かに超える速度で駆け抜け、数日かかる距離を数時間で稼いでいく。しかも、彼女たちはただ柔らかい座席に座っているだけでいい。暑さや日差しを気にする必要も無く、談笑したりうたた寝したりしているだけで目的地へと近づくのだ。

「いやぁ、凄いね。まったく」

流れゆく景色を車窓から眺め、ヨッタが何度目かの賞賛を口にする。

広大な砂漠はさらに厳しさを増し、まばらに見えていた魔獣たちの姿もめっきり減ってしまった。ときおり、砂竜人の盗賊らしい影も見えるが、彼らがなにか行動を起こすよりも早く距離を離してしまう。

まったくもって、モービルの旅は快適だった。

「本当に、モービル様々です。この砂漠を歩いて進もうと考えただけでも気が遠くなっちゃいます」

「ヨッタは元々そのつもりだったんだろ。凄いもんだ」

ヨッタと共に後部座席に座ったロミとイールは、過酷な砂漠の環境を見て感嘆の声を漏らす。ヨッタはこの砂漠を、数日かけて歩き通すつもりだったのだ。というよりも、モービルなど持っていない商隊や他の旅人たちは、それを余儀なくされるのだ。

もはやロミやイールにとっては考えられないような行動である。

「道なき道というか、もはや目印もないのよね。こういうところを歩くときって、どうやって進路を決めてるの？」

普段、街道沿いしか移動をしていないララにとって、砂漠はただただ広大無辺な土地にしか見えない。このあたりになってくると、キア・クルミナ教の聖柱も立っておらず、旅する際の目印となるようなものがなにもなかった。

現在はサクラとレコによるナビゲーションを受けてモービルのルートが選択されているが、一般的な旅人ではそうはいかないはずだ。

「基本的には星頼りだな。地図と羅針盤を片手に歩いて、夜になったら星を見て居場所を確認するんだ」

「なるほど。そういうのは必須技能なのね」

この世界でも、星が大地を指し示す点は変わらない。ヨッタは荷物の中から六分儀のような道具を取り出して見せる。彼女はこれを使って、茫漠《ぼうばく》とした砂原のどこに自分が立っているのかを知るのだ。

「それも魔導具？」

「ただの道具だよ。魔力は必要ない」

興味を示すララの言葉に、ヨッタは苦笑して答える。

天球に映る星々の位置関係を測るだけのものであれば、魔石を内蔵する必要はない。魔導技師だからといって、身の回りの物すべてを魔導具で揃えているわけではないのだ。

それもそうかとララが相槌《あいづち》を打ちつつ、ハンドルを切る。背の高い砂丘を難なく乗り越えると、遙か彼方まで広がる眺望《ちょうぼう》のなかに、巨岩があらわれた。

「あれは？」

「砂竜人の野盗の砦だな」

「野盗⁉ 砦⁉」

赤みがかった褐色の、扁平《へんぺい》な形をした巨大な岩だ。それを見て軽く放たれたヨッタの言葉に、ララとロミが目を見開いて驚く。そんな二人に対し、ヨッタはそうだと手を叩いた。

「せっかくだし、ちょっと寄ってかないか？」

彼女の提案に、二人はさらに驚く。信じられないと眉を釣り上げ、ヨッタを睨む。

「なにを言ってるんですか。野盗ですよ⁉」

「ノコノコ入っていったら、素寒貧にされちゃうんじゃないの？」

喧々囂々《けんけんごうごう》と捲《まく》し立てる二人を見て、ヨッタははっとする。そうして、彼女は違うよと苦笑して首を振った。

「野盗って言っても、別に無差別に旅人を襲ってるわけじゃない。正しく言えば、賞金稼ぎかな」

「賞金稼ぎ？」

首を傾げ、言葉をそのまま繰り返すララ。ヨッタはうなずく。

「三人も、アグラ砂漠がどういうとこかは知ってるんだろ？」

「まあ、ある程度は……。あっ、そういうことですか」

ロミがぴくんと眉を動かす。彼女はなにかに気がついたようだった。それを察して、ヨッタは口角を上げる。

「多分、ロミが考えてることが正解だよ」

「なるほど。……罪人を捕らえる方々の拠点なんですね」

それを聞いて、ようやくララも納得する。

野盗とは言いつつ、彼らが狙うのは他の土地から砂漠へ逃げ込んできた者たち——つまりは犯罪者だ。こんな所まで追い込まれた者はその大半が首に金が懸けられている。それを目当てにする賞金稼ぎが、砂漠で目を光らせているのだ。

「ご名答。そんなわけで、清廉潔白なアタシたちにはなんの問題もないよ」

ヨッタの説明を聞いて、ララはほっと胸を撫で下ろす。そうして、早速ルートを少しずらして、巨岩の砦へとモービルを向けた。

「野盗は襲われることも多いからね。ああいう岩をくりぬいた要塞なんかを作ってるんだ」

「あれ、中がくり抜かれてるんだ？……ほんとだ、表面に小さい穴が開いてるわね」

ララは視力を強化して、遠く離れた場所にある砦を見る。一見するとただの巨岩ではあるが、注意深く岩肌を見てみると、小さな穴がいくつも開いている。あれが光や空気を取り込むためのものであり、外を窺う窓であり、有事の際には魔法や熱湯などを注ぐための場所になるのだろう。

「しかし、ずいぶん大きいわね」

巨岩は平たい円柱形をしている。その大きさは遠く離れていても強い存在感を放つほどで、荒涼《こうりょう》とした砂漠のなかでは特によく目立つ。

「ここいらじゃ一番大きな野盗の砦だよ。五百人くらいの賞金稼ぎと、その家族が暮らしてる。それに、捕まえた賞金首を入れるでっかい牢屋もあるんだ」

「ヨッタは詳しいのね」

「何度か行ったことあるからね。魔導具修理の需要はどこでもあるし」

少し自慢げに鼻を鳴らすヨッタ。

凶悪な賞金首を捕らえておく必要のある砦だからこそ、他の集落では見られないような珍しい魔導具も多くあり、彼女のような魔導技師の需要も高い。実際、彼女は以前この町で拘束用の魔導具や檻を施錠するための魔導具などの修理を請け負っていた。

「野盗の砦は他の村と比べて賑やかなんだ。なにせ、金を持ってるからね」

「なんだか複雑な話ねぇ」

資源が乏しい砂漠の集落の中では異例だが、野盗の村は経済的に豊かだった。そこに住む賞金稼ぎたちにとって、砂漠をさまよう犯罪者たちを捕らえる事が仕事であり、彼らはエストルの向こう側からいくらでもやってくるのだ。ある意味では、尽きることのない資源を取り続けているとも言える。

そんな理由から野盗の砦は多くの商隊《キャラバン》も訪れる一大都市になっており、砂漠の真ん中にも関わらず様々なヒトやモノが集まる物流の拠点としても機能していた。

「賞金首が後生大事に持ってたモンも売りに出されててさ、結構掘り出し物があったりするんだ」

「ええ……。それっていいの?」

「悪人が捕まった時点で、そいつが持ってたモンは捕まえたやつのものになるからな」

微妙な顔をするララに、ヨッタは軽く答える。彼女もまた、砂漠に生きる者としての強かさを持っていた。もし、悪人の持ち物がどこかから盗まれた物だった場合、それを取り戻したいと考える本来の持ち主に返すための専門業者もいるらしい。当然、賞金首の懸賞金とは別に金はかかるが。

「っと。モービルはこのあたりに停めておこうかな」

そんな話をしているうちに、巨岩の砦がかなり近づいてきた。

ララはモービルの速度を緩め、砂漠の真ん中に停車する。今回も、砦には徒歩で乗り込むつもりだった。

「うぅ、また砂漠を歩かないといけないんですね」

「本来はそれが当たり前なんだからな。ほら、下りた下りた」

悲しい顔をするロミを追いやり、ヨッタは数時間ぶりに車外へ出る。ララも運転席から転がり出て、腰を思い切り反らした。

「ほら、イールも。出掛けるわよ」

「うおっ⁉ っと、寝てたのか」

ララは後部座席で静かに俯《うつむ》いていたイールの肩を叩く。彼女はモービル体験二日目にして、早速眠りに落ちてしまっていたようだった。

少し恥ずかしそうに目を擦るイールを見て、ララは薄く笑みを浮かべる。同乗者が安心して眠ってくれているのは、運転者としては誇らしく思うところもあるのだ。

「うわ、なんだあの岩？」

「野盗の砦だって。今からあそこに行くのよ」

「野盗の砦⁉」

イールは遠くに泰然と横たわる巨岩を見て声を上げる。彼女の反応はつい先ほどの繰り返しであり、ララとロミは思わず吹き出してしまった。そんな二人を見て、イールは困惑の表情を浮かべる。

野盗の砦は巨岩の内側をくりぬき、天然の防壁と成した堅牢な構造をしていた。三方に開けられた小さな門をくぐって中に入ると、そこには何層にも重なった複雑な建造物があらわれる。

「うわぁ、また凄いところね」

木で組んだ通路が縦横無尽に入り乱れ、色とりどりの旗が揺れる町並みを見て、ララが歓声を上げる。

武装した砂竜人が多く、彼らの密度によって熱気はさらに上がっていた。

「めちゃくちゃ暑いな。茹で上がりそうだ」

「神官服が直ってよかったですよ……」

イールは額に玉のような汗を浮かべ、それを見たロミが戦々恐々とする。ヨッタも褐色の肌を湿らせており、けろりとしているのはララだけだ。

彼女は無邪気にはしゃぎながら、人の密集した通りに犇《ひし》めく店々に視線をさまよわせる。荒涼とした砂漠とは打って変わって、砦の内部は騒がしく、活発に取引が行われているようだった。

「ねえヨッタ、魔導具も売ってるわよ！」

ララが見つけたのは、見た目からどのように動くかもわからない魔導具を乱雑に並べた店だ。屈強な砂竜人の店主がニコニコと笑みを浮かべている。

ヨッタはそこの商品を一瞥《いちべつ》し、肩を竦めた。

「盗品かスクラップだな。ジャンク品を組むには便利だけど、今は用がないよ」

「そうなの？ 残念ね」

ヨッタの言葉にララは眉を寄せつつ、すぐに別の店に興味を移す。

野盗の砦はその生業から、店も胡散臭い商品を置いているところが多かった。王家の秘宝と謳う華美な宝石剣に埃が積もっていたり、龍の鱗と称されるカビた魚の鱗が籠に満載されていたりと、なかなかの無法ぶりである。

「どれもこれも、眉唾ものだな」

「でも、たまに魔力をしっかり宿してるものもありますね」

「九割九分外れだけど残りの少しに本物もあったりするんだ。知識と眼があれば、見て回るのも楽しいよ」

ヨッタはそう言いつつも、客寄せの声に耳を貸さず真っ直ぐに道を進んでいく。ララたちもそれを追いかけ、階段を上ったり下りたり、複雑に入り組んだ町の中を奥へ奥へと向かった。

「ヨッタ、あたしたちはどこに向かってるんだ？」

イールがそうたずねると、彼女はなにか企むような笑みを浮かべる。そうして、ひとけのない薄暗い路地へと入ったところで立ち止まって振り返った。

「この砦にも知り合いがいるんだ。ちょっと挨拶しようと思ってね」

ヨッタはおもむろに、木板の壁を手で押す。

ララたちが怪訝な顔で見る中、壁の一部が凹み、奥でガチャリとなにかが動き出す音がした。

「足元、気をつけて」

「え？　うわわっ⁉」

ララたちの足元が揺れ、砂の下に隠された岩が動く。あらわれたのは、地下に続く階段だった。

「隠し階段？　随分物騒だな」

「砦はよく襲撃も来るからね。こういうのはいろんなところにあるらしいよ」

ヨッタはそう言いながら、あらわれた階段を下っていく。ララたちは顔を見合わせて、おそるおそる彼女の背中を追った。

石製の階段は、ゆるくカーブしながら下へ下へと続いている。壁面も隙間無く石が積み上げられており、換気もしっかりされているのか、息苦しさは無い。むしろ日光が入らないことで、少し涼しいほどだ。

「さあ、ようこそ野盗の砦へ」

階段を下りきり、ヨッタが笑みを浮かべて三人に言う。階段の果てにあったのは、頑丈な石造りの小部屋だ。その奥にある壁の一部の石をヨッタが押すと、それが揺れ動いて開かれる。

「わぁっ！」

「これは……すごい……！」

そこにあったのは、町だった。

細かな間隔で並べられた魔導灯が明々と照らし上げる歓楽街だ。地上よりも人の密度は低いが、それに負けないくらいの活気がある。

「表の町は新参とか、外の者がいる場所なんだ。砦の本当の住人はこっちで暮らしてる」

ヨッタは驚く三人に満悦の笑みを浮かべつつ、壁の向こうへと歩き出す。地下にあらわれた町に唖然としていたララたちは、慌ててその後を追った。

野盗の砦は本来、巨岩の下に築かれた町だった。人口が増えるに従って開発が進み、いつしか上の町が出来上がった。

だが、今でも古くからの住人は地下街に住み、そこで暮らしている。

「ここだよ」

ヨッタが三人を案内したのは、地下街の一角にある古びた魔導具店だった。彼女は遠慮なくつかつかと中に入り、奥に向かって大きな声を上げる。

「ファイル！　居るんだろ。出てきなよ！」

彼女の声が天井の低い室内に響く。

ララは内装を見渡し、作り付けの棚に魔導具らしいものがずらりと並んでいることに気がついた。どれも綺麗に磨かれており、傷一つ無い。並べ方にも寸分の狂いなく、この店の主の性格が窺えた。

「おーい、ファイル！」

「うるっせーーーい！　なにを朝からガンガン怒鳴ってんだクソが！」

直後、ララの予想がガラガラと音を立てて崩れ落ちた。

ヨッタの声に返ってきたのは、地下街を揺るがすような大声だ。暗い店の奥からあらわれたのは、窮屈《きゅうくつ》そうに身を屈めた巨漢だった。

「よう、ファイル。もう昼だぞ？」

ヨッタは動じることなく、からかうように声をかける。ファイルと呼ばれた巌のような巨漢は、太い眉を寄せて壁に掛けた時計を睨んだ。

「……。地下街じゃあ太陽なんてアテにならん」

「まったく。また作業に熱中してたのか？」

「うるせえな。繁盛してんだよ」

楽しげに話すヨッタと、ぶっきらぼうに答えるファイル。二人の姿を見ているだけで、親しいことはよくわかった。

ララはおずおずと手を挙げて、忘れられていないかと不安になりながら声をかける。

「あのー、ヨッタ。この人は？」

「ああ、ごめんごめん。こいつはファイル。こんなナリだけど魔導技師で、アタシの兄弟子だよ」

ヨッタはそう言って、ファイルの太い二の腕をぽんぽんと叩く。対するファイルは口をへの字に曲げて不本意そうな顔をしていた。

「兄弟子になったつもりはねぇけどな。あのクソ野郎が知らん間にテメェを拾って持ってきただけだ」

「つれないなぁ、相変わらず」

ヨッタが唇を尖らせるも、ファイルはボリボリとこめかみを掻いて鼻を鳴らす。

彼の背丈は、真っ直ぐ背筋を伸ばせば優に二メートルを超えるだろう。岩のような肌や四本の指を見ても、人間でないことはわかる。

「巨人族か。珍しいな」

「そうかい。ここじゃあ人間族も随分珍しいけどな」

イールの声に、ファイルは口角を上げながら答える。

彼は人間よりも大きな体と強い力を持つ種族、巨人族だった。屈強な体を持つ彼の種族は厳しい環境にも耐えるため、砂漠の真ん中で暮らしていたとしても不思議ではない。

「巨人族の魔導技師ははじめてです。わたしはキア・クルミナ教の武装神官で、ロミと言います」

よろしくお願いします、とロミが手を差し出す。ファイルはそれに眉を上げて、おそるおそる二本の指を差し出した。

二人の大きさが違うため、二本指でもロミは握りきれない。

「私はララ、こっちはイール。二人は傭兵で、ロミと三人で旅をしてるの」

「ほーん。それでヨッタに捕まったのか」

ファイルは三人を見渡し、憐憫《れんびん》の眼を向ける。それに気がついたヨッタがむっと眉間に皺を寄せて、彼の柱のような足を蹴った。

「せっかく可愛い妹弟子が会いに来てやったんだ。飯くらい奢ってくれよ」

「なんで俺がそんなことをしなくちゃならねぇんだよ」

不遜《ふそん》なヨッタの言葉に、ファイルは呆れた顔で声を上げる。

それを見てララはようやく、ヨッタがこの町に立ち寄った理由を察した。彼女は昼食を求めてファイルの元へとやってきたのだ。

「いいじゃんか、ちょっとくらいさ。久しぶりに会えたんだし」

「久しぶりって、別に会いたかねぇよ。突然来やがって、人の安眠を邪魔して……」

ぶーぶーと抗議するヨッタだが、圧倒的にファイルの言葉の方が正論だった。

「あはは。それじゃあ、どこかおすすめのお店教えてよ。地元民ならそういうの詳しいでしょ」

ララが見かねて折衷案を出す。案内をしてもらえるだけでも、彼女たちにとってはありがたい。

彼女の要求を聞いたファイルは、ボリボリと掻きながら仕方なさそうに三人を見た。

「仕方ねぇ。ゲストには飯くらい奢ってやる」

「いいの⁉ やったぁ！」

「テメェは身内だろうが！ 食った分働けよ」

跳び上がって喜ぶヨッタに、ファイルはすかさず釘を刺す。それでも昼食を振る舞うことにはなっているあたり、彼の性格が窺えた。

「すまない。助かる」

「別にいい。繁盛してるって言っただろ」

余裕はあるんだ、とファイルはそっぽを向いて答える。彼のそんな様子を見て、イールとララは思わず笑った。

「巨人の方がどんな食事をされるのか、気になりますね。砂竜人の方はお肉をよく食べているようでしたが……」

ロミは早速懐から手帳を取り出し、記録の準備をしている。彼女から好奇心の視線を向けられたファイルは、恥ずかしそうにしながら奥の部屋から荷物を取ってきた。

「地下街ならなんだってあるからな。好きなもんを言ってくれ」

「わーい！　じゃあ、肉だ！」

「テメェじゃねぇっつってんだろ！」

すかさず手を挙げるヨッタを、ファイルは大きな手のひらで押し退ける。

結局、ララが地元らしい料理をと希望を挙げ、ファイルはそれを了承した。彼女たちは大柄な男の後を追い、地下の明るい町へと繰り出した。

ファイルはララたちを引き連れて、地下街でも賑やかな通りへと向かう。魔導灯の青やオレンジの光がぼんやりと闇を払う街は、肩が当たるほどの人の密度だ。

「このあたりは賑やかね」

「飯屋が多いからだな。上はともかく、下のやつらは太陽が出てようが出てまいが関係ねぇんだ」

通りに並ぶ店の多くは、煮炊きを行う調理場を備えた飲食店だった。そこかしこで火が熾《おこ》され、籠もった空気はほのかに暖かい。それでも煙が目に染みないのは、煙突や排気口といった換気設備が整っているかららしい。

店で売られているのは。砂漠鼠の姿焼きや花サボテンのスープなど、アグラ砂漠で採れる食材を用いた料理だ。どれもララの目には新鮮に映り、彼女は落ち着く暇が無かった。

「ほら、こっちだぞ」

どこから見ても立派な新参者とわかるララに、ファイルが声をかける。彼が指し示したのは、屋台ではなくきちんと客席の用意された店だった。

「またここかぁ」

その店を見て、ヨッタが眉を寄せる。彼女は一度ならず来たことのある場所だったようだ。

ララたち三人にとってはどの店もはじめてなので、拒否する理由はない。ファイルが先陣を切って暖簾を掻き分けながら入ると、店の奥から威勢のいい声がした。

「らっしゃい！　ってファイルじゃねぇか」

「期待どおりで悪かったな」

店は巨人族のファイルが背を伸ばせるほど天井が高かった。

それもそのはず、店の奥から彼らを出迎えたのもまた、見上げるほどの体格をした立派な巨人族だったのだ。

「巨人が入れる店は少ないからな。ファイルはいっつもここで飯を食べてるんだ」

適当な席へ向かいながら、ヨッタが小さな声でララたちに囁く。

種族による体格の差は暮らしの中でも不便を感じやすい。巨人族は入れる建物が限られ、着れる服や使える道具を売る店も少ない。それは逆にも言えて、人間から見れば小人と称される妖精族なども苦労が多かった。

そういった体格的に少数派である種族は、町々に同胞向けの店を営むことも多い。この砦の地下街において、この店がそのうちの一つなのだろう。

「テーブルも大きいわね」

「椅子も、足が届きませんよ」

ララたちが案内されたのは、大きく切り出した岩のテーブルだった。巨人族の店らしい豪快なもので、椅子も小さめのものを用意されてなお、人間族にとっては少し大きい。

「ファイルは三枚かい？ 嬢ちゃんたちは？」

五人が囲むテーブルに、巨人族の店主がやってくる。ファイルはなじみらしくすんなりとうなずいたが、ララたちにはこの店でなにが食べられるのかすらわからない。彼女たちを見て、ヨッタが補足した。

「この店は砂蚯蚓の年輪焼きが目玉なんだ。とりあえず、小を一枚頼んどけば十分だと思うよ」

「なるほど」

「み、ミミズですか……」

彼女の言葉にうなずき、ララたち三人は砂蚯蚓の年輪焼きの小を一枚ずつ注文する。ロミは料理名を聞いてうっと表情を陰らせたが、それでも好奇心が勝ったようだ。

「砂蚯蚓っておいしいの？」

店主が注文を控えて厨房へ向かった後、ララがファイルにたずねる。彼は考えたこともなかったと目を開き、顎に手を当てて考える。

「基本的に、毎日これだからな。腹に溜まるし、食いやすい」

「ファイルは巨人の中でも特に食に無頓着だからね。ここの年輪焼きはまあおいしいと思うけど、たぶん普通は三日で飽きるよ」

ヨッタが呆れた声で言う。

巨人族は大量の食事を必要とするが、代わりに繊細な味覚を持ち合わせていない。腹が膨れ、栄養が摂れれば十分だと考える者が多い。そのため、街に少ない巨人族向けの店でもメニューの数はあまり豊富ではないのだという。

「砂蚯蚓は砂漠の魔獣だよな」

「ああ。最初はちっちゃい虫みてぇなやつだがな、少しずつ成長していって、どんどん大きくなるんだ」

むしろ魔獣としての砂蚯蚓に興味を示すイールに、ファイルは太い指でわずかな隙間を作りながら言う。

蚯蚓と名前に関しているが、実際には魔獣であるためミミズではない。形が似ているだけであり、それも幼年期のわずかなときだけだ。

砂蚯蚓は砂の中を這いながら成長を続け、だんだんと大きくなっていく。体が大きくなるにつれて新しい皮が生まれていくため、成長したものを切れば、断面が年輪のように見える。

「なるほど。年輪焼きというのは、輪切りステーキのことなんですね」

「そういうことだ。砂蚯蚓は骨もねぇし、毒を持ってるわけでもねぇ。腹の中の砂を取るだけでいいし、なにより数が多い」

だから巨人族の胃袋を支えられるのだ、とファイルは言った。

砂蚯蚓は砂漠ではメジャーな魔獣であり、小さなものは他の魔獣の捕食対象にもなっている。大きくなるにつれて数は減るが、それでも巨人族が満足できる大きさのものくらいならいくらでも獲れた。

砂蚯蚓の年輪焼きは安く、早く、うまく、多い。三拍子どころか四拍子揃った、とても理想的な料理なのだ。

「はいよ、おまちどう」

会話の間に割り込んで、店主が大きな皿をテーブルに置く。そこに載っていたのは、ララの指三本分はあろうかという分厚い肉だ。円形をしており、その大きさも彼女が両腕をいっぱいに使って丸を作ったものと同等に見える。

「でっか！」

そんな、豪快な肉が三枚。こんがりと網の焼き目が付けられて、潰した芋や茹でた野菜が添えられて鎮座している。

「これが一人分ですか？」

「俺のな。あんたらのはもっと小さいから安心しろ」

恐ろしげな表情をするロミに、ファイルはすげなく答える。一枚を食べるだけでも苦労しそうな量だが、彼は驚く様子もない。

「これが砂蚯蚓の輪切りなのね。めちゃくちゃ大きいじゃないの」

ララは皿の上に重ねられたステーキを見て神妙な顔になる。

名前のとおり、それは年輪のように同心円が重なっており、その間に肉が詰まっている。よく焼かれているが、柔らかそうだ。

「こいつは一年と少しくらいだな。皮の数でわかる」

ファイルはナイフとフォークを握り、その先端で指し示す。年輪と言いつつも新しい皮に入れ替わる頻度はおよそ一月に一度らしく、そのステーキには十五ほどの円があった。

外側の皮ほど硬くなるため、大きな輪切りになると噛み応えが増す。しかし、ファイルのような巨人にとってはあまり関係の無いことだった。

「はいよ。小、おまちどう」

「きたわね！」

そうこうしているうちに、ララたちの前にも皿が差し出される。それはファイルのものと比べると圧倒的に小さく、彼女たちからすれば常識的な大きさの年輪焼きだった。

これならば食べきれそうだとロミはほっと胸を撫で下ろす。

「それじゃ、いただきまーす！」

全員の前に皿が出揃ったのを見て、ララが手を合わせる。ロミたちはキア・クルミナ教の挨拶を行い、ファイルはおもむろにフォークを突き立て、豪快にがぱりと口を開いて食べ出した。

「うん。おいしいじゃないか」

もにゅもにゅと口を動かし、嚥下《えんげ》する。はじめて砂蚯蚓の年輪焼きを食べたイールは、うなずいて言った。

臭み抜きも兼ねているのか、全体にスパイスが振られ、さらに野菜をじっくりと煮溶かしたソースが掛けられている。筋張っているわけではなく、むしろ舌で潰せるほど柔らかい。円を描いている皮がくにくにとした食感で、それもまた面白い。

「おいしいわね。大でもよかったわよ」

瞬く間に小を一枚ぺろりと完食したララも、満悦の笑みを浮かべている。ロミも食べる速度は遅いが、味を楽しんでいるようだった。

「小か中、もう一枚食うか？」

「いいの⁉」

早くも大きな一枚を食べ終えていたファイルが、にやりと笑って言う。彼も案内した店で喜んでくれているのなら悪い気はしなかった。

気前よく言う彼を見て、イールとロミは互いに顔を見合わせた。

「あー。多少はこっちも払うぞ？」

イールが財布を出しながら言う。

しかし、ファイルはそれをしまうように促した。

「そんなに高いもんでもない。人間族の胃袋ならたかが知れてるだろ」

彼から見れば、ララのような人間は小食すぎる。多少大食いだとしても、彼らにとっての小腹を慰めるほどの量も食べられない。

そしてこの店は生まれ持っての大食漢である巨人族に向けた飲食店だ。人間の食べる量などはほとんど誤差の範疇《はんちゅう》である。

「じゃ、お言葉に甘えて。——大将、大二枚ちょうだい！」

「はいよっ。……はっ⁉」

ララが厨房に向かって元気に注文を通す。それを聞いた店主がいつものように返し、少し遅れて目を丸くする。

二枚目を口に運んでいたファイルも、驚いてフォークを取り落とした。

「おま、大ってこのサイズなんだぞ？」

彼は確かめるように、自分の皿を示す。そこに載っているのは、人間族にとっては大きすぎる肉塊だ。

しかし、それを見てなおララはけろりとした顔でうなずく。

「大丈夫よ。わたし、それくらいなら食べられるから」

「ええ……」

唖然とするファイルとヨッタ。

しかし、イールとロミは困り顔だが否定はしなかった。それを見て、ファイルはため息をつく。

「もう、好きにしろ。残したら俺が食べるよ」

「わーい！　ありがとう、ファイル！」

ファイルがうなずくのを見て、店主が肉を焼き始める。

周囲から様々な感情の視線が突き刺さるなか、ララは無邪気に笑って喜んでいた。

そして、地下街の飲食店に戦慄が走る。

大食らいな巨人族を満足させるほどのボリュームが売りである砂蚯蚓の年輪焼きを、人間族、それも年端もいかない少女が次々と平らげているのだ。ファイルが食べた三枚という量は瞬く間に追い抜かれ、テーブルには舐めたように綺麗になった空き皿が十枚重なっている。

「ふぅ、食べた食べた」

「食べ過ぎだ、バカ！」

膨らんだ腹をさするララの後頭部を、イールが軽く叩く。ロミも苦笑しているが、彼女を止めようとはしなかった。

ファイルは奢ると言っていたが、これではララの分くらいは支払わなければ詐欺のようなものである。

「はぁ、すごいんだね。よくそんなに入るもんだ」

「俺だってそんなに食べられねぇぞ」

ヨッタとファイルの二人は、一度も止まることなく完食したララを見て唖然としている。その小さな体のどこに大量の肉が入っているのか、不思議に思っているようだ。

実際、本来ならばララの胃袋は到底それらが収まりきるほどの大きさではない。食べたそばから強化された消化酵素によって溶かし、それを効率よくエネルギーに変換しているからできる芸当である。

「ごめんごめん。ここの年輪焼きがおいしくてついね。もう三日はなにも食べなくていいかも」

そう言っている間にも、ララの腹はゆっくりと元通りに戻っていく。ナノマシンによって貯蔵されるエネルギーは、脂肪よりもはるかに高効率に使用できる。彼女の言葉は間違いではなかった。

無論、食べなくても問題がないだけで、食べることができるなら食事は摂るつもりではある。彼女にとって、食事は娯楽でもあるのだ。

「ほんとに人間族か？」

「うーん、どうだろうね？」

ファイルの問いに、ララは曖昧にしか答えられない。姿形は人間族とよく似ているが、そもそも生まれた場所が違うため、遺伝子レベルでは違う生物であるはずだ。

収斂《しゅうれん》進化か、神の奇跡か、世界の真理か。なんにせよ、この世界の人間がララとそう変わらない外見であることはいろいろと都合がいい。

「ララは不思議なやつだなぁ」

ヨッタがもそもそと残りの年輪焼きを食べながら言う。彼女はエルフではないため、動物の肉も問題なく食べることができるのだと、ララは今更ながら気がついた。

「ヨッタはララたちのことよく知らねぇのか？」

ヨッタの様子を見て、ファイルが首を傾げる。彼はてっきり、ヨッタとララたちが別の町からしばらく一緒に旅してきたと思っていた。そもそも、モービルが無ければ彼女たちが今朝発ったオアシスからでも数日かかるため、当然といえば当然である。

そのため、ヨッタが昨日であったばかりだと言うと、彼は目を丸くして驚いた。

「よくそんなやつを地下街まで案内してきたな」

「なぜか馬が合ったんだよ。悪いやつらには見えないでしょ？」

「そりゃあ、そうかもしれんがなあ」

そう言って、ファイルはぼりぼりと頭を掻く。彼の目から見ても、三人は腕が立ち礼儀をわきまえた人物だと捉えられた。

「オアシスで偶然出会って、行き先が同じだったからね」

「行き先？」

「うん。ディスロ」

ヨッタは答えて、砂蚯蚓の肉を食いちぎる。弾力のある肉をもにもにと噛んでいると、ファイルは椅子を蹴って立ち上がった。

「ヨッタ！まだあんな所に行ってるのか！」

声を荒げるファイルに、ララたちが驚く。ヨッタはしまったと言いたげな顔をして、唇を尖らせる。

「だって……依頼がくるから」

「そうは言ってもな。あそこは脛が傷だらけのやつが逃げ込む場所だぞ。お前はこんなでも女なんだから――」

「女だからなんだってんだよ。ファイルよりはよっぽど強いからな！」

訥々《とつとつ》と説教を始めるファイル。ヨッタはそれに反抗し、拳を振り上げる。しかし彼女の褐色の腕は細く、力があるようには見えなかった。

エルフとダークエルフは様々異なるが、生来高い魔力とそれを扱う才能を持っている点は同じくする。

「テメェは魔力が高いだけだろ。詠唱できなきゃロクに戦えねぇじゃねぇか」

「なにをぉ！」

「ちょ、ちょっと二人とも！落ち着いて下さい！」

一発触発の空気に耐えきれず、ロミが仲裁に入る。二人はしばらく睨み合っていたが、ララたちが見ていることに気がついて、ばつの悪そうな顔で腰を落ち着かせる。

「す、すまん。食事中に……。しかし、その話だとあんたらもディスロに行くのか？」

ファイルは簡潔な謝罪の後、三人に確認する。彼の目には心配の色があり、彼の優しさゆえの言葉だということはすぐにわかった。

それでも、ララはうなずく。

「ええ。ディスロに捜し物があるのよ」

「捜し物？」

ララはちょうどいいと流れに乗って話を続ける。

「〝太陽の欠片〟って言うんだけど、聞いたことない？」

このあたりで少し、情報を集めてもいいだろう。魔導技師であるファイルならなにか知っていてもおかしくはないし、彼ならば信頼が置けると判断した。

そして、そんなララの予想は当たり、ファイルは太い眉を吊り上げた。

「太陽の欠片！　なんでまた、そんなモンを……」

「やっぱり知ってるのね。できれば、どういう物か教えてくれると嬉しいんだけど」

ララは手を叩いて喜ぶ。対するファイルは、眉間に深い皺を刻み、低い声で唸った。

「なににも知らねぇでディスロに行くんだな……。〝太陽の欠片〟はあの町の秘宝だぞ」

ファイルの言葉に、ララはきょとんとする。イールとロミも予想外に壮大な単語が飛び出したことに驚きを隠せないでいた。

「ララたち、ほんとにそれを狙ってるの？　止めといた方がいいよ」

ヨッタも〝太陽の欠片〟について知っているらしく、三人に警告する。しかし、ララたちもここまで来て引き下がるわけにはいかない。せめてその理由を知りたいとファイルにせがんだ。

「〝太陽の欠片〟はディスロを仕切ってる赤銅騎士団ってやつらが守ってる。なんでも、無限の力を生み出す遺失古代技術《ロストアーツ》で、町に水を引くための動力になってるらしい」

「へぇ。太陽なのに水をねぇ」

詳しい説明を聞き、ララは口角を上げる。そんな彼女を見て理解が足りていないと思ったのか、ファイルは続ける。

「赤銅騎士団は騎士なんて自称しちゃいるが、ならず者の集まりが勝手に町を仕切ってるだけだ。それに、〝太陽の欠片〟は町の地下に埋まってるとんでもなくデケぇ代物らしいからな。盗みだそうなんて思わない方がいい」

「なるほどなるほど。それはまた……」

ララは顎に手を当て、深く考え込む。ファイルは本当にわかってるのか？　と訝《いぶか》しんだ。

「まあ、とりあえず実物を見てみないことにはね。私たちが探してるものとは違うかもしれないし」

〝太陽の欠片〟が本当に遺失古代技術《ロストアーツ》であるならば、ララがそれを手に入れる理由はない。彼女が欲しいのはあくまで、散逸した宇宙船のパーツなのだ。

「ヨッタとの約束もあるし、ディスロまでは行くわよ」

「ですね。砂漠で暮らす方々の生活というのも見たいですし」

ララたちの返答から意思の固さを感じ、ファイルは大きくため息をつく。これ以上はなにを言っても糠に釘を打つようなものだと思い至ったようだった。

「はぁ。あんたらが並の悪人より強いことを祈るよ」

「そこは任せてちょうだい」

ファイルの言葉に、ララが胸を張る。一番頼りなさそうな彼女を見て、巨人は渋い顔をした。

食堂で腹を満たした後、一行はファイルの店へと戻る。ヨッタはそこで食事代分働くことになり、ララたちはその間少し地下街を散策することにした。

「スリやひったくりに気をつけてれば、後はそんなに治安も悪くないから大丈夫だよ」

「傭兵と神官を襲おうなんて思う輩はそういねぇからな」

「なんだか逆に不安になるわねぇ」

楽観的なことを言うヨッタたちに見送られ、三人は煌々《こうこう》と明かりの連なる街中に繰り出す。砂漠の真ん中だというのに、地下街はとても涼しい。このような閉所に芋を洗うように人々が密集していると、すぐに窒息してしまうはずだが、なにか強力な空調設備でもあるのだろうか。

「しかし、自由に歩けと言われてもね」

「わたしたちはここの事をなにも知りませんからねぇ」

困った顔でイールは周囲を見渡す。天井の低い町では、幅の広い通りの両脇から大きな声が飛び交っている。トカゲやサソリなどが丸々一匹軒下に吊り下げられ、その場で料理している店など、地元の匂いが強い光景がそこかしこに見受けられた。

「適当に歩けばなにか見つかるでしょ。アグラ砂漠の珍味とかあったら食べてみたいわね」

「まだ食べるのかよ」

「砂蚯蚓の年輪焼きも珍味だったと思いますがねぇ」

二人に呆れられながら、ララは元気よく歩き出す。彼女は建ち並ぶ商店を冷やかし、そこに陳列されている品々を注意深く見つめ、それらしい顔で唸ってみせる。その芝居がかった姿にイールたちの方が恥ずかしくなって俯く始末だった。

「むむむ、これはきっと年代物ね」

「オレが作ったランプだよ。一つどうだい？」

明るい光を放つランプに囲まれて顎に指を添えているララの首を、イールがむんずと掴む。

「ほら、先に行くぞ」

「うわぁっ⁉ いいところだったのに！」

引きずられるまま去って行くララを、ランプ屋の青年はきょとんとして見送る。ロミがペコリと頭を下げて、早足で二人を追いかけた。

「しっかし、本当にいろんな店があるな」

「上の町も相当騒がしかったけど、こっちの方が活気がある感じがするわねぇ」

周囲を見渡して率直な感想を漏らすイールに、ララも素直にうなずいて賛同する。

野盗の砦はもともとこの地下街がメインストリートだっただけあって、混沌とした中にも秩序がある。砂竜人たちは賑やかな町の中を、太い尻尾を振りながら歩いている。

「今までの町はなんだかんだで人間族が多数派だったから、こういう光景は新鮮ね」

「そうだなぁ。人間族は寒いところから暑いところまで、大体の場所にはいるからな」

鬼人族ほどの力もなく、エルフ族ほどの魔法の才能も持ち合わせていない人間族は、他種族から見れば矮小《わいしょう》な存在だ。そんな人間族が抜きん出て秀でているのは、その数と適応力だった。

砂竜人は寒冷な地域では活動すら難しく、妖精族は荒野には住めない。しかし、人間族は万年雪の降り積もる遙か高山の頂から、木々が生い茂りうだるような熱気の立ち込める密林、嵐がたびたび襲いかかる海のそばまで、様々な土地に集落を構えている。あらゆる気候に耐えられる適応力と、広範な土地に根付く数の多さが、人間族の武器である。

このアグラ砂漠の過酷な環境においてさえ、少数とはいえララたち以外の人間族が居ること自体、その証左と言えるだろう。

「ディスロはこの砦よりももっと過酷な場所にあるんでしょ？　そんなところで、〈錆びた歯車《ラスティギア》〉の残党は暮らしていけてるのかしら」

敵ながら、この砂漠の過酷さを知ってしまえばその身を案じざるを得ない。人混みに揉まれながら眉を寄せるララに、イールたちも唸る。

「〈錆びた歯車〉が砂竜人の集団ってわけでもないだろうしな」

「やっぱり、〝太陽の欠片〟が重要な生活基盤になってるんでしょうか」

ファイルによれば、〝太陽の欠片〟はディスロを取り仕切る赤銅騎士団という組織が管理しているらしい。それは町の地下に埋まっており、砂漠の真ん中で暮らす人々に水をもたらすという。

その話が事実であれば、〝太陽の欠片〟はディスロにとって欠かすことのできない重要な存在だ。ララが自分の所有物だからといって奪取してしまえば、そこに住む人々は一瞬にして干からびてしまう。

「蒼火の灯台とか、サクラの本体みたいに、現地の生活が依存してる場合は十分考えられるのよね。物によっては、二つみたいにそのまま置いておいて、一部だけもらうってこともできるんだけど」

結局、なにがそこにあるのか。〝太陽の欠片〟とはなんなのか。それがわからないことには、ララにも対処のしようがない。そういうことだった。

ファイルはディスロという町は悪人たちの巣窟だというが、そこに住むすべての者が脛に傷を持っているというわけでもないだろう。もしそうであれば、ヨッタがわざわざ遠いエストルの町から遥々やって来る理由がない。

「人の話はあんまり信用しない方がいいぞ。聞き間違いもあるし、思い込みや勘違いってこともある。自分で見聞きしたものが一番確かだ」

うんうんと唸るララを見て、イールは旅の先達として含蓄のある言葉を送る。

「百聞は一見に如かず、ってね。やっぱり、それが一番よね」

「そうですよ。図書館に納められてる本も、結構間違ってたりしますからね」

ロミも身に覚えがあるようで、しきりにうなずく。ララもここで悩んでいても仕方がないと気持ちを切り替える。

「じゃあ、イールのアドバイスに則って、あそこの〝元祖〟砂蟹《サンドクラブ》煮込みと〝本家〟砂蟹煮込みと〝初代〟砂蟹煮込みの店で食べ比べしましょうか」

張り切って指を伸ばすララ。彼女の視線の先には、同じような旗を立てた三軒の店が並んでいた。どの店も大鍋でグツグツと小蟹を煮込んでいて、客も右往左往している。店主たちは自分こそが最初の砂蟹煮込み屋であると言って譲らないようだ。

期待に胸を膨らませて三つの店を見比べるララに、イールとロミは額に手を当てて呆れる。彼女の小さな体のどこに、それほどの量が収まるのか、不思議でならない。とはいえ――。

「やっぱり元祖ってところが一番なんじゃないか?」

「でも、初代と謳っているところはお鍋も年季が入ってますよ」

二人もわざわざこんなところまでやってきた奇特な人間族である。好奇心の刺激されるまま、ララの背中を追いかけた。

第三章　朽ち果てた町

野盗の砦で食事と休息を取ったララたちは、日差しが和らぐ時間を待って出発することとなった。

「本当にディスロに行くのか？」

「行くよ。待ってるお客がいるからな」

素っ気なくも心配を滲ませるファイルに、ヨッタは迷うことなくうなずく。魔導具の修繕に必要な道具の手入れをして、広げていた荷物を素早くまとめる。あっという間に出発の準備を整えた彼女は、同じく荷物を持って工房の戸口で待つララたちの下へと歩み寄った。

「助かったよ、ファイル。ディスロから帰るときも寄るから」

「……別に来なくたっていいぞ。ったく」

「素直じゃないなぁ」

「うるせえ！」

拳を振り上げる巨人の青年。ヨッタはクスクスと笑い、ララたちの方へと向き直る。

「もういいの？」

「しんみりするもんでもないさ。いつでも会えるからね」

「そう。――ファイル、また来るわ」

ララたちもファイルに別れを告げ、工房を発つ。地下街の街灯に照らされた雑踏の中へ四人が消えていくのを、ファイルはじっと見つめていた。

騒がしい野盗の砦を出たララたちは、近くの丘に隠していたモービルへと戻る。光学迷彩によって隠蔽されていたモービルの内部は、優れた断熱性と空調機能によって涼しく保たれていた。

「うはーっ！　生き返る！」

「もうヨッタさんもモービルにぞっこんですねぇ」

涼しい車内に飛び込んだヨッタが、座席に身を預けて叫ぶ。笹型の耳を震わせて幸せを表現する彼女を見て、ロミが笑った。

「当然だろ。ああ、もう徒歩で旅できないかも」

ヨッタは真剣な表情で危ぶむ。一度知ってはもう元には戻れないほどの魔力を、このモービルは秘めているのだ。

『システムオールグリーン。エネルギー充填度八十％。いつでもいけますよ』

「了解。じゃあ、さっさと出発しましょうか」

運転席に座ったララが、サクラの補助を受けながらエンジンを始動させる。ブルーブラストの輝きがインジケーターに表示され、車体が一度大きく震える。ララがアクセルを踏み込むと、堀の深いトレッドが滑らかな砂に食い込み、一息に砂丘を駆け登った。

「レコ、周辺の地形データは集められてる？」

『はいはーい！半径二十キロメートル圏内は収集完了してるよ☆ ナビに情報共有するね」

「よろしく。っと、でっかい魔獣もちらほらいるわね」

運転席のディスプレイに、周辺一帯のスキャンデータが表示される。波打つ砂漠は果てしなく、生命の反応はまばらだ。しかし、少し砂中に潜ると巨大な砂蚯蚓などの魔獣が潜んでいる。

彼らの頭上を遠慮なく走ってしまえば、いらぬ厄介を受けかねない。ララはそれらの魔獣を迂回するルートを設定してハンドルを切る。

「相変わらずすごい魔法だなぁ」

「魔法じゃないんだけどねぇ」

後部座席から身を乗り出して運転席を見るヨッタに、ララは苦笑して答える。ナノマシンをはじめとする技術はすべて、理論に基づいた科学的なものばかりだ。この世界を席巻する魔力や魔法というあやふやな存在とはまったく異なる世界観の中にある。

とはいえ、科学も魔法も過程が違うだけで出力が同じならば当事者にとっては然程違いを意識することはない。ヨッタからしてみれば、ララの使う怪しげな技術はすべて魔法と同じなのだ。

「ヨッタ、ここからディスロまではどれくらいかかる？」

「そうだなぁ。商隊についていれば、三日はかかると思うけど」

ヨッタは車窓を流れる景色を見つつ思案する。

「この速度なら、明日の昼くらいには着くんじゃないか？」

重い荷物を携えて熱射の中を耐え忍びつつ進む商隊と、軽快に砂を飛ばしながら走るモービルとでは、速度に大きな差がある。ヨッタも正直、正確なことはなにもわからなかったが、オアシスから野盗の砦までの距離と進みから予測する。

野党の砦でたっぷりと休み、今夜もどこかのオアシスで宿を取るとしても、かなり予定を巻いて目的地に辿り着けそうだった。

「とりあえず、ディスロに着いたら赤銅騎士団ってやつらに会った方がいいのか？」

「ファイルの話だとその人たちが〝太陽の欠片〟を守ってるんでしょ？」

ディスロの街にあるという遺失古代技術《ロストアーツ》、〝太陽の欠片〟。厳しい環境にあるディスロそのものの生命線ともいわれるその存在は、赤銅騎士団という集団が管理しているという。であるならば、それを目指して進んでいる以上彼らとの接触は避けられない。

できれば平和的にことが進めばいいな、とララは淡い期待を抱く。とはいえ、それが町の生命線である以上、ある程度の波乱は避けられないであろうということは、彼女もすでに覚悟できていた。

「ヨッタは町に着いたら、すぐに仕事を始めるの？」

「そりゃあな。半年ぶりの遠征だし、注文も結構溜まってるんだ」

ヨッタは荷物の中から分厚い紙束を取り出してみせる。それらはすべて彼女宛てにディスロから送られてきた魔導具の注文や修理の依頼だという。

「ディスロから帰ってきた商隊が持ってきてくれるんだ。注文がくるたびに出かけるわけにもいかないから、一年に二回、まとめて直しに行くんだよ」

「へぇ。ヨッタってば人気なのね」

めるだけだ。

その依頼書の数からも、彼女の人気ぶりはよくわかる。しかしヨッタ自身は曖昧な笑みに留めて、小さく肩を竦めるだけだ。

「そもそも、ディスロに行こうっていう魔導技師が少ないからね。エストルからも遠いし、治安は悪いし」

「やっぱり治安は悪いのね」

当然だろ、とヨッタは即答する。

「今回はうまくララたちと会えたけど、いつもは大金で傭兵を雇ってるんだ。乾季ギリギリに入ってるのも、今くらいじゃないともっと依頼料が高くなるからってのが理由だよ」

オアシスで商隊に傭兵を取られたことを根に持っているのか、ヨッタは悔しげに言う。エストルからディスロまで向かうとなれば、多くの苦労が待っている。年に二回とまとめても、旅費と稼ぎはほとんど相殺されてしまうと彼女は嘆いた。

「なんでわざわざ苦労して、儲けのない町に出かけてるんだ？」

苦労話を聞いたイールが、率直な疑問を口にする。ヨッタも慣れた様子で、頬を掻きながら答えた。

「ディスロは確かに辺鄙《へんぴ》なところにあるし、治安が悪いし、人気もないけどね。でも、そこにも人は住んでて、魔導具があるんだよ。だったら、誰かが直しにいかないと、生活が成り立たないでしょ」

澄んだ青い瞳がイールを見る。その言葉はまっすぐで、嘘偽りがあるようにも思えなかった。だが、そう言い切った直後、ヨッタは恥ずかしそうに笑みを浮かべる。

「ま、いろいろ言うけど、結局は後を継いでるだけなんだよ」

「後を？」

ロミが首を傾げる。

「うん。師匠のね。――もともと、ディスロへ行って魔道具修理をしてたのは師匠なんだよ。私はそれを引き継いだだけ」

ヨッタの師匠について、ララたちが知っていることは少ない。今も砂漠を放浪しているらしいということと、ファイルも同じ師匠の下で学んでいたということくらいだ。

けれど、ヨッタの話しぶりからして、彼女が師匠のことを強く尊敬していることだけはわかった。

「ヨッタは師匠のことが好きなのね」

「いやぁ、どうだろ」

意外な返答に、ララが目を丸くする。ヨッタは微妙な顔をして、眉間に皺を寄せた。

「腕は確かだけどね。金遣いは荒いし、なに考えてるかわかんないし、気付いたらどっか行ってるし。そもそもディスロへ行くようになったのも、あの人がどっかに行ってて仕事ばっかり溜まって仕方なく行き始めたのが最初だからね」

「ええ……」

さっきとは打って変わって恨み言を延々紡ぎ始めるヨッタ。ララたちはそんな彼女の変わりように唖然とする。

「ヨッタさんの師匠ってどんな人なんでしょうか……」

そんなロミの言葉は、三人の心境の代弁だった。


砂と青空が景色を二分する広大な砂漠の中を、モービルがもうもうと土煙を上げながら走る。四輪の轍は人や獣の足跡とはまるで異なり、見る者を驚かせるだろう。だがそれも、ときおり吹き抜ける風によってかき消される。

砂の荒野にぽつんと孤立するオアシスの集落で一夜を明かしたララたちは、朝早くから再び歩みを進めた。モービルによる砂漠の旅は快適で、ロミなどは早々に二度寝を決め込んでしまったほどである。

彼女たちの目指す町、ディスロが砂丘の向こうに見えたのは、正午を少し過ぎた頃のことだった。

「ララ、あれじゃないか？」

「本当だ。町があるわね」

助手席に座っていたイールが前方を指差し、ララもその影を認める。まだかなり小さく、定期的に行っている『環境探査』の範囲外だったが、快晴のなかではよく見える。

白い日干し煉瓦を積み上げた四角い建物が並ぶ、小さな町である。

「ロミ、ロミ。そろそろ起きなさい」

「むにゃ……」

すやすやと眠っているロミも起き出し、ヨッタも荷物をまとめ始める。彼女たちは他の集落へ立ち寄ったときと同様に、少し離れた砂丘の影にモービルを隠し、そこから徒歩で町へと向かった。

「なんか、全体的にボロボロだな」

砂丘の上に立ち、町を間近に眺めてイールが言う。

ディスロの町は周囲に明確な塀や柵といった境界線がない。いくつもの建物が寄り添ったような形で広がっていた。町を形作る建物の一軒一軒が、壁に穴が空いていたり縁が欠けていたり、ひび割れていたり、中には天井が崩れていたりと損傷している。

「古い町だからね。石工もいないし。仲間内で直せるところを誤魔化しながら暮らしてるんだよ」

ヨッタが砂の上に足跡をつけながら丘を下る。ララたちもその後に続き、寂れた雰囲気の町へと近づいた。

「止まれ！」

白い建物が鮮明に見えるようになったとき、突然町の方から大きな声が響く。ヨッタは驚くこともなく足を止め、両手を高く挙げた。

「エストルの魔導技師、ヨッタだ！ 依頼を受けてきた！」

ヨッタが素性を告げると、崩れかけた廃墟の影から白い衣の人影が飛び出してきた。フードを目深に被り、手に杖を持った男が数人。人間族だけでなく砂竜人族や獣人族もいる。彼らはヨッタの姿を認めると素顔を露わにして歓声を上げた。

「ヨッタか！ 遠くの方から砂煙が近づいて来るんで驚いたぞ」

「ごめんごめん。こっちの人たちと一緒に来ててね」

どうやら、ヨッタは男たちと顔なじみのようだった。彼女は話の流れで、後ろに控えるララたちを紹介する。男たちも見慣れない三人の姿に怪訝な顔をして、しまったばかりの杖にそっと手を伸ばす。

「傭兵のララよ。こっちはイール」

「武装神官のロミです。よろしくお願いします」

それぞれに名乗りを上げ、身分を示すものを掲げる。

「傭兵に神官？　乾季も近いってのに、なんの用だ？」

訝しむ男に、ララはどう説明するべきか言いあぐねる。そのまま〝太陽の欠片〟を探しに来ましたと言っても、あまり心象はよくならないだろう。だからといって下手に誤魔化すようなことを言えば、不信感を抱かれる。

「わたしたちは、とあるモノを探してやって来ました。ヤルダの神殿長レイラ様のご指示によるものです」

「ヤルダの？　あのおっかねぇ女か」

ララに代わって事情を説明するロミに、男は瞠目する。

こんな僻地にまでレイラの存在が知れ渡っていることに、ララは密かに驚いていた。

「とりあえず、この町にいる赤道騎士団と話がしたいんだが、取り次いでもらえたりするか？」

イールの要求に、男たちは戸惑った様子で互いに目を合わせる。そうして、彼らは白い衣の下から、首に下げた赤いプレートを取り出してみせた。

一見すると白い衣を纏っただけのように見えるが、それは日除けの外套であり、実際にはその下に鱗鎧を纏っている。腰には杖の他に剣も吊り下げており、見た目以上に物々しい装備をしていた。

「取り次ぐもなにも、俺たちが赤銅騎士団だよ」

「町の警備をしてたんだ」

薄く小さなプレートには、半分に欠けた太陽の意匠が彫り込まれている。それをもって、彼らは連帯の証としているようだった。

町で最初に出会った人々が目当ての集団に属しているという望外の幸運に、ララは喜びの声をあげる。

「ラッキーね！　これなら話が早そうだわ」

「お前らはいったいなにを探してるんだ？」

飛び跳ねるララを、赤道騎士団の男たちは混乱する。

「とりあえず、中に入ってもいいかい？　腹が減ってるし、なにか食べたい」

話に置いて行かれていたヨッタが意見を主張する。彼女の言い分はもっともだと全員が了解し、ララたちは場所を移すこととした。

「近くに詰め所がある。ちょうど俺たちも昼にしようと思ってたんだ」

騎士団に所属する人間族の男――リグレスと名乗った彼の案内を受けて、四人はついにディスロへと入る。町は荒涼としており、日差しがきついからか通りを歩く者は少ない。やはり、砂漠に慣れた砂竜人がよく目立つ。

「ディスロに近づくやつなんて、大抵はならず者だからな。ああして警戒してねぇと面倒なことになるんだ」

「この前なんかは重大犯罪人が来たからな。なんとか誤魔化しながら裏で砦と連絡とって、引き取ってもらったよ」

道すがら、砂竜人のユーガと狐獣人のペレが軽い調子で語る。ララたちは物騒な逸話に驚き唖然としていたが、彼らはそう珍しいことではないと言う。

「あんたらも用心しとけよ？　財布スられたって文句は言えねぇからな」

ペレがニヤリと笑ってイールを見る。彼の手には、イールが懐に収めていた財布が載っていた。

「あっ⁉　いつの間に……」

「ペレはコソ泥だからな。ちょっと前までは砂漠で盗賊なんてやってたんだ」

「そういうテメェも賞金稼ぎ狩りだったたろうが」

ゲラゲラと笑うユーガを、ペレが睨む。彼はイールに財布を返しながら、三角の耳を震わせた。

「騎士団と言っても、ならず者の中でもマシな野郎が徒党を組んでるだけだ。俺が言うのもなんだが、あんまり信用するんじゃねぇよ」

飄々《ひょうひょう》として言うのはリグレスである。彼もまた、頬に深い傷跡が残っており、ただ者ではないことはすぐにわかった。

「ディスロって本当にすごいところなのね」

「散々言われてただろ」

今更ながらその事実を実感するララに、ヨッタが唇を尖らせる。エストルの商人にも、オアシスの宿屋の主人にも、ファイルにも繰り返し忠告されていたことだった。

「まあ、騎士団はまだいいさ。歯車のやつらに出会ったら相手せずに離れた方がいいぜ」

「歯車？」

ペレの言葉に三人が目つきを鋭くする。様子の変わった彼女たちにたじろぎながらも、狐獣人の男はうなずいた。

「何年か前、突然砂漠の外からやってきたやつらだよ。突然夜襲なんて仕掛けてきやがって、随分と町のやつらも死んだんだ」

「それって、もしかして……」

歯車と聞いてララたちが思い浮かべるのは、一つしかない。

「やっぱり、この町にいるのね」

「なんだ。知ってるのか？」

「今は町の向こう側がやつらの縄張りだ。ヨッタもアンタらも近づかない方がいいぜ」

ユーガ曰く、彼らは町の三割ほどを占拠し、そこで暮らしているらしい。なにも知らない者が踏み入れば、たちまち身包みを剥がれてしまうという。

「これでも抑えてきた方なんだけどな。マレスタさんが頑張ってくれてるんだ」

「マレスタ？」

「ウチの騎士団長様だよ。忙しい人だし、気難しいから、会えるかどうかは知らんけどな」

騎士団というからには、団長が存在する。赤銅騎士団における団長の座には、マレスタという者が君臨しているようだった。

彼らが守っているという町の秘宝〝太陽の欠片〟について調べるには、やはり団長との接触も不可欠だろう。ララはその名前をしっかりと記憶し、今後に備えた。

「ほら、こっちだ」

そうこうしているうちに、一行は赤銅騎士団の詰め所へと辿り着く。詰め所と言っても、崩れかけた小屋をそのまま使っているだけのようで、ドアもない風通しのいい日陰である。

詰め所にはテーブルや椅子がいくつか置かれているのだが、そこには何者かがすでに座っていた。

「よお、騎士さまよ。別嬪さん連れて来てるじゃねぇか」

「お前ら……っ！」

見るからにガラの悪い男たちである。彼らはテーブルに足を乗せ、我が物顔で寛いでいた。

彼らを認めた瞬間、リグレスたちが杖を引き抜く。

「ねえ、この人たちって――」

「ああ。……〈錆びた歯車《ラスティギア》〉の連中だ」

我が物顔で詰め所の椅子に座る男たちに、リグレスたちは厳しい目を向ける。しかし、〈錆びた歯車《ラスティギア》〉の構成員は飄々とした顔でサンドウィッチを齧っていた。

「おい、それは俺の昼飯なんだが？」

ペレが尻尾を逆立たせて、ドスの効いた声を放つ。しかし、男はニヤついた笑みを崩さず、鼻で笑う。

「しらねぇな。偶然ここにあったもんだ。お前のだって証拠はないんじゃないか」

「こいつっ！」

目を吊り上げたユーガが尻尾で地面を叩く。鞭打に似た激しい音が響くが、リグレスは静かに彼の方を抑える。

「飯はともかく、そこは俺たちの場所だ。面倒ごとになる前に退いてくれ」

「くはっ。縄張り決めてんのもそっちの都合だろうが。俺たちが認めたつもりはねぇぜ？」

「騎士団との協定は結んだはずだ」

終始冷静を保つリグレスだったが、それがなおさら男たちの反感を買ってしまう。身なりも奇抜な男たちは椅子を蹴飛ばし、彼らの間近まで迫る。

「協定協定うっせぇんだよ。その協定とやらに俺たちが町民としてしっかり認められてるんなら、どこ歩いてたっていいだろうが」

苛立った獣のような威圧に、一歩離れて見ていたララたちも眉を顰める。

〈錆びた歯車〉といえば人目を忍んで秘密裏に活動している組織だというのがララの認識だったが、これではただのチンピラである。

彼らの首領とは死闘を繰り広げた敵同士とはいえ、これでは少し彼女に憐みの気持ちも湧いてくる。

そんなララの視線に気が付いた男が、口元に笑みを浮かべてやってくる。

「見ねぇ顔だな？」

「さっき来たばかりなのよ。ちょっと探し物をしにね」

「ほほう。それなら、あんな役立たずじゃなくて俺たちに着いてこいよ。協力してやるぜ」

男はララの体をジロジロと見た後、視線をイールとロミにも向ける。その舐め回すような目に二人も不快感を覚えているようだったが、わずかに眉を顰めるだけに留める。それよりもイールとロミを見て露骨に目の色を変えた男にララの方がいい加減キレそうになっていた。そのとき、リグレスが両者の間に割って入る。

「すまないが、こいつらは騎士団の客だ」

彼はそう入って、男の胸を押す。

「関係ねぇだろ。てめぇらは黙ってろよ」

その行為が男たちの怒りを呼んだ。彼らは目を鋭くすると、懐から小型のナイフを引き抜く。それを見て、一気にララたちに緊張が走る。

口論までならまだしも、凶器を持ち出せば状況は変わる。

イールが右腕に力を込め、ロミも杖に魔力を流し始めた。

「いいや。彼女たちとはすでに契約を結んである。〈錆びた歯車〉は手を引いてもらおうか」

しかし、レングスは努めて冷静に言葉で男を拒絶する。

しばらく両者は睨み合い、張り詰めた剣呑《けんのん》な空気がその場を支配する。ユーガとペレの二人も、怒気を顔に滲ませてはいるが、腰の得物を抜くことだけは必死に堪えているようだった。

「けっ。契約やら協定やら。ゴロツキが偉くなったもんだ」

緊迫した空気は急に解け、男はナイフを鞘に納める。そうして、ニタニタとニヤついたまま、取り巻きを連れて去っていった。

「なんだったのよ、アレ」

彼らの姿が見えなくなってから、ララは呆れた顔で言う。本当にかの悪名高き〈錆びた歯車《ラスティギア》〉の構成員なのかと疑ってしまうほどの三下ムーブであった。

「あいつら、この町でも生粋のろくでなしさ。あんたらも関わらない方がいいぜ」

吐き捨てるようにペレが言う。彼は食べ散らかされたサンドウィッチを見て、苛立ちのまま舌を打つ。

「団長が持ち掛けた協定も、結ぶだけ結んでろくに守りゃしねぇ。おかげで、狭間の方じゃ毎日いざこざだ」

「協定っていうのは？」

「砂漠の向こうからやって来たあいつらは、無理やりディスロから俺たちを追い出して自分のもんにしようとしてたんだ。けどまあ、当然俺たちも反撃してな。お互い結構な損害が出たから、ウチの団長が中心になって協定を結んだんだ。町の一区画をお前らにやるから大人しくしろってな」

ユーガによる協定の解説を聞いたララたちは驚きと共に感心する。

ディスロはこの世の終わりのような場所だと思っていたが、それでも多少の秩序はあったのだ。それがどれほど守られているのかは早速疑問が残る形になってしまったが、少なくともリグレスたち騎士団の構成員はそれを重要視していることがわかる。

「結局あいつらはなにしに来たんだ？　まさか、腹が減って出て来たわけでもないだろ」

イールは砂の上に落ちているパンを見る。

「あながち間違ってないさ。やつら、街の疎まれ者だからな。商売してくれるやつも少ないし、稼ぎもねぇから」

「そんなんでよく暮らしていけるわね」

「暮らしていけねぇから盗むのさ。そのせいで俺たちも最近は忙しくて参ってるんだ」

稼ぐことができず、食べることができず、盗みに走る。

あまりよくない流れであることは、ララにでもわかった。だからといって、外から来たばかりの彼女がなにかを言える立場でもない。

「すまないな。恥ずかしいところを見せてしまった」

「城に戻ればなにかしら食えるだろ。そっちに案内しよう」

結局、〈錆びた歯車〉の小物たちのことは放っておいて、彼女たちは場所を移動することとなった。リグレスがララたちを案内したのは、町の中心部にある朽ちた廃城だった。

詰め所での一悶着はあったものの、ララたちも腹が減っている。リグレスたちの案内で街中に入った四人は、廃墟の立ち並ぶ通りを歩く。

「どれもボロボロね」

「しかたねぇ。こんな街まで来てくれる職人もいねぇし、俺たちがそんな技術を持ってるわけもねぇからな」

ディスロは廃墟の町であった。しっかりと残る建物は少なく、今にも倒れそうな危うい壁をなんとか補強して誤魔化しながら使っているようだ。

「立派な家なんて建てても、三日で壊されらぁ。多少穴が空いてる方が風通しがいいくらいだろ」

ペレなどは呑気にそう言って尻尾を揺らすほどである。

街中を歩きながら、ララは物陰から密かに見つめてくる視線をいくつも感じていた。焦げるような日差しを避けて物陰に隠れているが、ディスロの民たちはすでに彼女を認識しているようだった。

「ヨッタはいつもどこに泊まってるの？」

「向こうのほうに宿があるんだよ。かなり高いけど、信頼できるところだよ」

滅多に人の寄り付かないディスロだが、意外なことに宿泊施設はいくつかあるらしい。しかし、あまりに安い宿に泊まると翌朝には素っ裸で砂漠に放り出されてしまうのだとヨッタは笑う。

「金さえ払えば安心だよ。ララたちもアタシのところに泊まればいい」

「そうさせてもらおう」

立て続けに財布を盗られたイールがしっかりとうなずく。そんな彼女を見て、ペレが得意げに笑い、リグレスに拳を落とされていた。

「夜はあまり出歩かない方がいい。涼しくなるといろんな輩が起き出してくるからな」

「肝に銘じるわ。実際、用心するに越したことはなさそうだし」

リグレスの忠告に、ララは周囲を見渡しながら同意する。物陰からの視線の中には、ララたちを値踏みするような、あまりいいものではないものも混ざっている。彼らも夜の闇が広がれば通りへ出てくるのだろう。

「なにかあったら騎士団に助けを求めればいい。これを着けてるやつだ」

ユーガが得意げに首元のプレートを見せる。赤銅で作られたそれが、町の治安を維持する騎士団の証であった。

「騎士団は信用できるのか？」

「あんまり信用しない方がいいぜ」

「ええ……」

イールの問いに対するペレの答えに、ララは困惑する。

「騎士団を名乗ってるだけのやつも多いからな。ただまあ、ここまで来たってことはそれなりに腕が立つんだろ？」

「いざとなったら腕力で勝負しろってこと？」

「ウチじゃあそれが一番わかりやすいからな」

そう言ってペレは笑う。

ある意味ではわかりやすい秩序である。ララもイールも、そこで負けるつもりはない。不安げに表情を曇らせるロミも、いざとなれば大抵の悪漢は制圧できるだけの力を持っているのだ。

「一番確かなのは、城まで来てもらうことだな。そこには本物の騎士団員しかいないから」

「お城ね」

リグレスの視線の先、ディスロの中央に位置する所に巨大な廃城がある。崩れた尖塔や塀が物悲しい、廃墟の城である。

「あそこが騎士団の本拠地なの？」

「ああ。騎士団長もあそこにいる」

リグレスは通りを抜け、門をくぐる。彼の後を追うララたちも、城を取り囲む壁の内へと足を踏み入れた。

「もともと、ディスロは要塞都市だったんだ。砂鯨っていうでかい魔獣を狩るための拠点で、人も多かったらしい」

城に向けて進みながら、リグレスが往年のディスロについて語る。

この町も最盛期と呼べるものがあった。その頃は活気に溢れ、子どもも大路で遊んでいた。

「砂鯨？」

「ああ。砂漠を泳ぐ鯨さ。山よりもデカくて、皮も肉も骨も髭も捨てるところがない。それ一つで町が三つは潤うって言われるほどだったからな」

「へぇ」

「サディアス流の魔導具にも、砂鯨狩りのためのものがあったりするよ。今はもう、全然作られないけどね」

ヨッタの言葉にララは首を傾げる。

「砂鯨はもう獲られてないの？」

「獲れねぇんだ。もう何十年も姿すら見られてない」

物悲しげにリグレスが言う。

かつて砂鯨狩りが隆盛を誇った時代。ディスロの黄金期とも呼べるその時代には暮らしも豊かだった。鯨を追い、銛《もり》で突き殺す。そうして一頭持ち帰れば、贅沢に浸ることができた。

しかし、徐々に砂鯨は数を減らしていく。

それでも狩りを止めることはできず、むしろ減った稼ぎを補おうと苛烈になっていく。

「気がついたら消えてたって話だ。それを境に、ディスロはこんな町になっちまった」

リグレスは代々この町で砂鯨狩りをしていた一族の生まれだと言った。彼自身は砂鯨を狩ったことも見たこともないが、祖父の代ではまだその営みも残っていた。

「こいつ、まだ砂鯨を探してるんだよ」

ペレがリグレスの首に腕を回して言う。

「砂鯨かぁ。あたしも師匠とか爺さんたちから聞いたことしかないな」

ヨッタもダークエルフとはいえ、十八歳の少女である。すでに廃れてしまった狩りについては伝聞でしか知らない。

「砂鯨ねぇ。確かに、それらしいのは見えなかったかな」

道中の定期的な環境探査の結果を思い返し、ララは言う。モービルから放たれる強烈な環境探査の光であれば、地中もそれなりに深く透過できるはずだが、砂鯨と呼べそうなほど巨大な影は見つかっていない。

「ま、もう無くなっちまったもんだ。今更嘆いても仕方がねぇ」

ユーガがそう言って快活に笑う。

「思い出話で腹は膨れないからな。そら、こっちだ」

話をしているうちに、一向は城の入り口へと辿り着く。

リグレスは話題を逸らすようにそう言って、城の中へと入って行った。

ディスロを統治する赤銅騎士団が拠点としている廃城は、外観だけでなく内側も相応に朽ちていた。端材らしき木板や粘土で応急処置が施されているものの、城砦と呼ぶには少々心許ない。

隅の方には砂埃が厚く積もっており、吹き込む風で舞い上がると空気が濁る。そんななか、リグレスたちは慣れた足取りで瓦礫を避けつつ奥へ奥へと進んで行った。

「すごいところを拠点にしてるのね」

「これでも昔は立派だったんだ」

口元を押さえて埃を気にするララを見て、リグレスは苦笑する。

「それこそ、砂鯨がぶつかっても崩れないと言われてた。手入れできるやつがいなくなってからはボロくなる一方だし、〈錆びた歯車《ラスティギア》〉の連中が来てからは余計に崩れ始めたけどな」

「それでもディスロの中心にゃ変わらねぇさ。この城がねぇと、この町も成立しねぇからな」

ユーガの言葉にはこの町に住む者としての誇りが滲んでいた。外の者から治安の悪い悪の根城のように言われていても、彼らにとっては重要な生活の基盤なのだ。

「ここだ。適当に座ってくれ」

話しているうちに、一行は城内の一室へと辿り着く。そこは砂埃の降り積もった城の中では比較的手入れがされている客間のようだった。足を補強したテーブルが置かれ、周囲に樽や木箱が並んでいる。一応、椅子もいくつか並んでいるが、背もたれが無かったり足が折れていたりと満身創痍である。

「適当に座れと言われても……」

「落ち着かないわねぇ」

床がガタガタの石ということもあり、腰を下ろしても体が揺れて休まらない。ララは近くから手頃な石を見つけて、樽の隙間に押し込んでなんとか姿勢を安定させた。

「場合によっては、キア・クルミナ教の奉仕団を申請してもいいくらいですね」

面の割れた木箱の端にちょこんと座ってロミが言う。

奉仕団というのはキア・クルミナ教徒によって構成される遍歴職人の集団で、町から町へと渡り歩きながら、さまざまな奉仕活動を行っているのだという。

「奉仕団もいろんな町から引っ張りだこだからな。わざわざこんな危ねぇところまで来ないさ」

自嘲気味に笑うのはペレである。ロミもその言葉に否定はできないようで、困ったように笑っていた。

「こんな土地じゃ、木材も高価だからな。あるもん使ってなんとか凌ぐしかねぇのさ」

ユーガはそう言って、部屋の隅に置かれていた大きな石臼に腰掛ける。大柄な砂竜人の彼には、それくらいしか体格に合う椅子がないのだ。

「そういうことだ。ほら、昼食だ」

別の部屋に行っていたリグレスがなにかを抱えて戻ってくる。

「わ！　ハムじゃない」

「ありがたいけど、いいのか？」

彼がどさりとテーブルの上に置いたのは、ハムやソーセージといった食料品だった。どれも多少乾いているが、品質に問題ありというほどではない。むしろ、ディスロの街並みや城の様子を見たあとだと、ララたちも気が引けてしまうほどだ。

「あんたらは大事なお客だからな。もてなしくらいはさせてくれ」

驚くララたちに向かってリグレスはそう言う。

「そうだそうだ。こんなの滅多に出てこねぇからな！」

「なんでお前が最初に手を付けてるんだ！」

「痛ぇっ⁉」

耳をぴくぴくと動かして大きなソーセージに手を伸ばすペレ。油断なくリグレスがそれを叩き、ララの方へとソーセージを渡した。

「火を用意するから、炙って食べてくれ。パンも持ってくる」

リグレスは慣れた手付きで部屋の隅にあった炉に火を起こす。そうして再び部屋を出て、今度は硬く焼き上げた丸いパンを抱えて戻ってきた。

「最後に商隊が来たのはいつだったかね」

「さてなぁ。来るたびに値段が上がってくから、最近は寄ってねぇや」

硬いパンをバキバキと割りながらユーガたちが話す。

「やっぱり商隊もなかなか来ないの？」

「そりゃあな。わざわざディスロに来てまで仕入れたいモンもねぇだろ」

商隊はキア・クルミナ教の奉仕団のような慈善団体ではない。利益が生まれない場所にはやってこない。過酷な砂漠の果てにあるディスロまで危険を冒して来たところで、魅力的な商品を仕入れることができなければただの丸損なのである。

「それこそ、砂鯨を狩ってた頃はみんな金持ちだったみたいだけどな。今じゃあたまに魔獣を狩って、野盗の砦なんかに売りに行かなきゃ金もねぇ」

ディスロが栄華を誇っていたのはかつてのことである。今では金を稼ぐことも難しいほどに寂れてしまっている。だからこそ人目を集めず、〈錆びた歯車《ラスティギア》〉のようならず者が蔓延るようになったのだ、とリグレスは嘆くように言った。

世知辛い話を塩気にしながら乾いたパンとソーセージを食べる。それでも、ララたちはリグレスたちの心遣いが嬉しかった。

「ご馳走様！うまかったよ」

ヨッタが腹をぽんぽんと叩きながら言う。ララはまだまだ胃袋に余裕があったが、流石にここで際限なく食べ尽くすほどのろくでなしではない。

「それじゃあ、あたしは宿に行くけど」

「なら私たちもついていくわ」

食事を終え、ヨッタは一度荷物の整理も兼ねて宿へ向かうという。ララたちも彼女と同じ宿に泊まろうと考えていたため、それに同行することにした。

「俺たちはまだ仕事があるからな。街中とはいえ、気をつけるんだぞ」

「わかったわ。リグレス、本当にありがとう」

赤銅騎士団の三人とは城で別れることとなる。

ララたちは改めて三人に感謝を伝え、街の中へと入っていく。乾いた熱風の吹き抜け、砂埃の舞う通りを歩き、ヨッタの案内で一軒の宿屋に辿り着く。

「ここだよ」

「看板がないわね」

彼女が足を止めたのは、他の建物と同様に日干しレンガを積み上げた四角い建物だった。看板もなく、ただ片方が外れたスイングドアが揺れている。

「看板を出してると厄介なやつまで来るって言って外してるんだ。ちゃんと営業してるから大丈夫だよ」

ヨッタはそう言って、臆することなく中に入っていく。

ララはイールたちと顔を見合わせ、おずおずと彼女の後を追いかける。

「随分と質素ね……」

「そ、そうですね」

ヨッタの紹介で訪れた宿屋で、ララたちは部屋を借りた。記帳や支払いはイールに任せて一足先に部屋に入ったララとロミはそれを見渡して絶句する。

砂漠の真ん中という立地もあり、壁は土を固めた日干しレンガ。床には申し訳程度の敷物がある。窓は内側から厚い木の板が打ち付けられており、開けることもできず光も入ってこない。

なにより、三人部屋と聞いていたのになぜかベッドが二つしかない。

「どうして」

「誰か二人が一緒に寝るんでしょうか」

「だったら二人部屋でしょ⁉」

室内に調度品と言えそうなものは皆無で、オアシスの宿にはあったテーブルさえここにはない。本当に、寝るための必要最低限だけがある空間であった。

「どうだ、部屋の様子は」

呆然とする二人の背後に、支払いを終えたイールがげっそりとした顔でやってくる。

「どうもなにも見てのとおりよ。誰かが床で寝るか、もしくは一緒にベッドで寝ないとダメね」

「なるほど……。結構な値段したんだがな」

三人の生活費をまとめて管理しているイールは額に手を当てて言う。興味本位でララが金額を聞いてみると、ヤルダのそこそこいい宿屋に匹敵する金額が返ってきた。

「すごいわね……」

「ほとんどが安全代だとよ」

「治安が悪いところは大変ですね」

ともあれ、第一に安全を売りにしている宿屋だけあって、襲撃の心配だけはなさそうだ。窓が親の仇の如く封じられているのも、外からなにかを投げ込まれないようにという配慮なのだろう。

「とりあえず、寝床のことは夜に考えよう。それよりもこの後どうする？」

イールは部屋の隅に荷物を置き、気持ちを切り替える。まだ昼過ぎという時間であり、寝床の争奪戦を始めるには少々気が早い。

「わたしは、ひとまず神殿にうかがいたいですね」

「この町にも神殿があるの⁉」

おずおずと手を挙げるロミの言葉にララが眉を上げる。

まさかこんな辺境の辺境とでも言うべき土地に、キア・クルミナ教の神殿があるとは思いもしなかった。ロミもそんなララたちの思いは察しているようで、苦笑しながらうなずく。

「辺境内でも大抵の町であれば神殿はありますよ。さっきも道すがら、神殿を見つけましたし」

「変なゴロツキの根城になってたりしないの？」

教会の建物があったとはいえ、教会の神官がいるとも限らない。町に入った瞬間からその洗礼を受けたララは、懐疑的な目で言う。

「流石にキア・クルミナ教に楯突く輩がいるとは思えないけどな。とはいえ一人で行かせるのも心配だし、あたしらも着いていくよ」

「ありがとうございます」

イールの申し出にロミも素直に応じる。次の予定が決まったところで、三人は荷物を整えて部屋を出た。

「あれ？　三人もどっか行くのか？」

ちょうど同じタイミングで隣のドアが開き、中からヨッタがあらわれる。彼女は軽装になった三人を見て、不思議そうに首を傾げた。

「ロミは武装神官だから、神殿に挨拶しにいかないとだめなのよ」

「あたしらはその付き添いだ」

ララとイールの説明に、ヨッタもなるほどと首を振る。

「それなら、アタシも一緒に行っていい？」

「かまいませんが……。わたしが務めをしている間は暇かもしれませんよ？」

ヨッタは首を振り、背負っていた荷物を顎で示す。

「キア・クルミナ教の神殿からも依頼が来てるんだよ。折角だから、一緒に行こう」

「そういうことでしたか。それなら、ぜひ」

どうやら、ヨッタもまた別件で神殿に用事があったらしい。それを知り、ロミも得心がいく。

ならば話が早いと四人は再び一緒になって宿を出る。ディスロをよく知るヨッタが案内人を買って出て、ララたちは迷うこともなく町の一角にあるキア・クルミナ教の神殿へと辿り着いた。

「なんか、小さいわね？」

神殿の前に立ったララが率直な感想を漏らす。

キア・クルミナ教の神殿は、それこそコパ村のような小村であってもそれなりに立派な白い石造りの建物だった。しかし、ディスロの町に置かれたそれは、長年の砂嵐によって表面の削れた、黄土色の小さなものだった。

「ま、まあ神殿の外観はその土地によって変わりますから」

とりあえず中に入りましょう、とロミはララたちを促す。幸いと言うべきか、神殿の中は隅々まで手入れが行き届いており、ララも見慣れたキア・クルミナ教の意匠に溢れていた。

〈錆びた歯車〉の残党のようなゴロツキに荒らされている様子もなく。奥の祭壇では燭台に火が灯っている。

「お邪魔します！」

神殿の奥に向かってロミが声を張り上げる。走れば何分も掛からず外周を回れそうな小さな建物である。わざわざ探し回らずとも隅々まで声は響くだろう。

「あれ？　おかしいな」

しかし、待てど暮らせど返事は返ってこない。何度か足を運んでいるヨッタも、神殿の者が出てこないことを怪訝に思い始めた。

「うん？」

そのとき、ララが標準的に展開している簡易索敵に何者かが引っ掛かる。背後から近づいてくるそれに彼女が振り返ると、灼熱の陽光の下で暑苦しい分厚い神官服を着た大柄な男が立っていた。

「何者だ？」

「うわっ⁉」

低い声が響き、ララたちは思わず飛び上がる。反射的に剣へ手を伸ばしかけたイールは、その者が神官であることに気がついてギリギリ押し留める。

その男は、よく日に焼けた浅黒い肌をしていた。日除けのフードを目深に被っており、余裕のある神官服の上からでも鍛えられた肉体が窺える。なによりも特徴的なのは、腰の後ろから伸びる長い尻尾と、縦長の瞳孔をした金の瞳だろう。

「砂竜人？」

その特徴的な姿を見て、ララがこぼす。

火に焼けた神官の男は、砂竜人のようだった。

「なんだ、砂竜人が神官では悪いか？」

「いや、そういうことじゃないの！　ちょっと珍しいから」

不機嫌そうに眉間を寄せる男にララは慌てて弁明する。実際、彼女が立ち寄った神殿では人間の神官が圧倒的に多かった。ときおり、獣人族も見ることができたが、砂竜人ははじめて見る。

「そもそも砂竜人があまり砂漠の外には出ないからな。それでもエストルの神殿くらいなら何人かいるだろう」

「そ、そうなのね……。ごめんなさい、知らなくて」

「別にいい。それより、お前たちは何者なんだ？」

どうやら、男の仏頂面は生来のものらしい。あまり怒っていないのを察してララはほっと胸を撫で下ろす。そんな彼女と入れ替わるように、ロミが一歩前に出た。

「はじめまして。わたしは武装神官のロミと申します。ヤルダの所属ですが、現在はこちらのララさん、イールさんの二人と共に旅をしております」

「……ディスロの神殿長、パロだ。とはいっても、部下はいないが」

ロミの言葉を受けて、パロと名乗った男は手を差し出す。ロミもそれに応じて、ひとまず顔合わせは済んだ。

「そんで、アタシもいるよ」

「ヨッタか。遠路遥々ご苦労」

イールの影に隠れていたヨッタが飛び出すと、パロの表情がわずかに和らぐ。何度か神殿で仕事をしたということもあり、二人は顔なじみのようだった。

「ひとまず、武装神官としての務めを行いたいのですが……」

「わかった。記録は問題なく取っている」

パロは四人の間を通って神殿の中に入る。彼はそのまま礼拝堂の側面に繋がっている小さな部屋へと四人を促し、椅子を指し示した。

「ここに座ってくれ。大したもてなしもできないが」

「おかまいなく。——随分な量ですね」

「ここに立ち寄る神官は少ないからな。かなり溜まっているんだ」

パロが奥から持ってきた分厚い紙束を、ロミが捲り始める。ララやイールには、それがなにかしらの資料であることくらいしかわからない。武装神官は各地の神殿が不正や改竄《かいざん》を行なっていないか抜き打ちで調べる監査官のような役割も担っている、といった程度のことしか二人は把握していない。

「パロ、アタシも始めていいかな？」

ロミが静かに集中し始めると共に、ヨッタがパロに話しかける。彼女もまた、魔導技師としてこの場にいるのだ。

彼女は荷物の中から紙をまとめた束を取り出し、ペラペラとめくって目的のページを見つける。

「神殿は……。魔導灯と火起こし器か」

「最近、また浄水機が壊れてしまった。それも直してくれるか」

「了解。任せて！」

ヨッタはポンと胸を叩き、依頼を請け負う。

「ね、私も近くで見てていいかな？」

ララがそっとたずねると、ヨッタは戸惑いながらうなずく。

「別にいいけど……。そんな面白くないよ？」

「いいのいいの。魔導具そのものにも興味あるから」

ララの瞳が好奇心に輝いている。そんな彼女の様子を見て、ヨッタは苦笑して耳を揺らす。そうして、彼女はララを引き連れて、部屋の外へと向かった。

神殿長のパロがヨッタに依頼したのは魔導灯と火起こし機、そして浄水機だった。ヨッタは工具や取り替え部品の詰まったバッグを肩にかけて、神殿の居住部分へと向かう。煮炊きを行う炊事場の一角にポンプのような器具が置いてあった。

「ありゃ、確かに壊れてるね」

「見ただけでわかるものなの？」

浄水器を一瞥しただけで後頭部に手をやったヨッタを見てララは驚く。彼女がなにかを修理したり組み立てたりするときは、最初にナノマシンの環境探査などを使って状況を確認するものだ。ヨッタにそのような能力はないはずだが、いったいどのような魔法を使ったのだろうか。

「まあ、ずっとイジってると自然に覚えるもんだよ。浄水器だったら、だいたい取手のあたりか止水弁が壊れるか、濾過器《ろかき》が詰まるかのどれかだし」

そう言いながらヨッタは手際よく浄水機を分解していく。目詰まりを起こしている濾過器を取り替え、割れてしまった止水弁も交換する。最後に青い魔石をはめれば、作業は終わったようだ。

「よっ。よしよし、いい感じだね」

ヨッタが取手を上下に動かせば、蛇口から冷たい綺麗な水が出る。桶に溜まった水を掬って様子を確かめて、彼女は満足そうにうなずいた。

「ここの水は地下水なのか？」

桶の水に手を浸けたイールがたずねる。まだ熱気の残る砂漠でこれほど冷たい水を手に入れようとするならば、それ以外の方法は考えられない。彼女の予想は正しく、ヨッタは一度うなずいた。

「ディスロの地下水道を流れてる水だよ。水源はもっと深いところらしいけど、詳しいことは知らないね」

「そうなのか……。地下水道が整備されてるってのも、驚く話だけどな」

「ディスロも昔は栄えてたってことだよ」

ディスロの地下水道に豊富な水をもたらす供給源が〝太陽の欠片〟であると、ファイルが言っていた。それがララの探す宇宙船のパーツであるならば、彼女は難しい二択を迫られることになる。

砂漠の最果てにあるこの町において水は生命線だ。〝太陽の欠片〟に水の供給を依存しているのならば、ララがそれを取り返すというのは難しい。ただでさえこの町では〈錆びた歯車〉の残党と古参の住人たちの衝突が起こっているのだ。そこで生活基盤となる水の供給が関わると、話は余計にこじれてしまうだろう。

「ヨッタ、その地下水道に下りることってできるの？」

「無理無理！　町の古参でも理由がないと立ち入れないらしいからね。外から来た人なんてまず入れないよ」

淡い期待を胸にララが問いかけると、ヨッタは苦笑して即座に否定する。やはり、そう上手く話は進まない。地下水道から直接〝太陽の欠片〟を確認しに行ければかなり事態は進むはずだったが、用心深いディスロの民がそれを許すはずもなかった。

ララは肩を落としつつ、〝指先の眼〟をなんとか潜入させられないかと思案する。しかし、浄水機の蛇口は潜入するには狭く、他に入り込めそうな隙間も見当たらない。探せば何箇所か穴も見つかるかもしれなかったが、そもそもララは地下水道の全体像を知らないのだ。

「よし、じゃあ次の修理に行くよ」

ララが悪巧みをしている間にも、ヨッタは浄水機を仕上げる。汚れていたところを拭いて、錆を取って、サービスも行き届いている。まるで新品のように綺麗になったポンプの鏡面に満足げな笑みを映し、彼女は次の修理品を探す。

同じ炊事場の竈《かまど》ちかくに置かれている小さな棒のような魔導具が、次に修理すべき火起こし機のようだった。

「ま、これは簡単だね」

ヨッタは棒の表面を覆う外装を外し、内部の魔石を取り替える。さらに内部に仕込まれていた螺旋状の金属部品になにかの液体を塗布し、様子を確かめながらスイッチを押す。そうすると、赤い小さな炎が先端から飛び出した。

「魔石、結構使うのね」

「そりゃあ魔導具だからね。魔石を使わないのはただの道具だよ」

森に住むエルフたちはその卓越した魔法技術で高純度の人造魔石を生み出していた。しかし、ヨッタが鞄に詰め込んでいる小さな魔石の欠片は、どれも純度の低そうな粗悪品のように見える。

「そんな高純度の魔石を使う理由がないからね。そこまで出力を要求しないし、逆に高純度の魔石を使うと壊れる魔導具も多いし」

「へぇ。そういうものなのね」

てっきり、とにかく魔石の純度は高ければ高いほどいいと思っていたララは、目から鱗が落ちたような気持ちで納得する。魔導具において重要なのは、想定されただけの出力を、できるだけ長く持続させる魔石なのだ。

「あとは、魔導灯だけか」

ヨッタは天井に目を向けて、光を失っているガラス球を見つける。それにも小さな火の魔石が取り付けられていて、その魔力で灯りを点けることはララでも予想できた。

ヨッタは近くに置いてあった踏み台を借りて、魔導灯を取り外す。そうして、手際よく魔石の交換をしていった。

「人造魔石は使わないの？」

「人造魔石!?」

リエーナの里で出会ったエルフたちのことを思い出してララが言う。すると、ヨッタは驚いた顔で、イールも慌てるような大声を上げた。

「そんなの作れないよ。そもそも魔石を造るなんて……」

「エルフはできるみたいなんだけど」

「エルフとダークエルフは違うの！」

そこに強いポリシーがあるのか、ヨッタの口調は鋭い。ララは失礼しましたと素直に謝る。

エルフとダークエルフ、ただ肌の色が違うだけというわけではないようだ。そこに並々ならぬ確執を感じて、ララは口を噤《つぐ》むことにした。

「むっ」

「どうしたの？」

ヨッタが手際よく修理を進めていくのをララたちが眺めていると、突如その手が止まる。なにやら難しげな声を漏らすヨッタに、ララが様子を窺う。彼女はその手に大きく欠けてしまった金属部品を載せていた。

「部品が壊れてるんだ。まいったなぁ、これ、今日は持って来てないんだけど」

どうやら、あまり壊れることが想定されていないような部品だったらしい。複雑な形状のソケットのようなものらしく、その場で作るというのも難しい。しかし、魔導灯には不可欠ではあるようで、これを直さなければ魔導灯に灯は戻らない。

どうしたものかと眉を顰めるヨッタ。それを見て、ララが動き出す。

「私が作ってあげようか？」

「えっ？　できるの？」

半信半疑といった様子のヨッタの目の前で、ララは工具を握る。特殊金属によって作られた万能工具である。これを使えば、大抵の作業はこと足りる。

ララはヨッタから破損した部品を受け取り、欠けたパーツも繋ぎ合わせれば隙間がないことを確認する。そうして、万能工具の先端を加熱していく。

「とりあえず、くっつけるだけでいいんでしょ？」

「それはそうだけど……」

ヨッタの見守る前で、ララは慎重に工具を動かす。

「ほら、こんな感じでどう？」

そうして出来たのは、一分のズレもなく、継ぎ目すら見えないような完璧な形で溶接された魔導具の部品だった。

ララが万能工具を用いて修理した部品をまじまじと見つめ、そこに一分の狂いもないことを認めたヨッタは、笹型の耳を震わせて喜んだ。

「すごいな、ララ！　こんなこともできるのか！」

「ふふん。こんなのお茶の子さいさいよ」

真正面から誉めそやされたララは得意げに鼻を高くする。実際、彼女が行ったのはちょっとした溶接であり、万能工具の力を借りれば初心者でも簡単にできる。パーツの位置を合わせるのはナノマシンによって体の動きを完璧にコントロールできるからではあるが。

「ララ、もしかしてこれの修理もできたりするか？」

「見せてみなさい」

ヨッタが鞄から取り出したのは酷く錆びついた金属部品だった。複雑で細かな形状をしていて、錆を落とすためヤスリを掛けたら軽く折れてしまうだろう。

しかし、ララは任せなさいと胸を叩き、それを受け取る。軽く構造を把握し、脳内に三次元データとして構築、そして万能工具を細い研削機へと変形させる。

ヨッタが見守る前で彼女は精密に腕を動かし、必要最小限の力で錆を取り払う。そして、ものの数分で輝く精緻な金属部品を復活させた。

「マジかよ。ララ、これだけでいくらでも稼げるんじゃないか？」

「いやぁ、流石にそう言うわけにも……」

ディスロに限らず、砂漠という過酷な環境はあらゆるものを平等に侵蝕する。昼夜の極端な寒暖差や、乾燥、日差し、稀に降る豪雨などが、魔導具も蝕むのだ。金属部品は数年で崩れるほど脆くなり、魔石は驚くほど短命になる。

ララの修理技術があれば、いくらでも稼ぐことができるだろうとヨッタは確信していた。

「悪いが、あたしらもずっとここに留まってるわけにも行かなくてね」

熱心に勧誘するヨッタにララが手を焼いていると、見かねたイールが助け舟を出す。それに乗っかったララがうんうんと素早くうなずくと、ヨッタも渋々ながら引き下がる。

「でもまあ、ヨッタの手捌きも凄かったわ。私は魔導技師の知識がなにもないけど、素人目に見ても熟練してるのはわかったし」

「そ、そうかな？」

今度はララがヨッタの腕を褒め称える。実際、彼女はまだダークエルフであることを加味せずとも若い少女だ。それだというのに、繊細な工具を巧みに使い分けて複雑な機構を素早く直している。その動きの一つ一つに長い修行の歴史を感じ取れたのはララだけではないはずだった。

「でも、師匠はもっとすごいからね」

ララの賞賛を受け止めつつも、ヨッタは夢を見るような目をして言う。

「師匠って、ファイルとおんなじ人だっけ？」

「そうそう。性格はともかく、魔導技師の腕は辺境一だよ」

野盗の砦に工房を構える巨人族の職人のことを思いつつ、ララが指摘する。ヨッタはうなずき、苦笑しつつも確信を持って言い切った。

彼女が魔導具や魔導技師という職業について並々ならぬ情熱と誇りを抱いているのは、すでにララたちもよく知るところである。だからこそ、そんな彼女が辺境一と断言する師匠について興味を覚えた。

「師匠はいま、どこでなにしてるの？」

「さあ、わかんないよ」

問いに対して返されたあまりにもあっさりとした答えにララは脱力する。

「わかんないっていうのは？」

「師匠は砂漠の商隊について行って、いろんなところを回ってるからね。アタシももう三年くらい会ってないし」

「それでも師匠なの？」

「もちろん」

三年も弟子を放置するような師匠がいるのかとララが訝るが、ヨッタは特にその点に関して不満を抱いている様子ではない。

「アタシがディスロとかに回ってるのも、師匠の代わりってところが大きいんだよ」

「へぇ。師匠の後を継いでるってことか」

「そんなんじゃないよ。あくまで手伝ってる感じ」

そう言ってヨッタは恥ずかしそうにはにかむ。彼女はいまだ、師匠の後を追い続けている。

「その師匠さんにも一度会ってみたいわねぇ」

ダークエルフの少女や巨人族の男と、種族の垣根なく弟子を取るような魔導技師。弟子からの信頼も厚く、それでいて砂漠を転々として弟子の面倒を見ない師匠。話を聞いただけでもさまざまな疑問が湧き出てくる、ミステリアスな存在だ。

「運がよければ会えるんじゃない？　そのうちディスロにふらっとやって来るかもしれないし」

「曖昧ねぇ」

ララはヨッタのあやふやな言葉に苦笑する。もし、縁《えん》という非科学的なものがこの世界に存在しているのならば、きっとその不思議な力が二人を引き合わせてくれるのだろう。

「よし、これで修理は全部できたかな」

魔導具の最終確認を行なって、ヨッタは満足げな顔で立ち上がる。彼女の手によって、動かなくなっていた魔導具たちが再び息を吹き返した。浄水器からは透明で冷たい水が流れ出し、火起こし機は滑らかな火炎を立ち上げる。魔導灯は暖かな光を、薄暗い部屋の中にもたらした。

ララはまるで魔法のようだという安易な感想を述べようとして、実際に魔法であることを思い出す。しかし、これを成し遂げたヨッタの技術は、彼女の努力によるものだ。彼女は改めて、ヨッタの実力に感心する。

「こちらは終わったが、調子はどうだ？」

ヨッタが肩を回して凝りを解していると、パロが部屋の中へ顔を覗かせる。ぎょろりとした爬虫類的な目が室内を見渡し、魔導灯の灯が点いているのを見つけた。

「ちょうど終わったところだよ。全部直したけど、一応確認しておいて」

「助かった。これで不便な生活を送らずに済む」

ヨッタの仕事ぶりを見て、パロは深くうなずく。魔導技師のいないこの町では、ヨッタのような技師がやって来るまで、壊れた魔導具は壊れたままだ。この過酷な環境で、その暮らしは厳しいものがあるだろう。パロの心の底から安堵した様子を見て、ララも我が事のようにうなずいた。

「謝礼というのもなんだが、茶を淹れた。飲んでいってくれ」

「いいの？　ありがとう」

パロがヨッタたちを部屋の外へと促す。一仕事終えた彼女は、嬉しそうに目を細めて軽い足取りで歩き出した。

ララたちが部屋に戻ると、少し疲れた様子のロミがソファに身を沈めていた。彼女はララたちに気がつくと慌てて背筋を伸ばし、苦笑する。

「あはは。ちょっと量が多くて、さすがに疲れちゃいまして」

「申し訳ない」

低い声で謝罪するパロに、ロミは勢いよく首を振る。

ともあれ、ロミの仕事量が普段と比べて多かったのは事実だ。砂漠の果てという辺境中の辺境に位置し、治安も劣悪と言われるディスロに好き好んでやってくる旅人は少ない。同じく、武装神官でさえもそう頻繁には訪れないのだ。それゆえに、たまにやってきた武装神官の監査業務は、数年単位で溜まりに溜まったものを精査するという過酷なものになる。

「お疲れ様。特に問題はなかったんでしょ？」

ソファに腰を下ろしながら、ララはロミを労う。自分はヨッタの仕事ぶりを眺めていただけだが、彼女はその間に自身の業務に専念していたのだ。

ともあれ、ロミの様子からして重大な不正が見つかったというようなことは考えにくい。そんなララの予想に、ロミもこくりとうなずいた。

「パロさんがきっちりと帳簿をつけて下さっていたので、確認自体は楽でした。いくつかのミス以外は問題ありませんでしたよ」

「次からは気をつけよう」

「だ、大丈夫ですからね？」

あまりにも素直に受け止めるパロに、ロミの方が戸惑っている。大きな都市にある神殿などでは監査を嫌う神官も珍しくはなく、だからこそディスロの神殿を守るパロの誠実さが際立っていた。

今も彼は一仕事終えたヨッタたちにお茶を配って労っている。それを意外に思ってしまうのは、無自覚な差別意識があるからだろうか、とロミは内省する。

「パロさんは、ずっとこの町の神殿に？」

カップを包み込むように持ちながら、ロミは訪ねる。

砂竜人の神官は金色の目を彼女に向けて、静かにうなずいた。

「もう、五十年になるか」

「そんなに!?」

彼の口から飛び出した予想外に大きな数字に、ララが思わず声を上げる。

砂竜人は人間と比べれば寿命が長い。とはいえ、エルフほどぶっ飛んだものではなく、彼の年齢は砂竜人としても老いを否定できない。

若々しく見えるのは、異種族故の理解のなさからだろう。

「俺が見習いだった頃は、神殿にも数十人の神官がいたんだよ」

過去を思い起こし、パロは語る。

砂鯨狩りによって栄華を極めた、ディスロの黄金時代である。一頭で多くの富をもたらす砂鯨を毎日のように追いかける、血気盛んな漁師たちがいた。人が暮らせば、そこに祈りがある。人に好意を持ったとき、共に暮らすと決めたとき、宝を授かったとき、永遠の離別があったとき、人生の折々で彼らは神に祈りを捧げる。

この町に築かれた神殿も、そんな人々の祈りを受けてきた。

しかし、砂鯨が姿を消し、町が翳《かげ》りを帯びた。徐々に人々は離散し、活気が失われていく。坂を滑り落ちるような淀んだ空気のなか、熱心に祈る者もいた。しかし、結局は彼らもいなくなってしまった。

神殿は文字通り身を切りながら生きながらえてきた。

「もともと、ここは大聖堂の隣にある礼拝所だったんだ」

ヒビの目立つ石造の建物を示してパロが言う。

元々、ディスロの神殿は立派な大聖堂といくつかの礼拝所、さらに神官たちの宿舎や旅人や武装神官のための宿まで備えて広大な敷地を有していた。しかし、それらを維持し続けるには人も金も足りなくなり、少しずつ売り払っていったのだ。

今、ここにあるのは小さな礼拝堂が一つと、パロが暮らすのに必要なだけの部屋。そして、なによりも大切なキア・クルミナ教の宝だけである。

「お宝があるの?」

目を輝かせるララに、すかさずイールが脇腹を突く。うっと呻いて沈むララに苦笑しながら、パロはうなずいた。

「神殿には必ず一つは宝がある。それがなければ、神殿として成立しない大切なものさ」

それがなんなのか、どこに、どのように保管されているのか。それはその神殿の神殿長しか知ることができない。秘密主義の教会のなかでも、特に厳重に秘匿されている事項の一つである。

「じゃあ、教えてって言っても……」

「無理だな」

無表情に見える顔のままうなずくパロに、ララは落胆する。

とはいえ、その神殿の宝とやらが彼女の探す太陽の欠片である可能性は低い。仮にこの神殿内にそれが隠されているのだとすれば、彼女は多少なりともその気配を感じ取れる自負があった。そのため、残念には思うものの、しつこく食い下がるつもりもない。

「五十年ここにいるってことは、〈錆びた歯車〉のやつらがやって来たときのことも知ってるのか？」

「ああ、そうだな」

話題を変え、イールが口を開く。この町へやって来た直後にも絡まれた、ガラの悪い輩たち、〈錆びた歯車〉の残党たちのことだ。首領であるイライザが収監されてなお、遠く離れたこの地で幅を利かせている。

パロはそんな彼らのことをあまり好意的には思っていないのだろう。表情は相変わらず窺えないが、口ぶりからそのことが察せられた。

「彼らは突然、町にやって来た。最初は辺境の外から流れ着いた難民だと思った。その頃はまだ少しは余裕があったから、住民たちは彼らを保護したんだ」

「それで？」

「しばらくは平和だったよ。彼らは町の力仕事も進んで引き受けて、施設の補修や積もった砂の掃除なんかをしてくれたからな」

イライザたち幹部と対峙し、彼女たちの悪行を目の当たりにしてきたララたちは、パロの口から語られる組織の姿に耳を疑う。彼らは村一つを壊滅させても顔色を変えない悪人であるはずだ。

そんなララたちの胸中を知ってか知らずか、パロは薄く力のない笑みを浮かべながら言う。

「今思えば、それがやつらの狙いだったんだ。気がついたときには、やつらは町を真っ二つにしていた」

「真っ二つに?」

「昔からこの町を仕切っていた赤銅騎士団に反旗を翻したのさ。やつらの数は町の住人と比べたら圧倒的に少なかったが、やつらに味方する住民が数多くいたんだ」

その日から、町に二つの勢力が台頭し、衝突が繰り返されるようになった。

歴史ある赤銅騎士団と、新興の錆びた歯車。長く先祖代々ディスロに根ざす住民たちは騎士団側につき、砂鯨狩りの富を求めて移り住んできた新参の住民たちは錆びた歯車についた。

「対立なんてしている余裕なんてないのにな。毎日どこかで喧嘩が起こって、工事の予定が延期されていった。どっちの縄張りにあるかなんて理由で、崩れた建物の責任を押し付けあっていた。それがなんとか近所のやつらの力で片付けられたその日から、縄張りを巡って激しい抗争が始まった」

「うわぁ……」

パロの口から語られる血生臭い出来事に、ララたちは思わず顔を顰める。

坂を滑りつつあった町は、錆びた歯車という外部からの一撃を受けて転がり始めた。余裕のあるものは逃げ出し、余裕のないものは甘んじるしかなかった。そうして、治安は悪化の螺旋に囚われ、悪名は瞬く間に砂漠中へと広がった。

「今は落ち着いてるのか?」

「お互い、無駄な争いをしてる余裕がないだけさ」

旅人も商隊も滅多に寄り付かなくなった町は、先細りしていくだけだ。余裕のある暮らしを送るものはいない。仮にそんな者がいれば、翌朝には路上で転がっているだろう。

どこにどちらの勢力の者がいるとも知れず、疑心暗鬼が蔓延していた。

「あんたらは騎士団側についたんだろう? だったら、やつらの縄張りから出るのはやめとくんだな」

ララたちにそのつもりはなくとも、外から見た状況がそう示している。彼女らが軽い気持ちで領域を区切る線を越えれば、その瞬間に飢えた獣が牙をむいて襲いかかる。

「恐ろしいわねぇ」

「それくらい調べてから来るべきだったな」

身震いするララに、パロは鼻を鳴らす。

彼女はそんな悪党程度に遅れをとるつもりは毛頭なかったが、それでも出歩くだけで襲われるのは厄介だ。今後、〝太陽の欠片〟を探す際にその不毛な争いに巻き込まれなければいいが、と儚い希望を抱くしかない。

しかし、その希望が叶うかどうかは、彼女ですらあまり信じてはいないのだった。

第四章　枯れた水

神殿での用事を終えたヨッタとロミ、そして二人に引っ付いていたララとイールの四人は、パロと別れてその場を後にする。彼女たちが次に向かったのは、砂に埋もれるようなボロ屋だった。

「爺さん、生きてるか？」

「なんとかな」

ヨッタが砂を足で払いながら暗い屋内に声を響かせると、すぐにくぐもった男の声が返ってきた。彼女の次の仕事先は、この町に長く住む老人の家だった。

人間族のように見えるが、ララは彼の正体に気付くのに少し時間を要する。痩せた腕に、小柄な体。そのうえ、左足の膝下がなかったのだ。

「おや、可愛らしいのがついてきてるな」

老人は這うようにして小屋の中からあらわれ、ララたちの存在に気付く。

「アタシのツレだよ。こんな町までやって来る変わり者の旅人さ」

「はっは！　ちげぇねぇ」

ヨッタの乱暴な説明を受けても、老人は怒るどころか爽快に笑い飛ばす。そうして、そばに倒してあった杖を使ってララたちの前まで歩み出てくる。

「オレはバジャフってんだ。もう引退して長いが、昔は鯨取りだった」

「ララよ。鯨って、砂鯨のことよね？」

バジャフは『それ以外になにがあるってんだ』と大仰にうなずく。

「砂鯨がいなくなっちまう少し前に、足をやられたんだがな。今でも銛の手入れは欠かしてねぇ」

「砂鯨がいなくなってほとんどの人は町を離れたって聞いたけど、経験者がいたのね。ぜひお話しを聞かせてもらっても？」

「わ、わたしもぜひ！」

砂漠を泳ぐ巨大な鯨という存在は、ララの知的好奇心をおおいに刺激した。ロミも鯨取りたちの暮らしに興味があったようで、手帳を開きながらララの隣に立つ。少女ふたりに迫られたバジャフはまんざらでもない様子で、『仕方ねぇなぁ』ともったいぶりながら口を開く。

「あんまり真に受けなくていいよ。爺さんボケてきてるから」

「なにおう⁉」

小屋の中に入りながらヨッタが口を挟み、バジャフはむっと眉を立てる。

「オレぁディスロでも一番でけぇ捕鯨団、灼陽の団に所属してたんだぞ！毎日三頭のどデカいやつを仕留めてな、それなのに銛は一本しか使わなかった。オレの足を食いやがったのは、砂鯨の中でも一番凶悪で嵐王って呼ばれてる――」

「はいはい。その話は何度も聞いたよ」

立板に水の勢いで捲し立てるバジャフをあしらい、ヨッタは自分の仕事に取りかかる。老人の小屋は狭く、物も少ないが、その中にもいくつか魔導具があった。今回は魔導砥石と浄水機の修理が依頼されている。

「また浄水機？」

「砂の多いところだからね。よく壊れるんだよ」

神殿に続いて連続の浄水機に、ララが驚く。

水は生きる上で欠かせないものである上に、ディスロを取り巻く環境は非常に厳しい。そういった理由から、浄水機の修理は特に多いのだとヨッタは語る。

「神殿のみたいにそもそも動かないやつもあるけど、こっちは水量が減ってる感じだね。まあ、修理っていうより手入れみたいなもんだよ」

ディスロで使われている浄水機はサディアス流のものが多い。そのため砂漠の環境にも強いとされているのだが、それでも何年もメンテナンスフリーで動き続けるわけではない。むしろ、ヨッタがやってくるまでの間をもたせるためには、サディアス流の魔導具くらいの耐久性が必要なのだという。

「あれ？」

浄水機を分解していたヨッタが声を上げる。

外装を取り外し、内部の濾過器を見た彼女は怪訝な顔をしていた。

「思ったより汚れてないね」

「そりゃあ、オレもたまに手入れしてるからな。それでも最近水が出なくなったんだ」

元々砂鯨狩りに従事していたというバジャフは手先も器用だった。職人がいないこの町で暮らしていくため、簡単な手入れくらいはできるようになっていた。しかし、そんな小手先の仕事でも調子が落ちてきたため、満を持して専門家たるヨッタに依頼を送ったのだ。

「うーん、見たところ特に壊れてるところはないんだけどな」

丁寧にゴミの取り除かれた網を見て、ヨッタは首を傾げる。バジャフの手入れは細やかに行き届いていて、一見するとヨッタの出番はないように思える。魔石もまだ十分に使えるものが装填されており、水の経路にも問題は見当たらない。

「これ、別に壊れてないんじゃないか？」

「なにぃ？」

ヨッタの出した結論に、今度はバジャフが首を傾げる。そんなはずはないと組み直された浄水機を動かすと、やはり蛇口からはチョロチョロと糸のような細さの水しか出てこない。

「うーん。なんでだろう？」

浄水機に問題はない。しかし水量が少ないことも明らかだ。

「ヨッタ。これも地下水路に繋がってるの？」

「そのはずだけど」

ディスロの町は、〝太陽の欠片〟と呼ばれるもので地中深くから豊富な水を吸い上げている。それが地下水路を通じて町中に行き届き、各戸の浄水機を通して生活用水として使われる。

「チッ。どうせ歯車のやつらがなにか細工をしたんじゃねぇのか」

ポタポタと水瓶に波紋を広げる水滴を睨みながら、バジャフが忌々しげに言う。

「歯車って、錆びた歯車のこと？」

「そうだ。アイツらが水路をせき止めたりしてるんじゃねえか」

どうやらバジャフは〈錆びた歯車〉の残党たちによい感情を抱いていない一人のようだった。証拠もないままに決めつけるのは尚早にすぎるだろうとララがやんわり忠言するも、聞き入れる様子はない。

「けど、水路は厳重に閉じられてて、町の古参でもおいそれと入れないんだろう？」

そこへ鋭い指摘を差し込んだのは、黙って話を聞いていたイールである。彼女の言葉を受けて、バジャフも口を詰まらせる。

「いやまあ、たしかにそうだが……」

しかしそれでもバジャフは外からやってきた新参者たちに信用が置けないようで、難しい表情で腕を組む。

「そもそも、水路を通る水自体が減ってるって可能性はないの？」

代わりにララが投げかけたのは、素朴な疑問だった。

というより、町の対立関係にあまり詳しくないララたちにとっては、むしろそちらの方が最初に思いつく原因である。

「あるともないとも言えないけど……。そもそも水路には誰も入れないんだよ」

「オレの爺さんの爺さんが子どもの頃にはもうあった水路なんだぞ。今までそんな水量が減るなんてことは聞いたことがねぇ」

「今までなかったとしても、今回が最初かもしれないわよ？」

ララの示す可能性を否定したいバジャフだったが、完全に拭い去るだけの理由が見つからない。彼が眉間に皺を寄せて考え込んでいると、不意に小屋の戸口から影がさした。

「おお、こんなところにいたか」

「うわっ⁉ だ、だれ？」

バジャフの小屋を訪れたのは、ララたちの知らない男たちだった。ディスロの住人なのか、日光の直射を遮る布を頭に被せ、影の落ちた顔から目だけを光らせている。

「あれ？　わざわざ探しにきたのか」

彼らに反応したのはヨッタだ。どうやら顔見知りのようで、彼女はきょとんとしながら立ち上がる。

「ヨッタが町に着いたって聞いてな。早く直してもらいたくて探してたんだ」

「ウチもだよ。もう全然水が出なくてな」

口々に窮状《きゅうじょう》を訴える男たち。彼らの言葉を聞いて、ララはまさかと顔を向ける。

「もしかして、みんな浄水機が壊れてるの？」

そんな彼女の問いかけに、集まった男たちは揃ってうなずくのだった。

「待ってくれよ。そんな一斉に浄水機が壊れるなんて……」

バジャフの家の前に集まった男たちを見渡して、ヨッタは困惑する。彼らは皆、彼女が以前の出張で浄水機の修理を行った客たちだった。とはいえ、その修理のタイミングも浄水機の細かい種別もそれぞれ違っており、またヨッタ自身が手を抜いていたということもない。それなのにすべての浄水機が一度に壊れるというのは、もはや異常という他なかった。

「これはきな臭いわねぇ」

「面白そうにするんじゃない」

なにやら不穏な気配が醸されるのを感じ取り、ララが思わず口元を緩めると、呆れたイールが拳を落とす。涙目で頭頂を手で押さえながら、ララは男たちにたずねた。

「みんな、壊れ方はおんなじなの？　バジャフは水量が減ってたみたいだけど」

その問いかけに、男たちは互いの顔を見ながらうなずく。それを見て、ララはぽんと拳で手のひらを叩いた。

「だったらやっぱり、浄水機の問題じゃないんじゃないの？　これは水路を見てみないといけないわ」

ララの意見は、イールやロミからすれば真っ当なものだった。それぞれの浄水機が同時に壊れるという事態はなかなか考えづらい。であれば原因はその下、ディスロの町に張り巡らされた地下水路の方にあると考えるのが妥当だろう。

しかし、ディスロの住人たちの反応は鈍かった。彼らは長年使い続けてきた水路が壊れるという発想がないらしく、他になにか理由があるのではと考えている。

「とにかく水路に下りてみたいわ。水路を管理してるのは赤銅騎士団なんでしょう?」

これまでの話から水路の根源は町の中心に立つ城の地下にあるということがわかっている。そして、そこにある〝太陽の欠片〟を守っているのが、他ならぬ赤銅騎士団であるということも。

ララとしては、これはとても都合のいいことだった。騎士団のリグレスたちとは知り合いで、事情を話せるだけのパイプがある。今すぐ廃城へ向かって、彼らに頼んでみればいい。

「それは、そうだけどな……」

「赤銅騎士団が守ってるのは、あくまで地下水路に続く扉だ。その向こうにあるものは彼らも知らないと思うぞ」

戸惑った顔で進言する男たち。それを聞いたイールは呆れた顔で肩を下げる。

「よくそんなので何年も水源を維持してきたな」

「水路には防犯用の仕掛けがたくさんあって、それを解除する方法もわかってないんだ。下手に入ると死ぬか大怪我だ」

「そもそも〝太陽の欠片〟は遺失古代技術の産物なんだろ? 魔導具も直せないような俺たちには手に余る代物さ」

男たちは揃って弱気な事を言い、さらにイールを呆れさせる。だが、彼らの言葉を聞いてむしろやる気になる人物が、彼女たちの側にいた。

「防犯用の仕掛けねぇ。それって魔導具なんだよな?」

「おもしろいじゃない。むしろ〝太陽の欠片〟を一目見たいとずっと思ってたのよ」

バリバリとやる気を漲らせるヨッタとララ。そんな二人を、ロミが慌てて止める。

「ダメですよ。ララさん、わたしたちは外部の人間なんですから。ディスロの町の根幹にあるような重要な施設をそう簡単に見せてもらえるとは思いません」

彼女の言葉は正論だった。ただでさえ〈錆びた歯車〉との対立でギスギスとしている町のなかで、なにも知らない少女たちが突然あらわれたところで、信頼はほとんど無いに等しい。町を歩く程度ならばまだしも、住民たちの命を支えている水の根源を見せろと言われて承諾する者はいないだろう。

しかし、時として正論とは人を止める役割を果たせないこともある。

ララはロミの肩を掴み、諭すようにいう。

「ロミ、何百年も何千年も手入れもせずに動き続ける水路よ？ きっと特別な魔法が使われてると思わない？」

「そ、それは……」

「神殿の図書館のどんな本にも載ってないような、珍しい特別な魔法があるかも……」

「う、ううぅぅ……！」

ララの誘惑にまんまとはまり、欲望と理性の間で揺れ動くロミ。彼女が堕ちるのも時間の問題だろうとララはほくそ笑む。そんな様子を見て、イールが大きなため息をついた。

「とりあえず、許可が出るかどうかは置いておいて、騎士団に報告したらどうだ。水路の管理をしている以上、この事態は知らせるべきだろ」

そんなイールの鶴の一声を受けて、ララたちもひとまずの方針を定める。彼女たちは修理を望む男たちには一度待ってもらうこととして、町の中心にある廃城へと足を向けた。

四人は砂埃の舞い上がる町中を駆け抜け、半分崩れかけた城を目指す。そして、その尖塔が見えたそのとき、ララがあることに気付く。

「ねえ、なんか人が集まってるわよ」

「本当だな」

尖塔の足元、城壁に築かれた門のあたりに、多くの人が押しかけてきている。彼らは拳を振り上げ喉を震わせ、異口同音になにかを訴えているようだった。

「ヨッタ！」

ララたちがその人々の正体を掴もうと目を凝らしたそのとき、路地の影から押し殺した声がする。四人が振り返ったその瞬間、影から飛び出した腕がヨッタの体を引き込んだ。

路地裏に引き込まれたヨッタを追って、ララたちが動き出す。イールが咄嗟にナイフを引き抜き、ララもナノマシンを励起《れいき》させる。ロミもまた二人を止めることなく、杖を構えて魔力を放ち始めた。

「待て、俺だ！　リグレスだ！」

影から本気の恐怖を孕んだ声がする。聞き覚えのあるそれに疑問を覚え、ララたちが一瞬動きを止めた。その隙に姿を現したのは、赤銅騎士団のリグレスだった。

「危ないな。腕を切り落とすところだったぞ」

「勘弁してくれよ……」

その正体を認めてナイフを鞘に戻すイール。彼女の言葉に嘘や誇張がないことを感じて、リグレスはげっそりとする。彼は不機嫌そうにしているヨッタの腕を離し、突然路地裏へ連れ込んだことを謝罪する。

「すまん。状況が状況でな」

「それって、あそこの人だかりと関係ある？」

ヨッタが指し示したのは、廃城の尖塔の足元。そこに集まった荒くれ者といった風貌の男たちが、今も盛んになにか叫んでいる。

リグレスはうなずき、大きなため息をつく。

「暴動だよ。なんでも、水路が枯れたとか言ってな」

「なるほどね」

その一言だけでヨッタたちもなにが起こったのか理解する。やはり浄水機は壊れていなかったのだ。ディスロの地下に張り巡らされた地下水路になにか異変が起こり、町中に水が行き渡らなくなった。それで住人たちが水路を管理している赤銅騎士団を責め立てている。

「ちょうどあたしらもその件で来たんだよ」

「客が五人も揃って浄水機が壊れたって言ってね。これはおかしいってことで」

「なるほどな。申し訳ないが、表から通すわけにはいかないんだ」

今も過熱している民衆の声を聞きながら、リグレスは肩をすくめた。ララたちだけを通して、彼らには待ってもらうというようなことができるはずもない。

「リグレス。私たちに地下水路を見せてくれない？　なにか力になれるかもしれないわ」

ララは前もって準備していた要求を伝えた。〝太陽の欠片〟が彼女の宇宙船のパーツであるならば、修理できるのは彼女だけだ。この暴動を抑えられるのも、彼女しかいない。

「アタシからも頼むよ。今この町で一番魔導具に詳しいのは、アタシだろ」

ララの懇願にヨッタも加勢する。

水路には侵入者を阻む罠も含めて多種多様な魔導具が備えられていると言われている。それらに対する知識を有しているのは、ヨッタ以外にいない。

ララとヨッタ。二人から詰め寄られて、リグレスは困り果てる。

「待ってくれ。俺一人で決められるようなもんじゃない」

彼はあくまで赤銅騎士団のいち構成員。階級もそこまで高いわけではなかった。地下水路という、騎士団が何代にもわたって守り続けてきた秘宝を扱うほどの権限はない。

しかし、彼は失望したようなララたちの表情に、慌てて次の言葉をかけた。

「ただ、上に掛け合うことはできる」

「そうなの？」

きょとんとするララに、リグレスはうなずく。そっと路地の外を見て、周囲に人の気配がないのを確認すると、声を潜めて語り出した。

「城に続く秘密の通路がいくつかある。そこを通れば、密かに入城することができる。そうしたら、騎士団長に会ってみてくれ」

「騎士団長？」

「ああ、マレスタさんだ」

その名前を聞いて、ララも思い出した。彼女たちが街に入ったときにリグレスたちから聞いた、赤銅騎士団のトップである。多忙な人と聞いていたが、リグレスが面会を取り付けてくれるようだった。

「それじゃあ、早速行きましょう」

騎士団長に会えるのならば、まだ希望は潰えていない。ララは再び活力を取り戻し、リグレスを急かす。

「慎重にな。秘密の通路の存在を明かすだけでも、俺は規則を破ってるんだ」

「ありがとう。……どうしてそこまでしてくれるの？」

路地裏の細い道を進むリグレスにララは問う。彼とはまだ会って一日も経っていないほどの浅い仲だ。彼がわざわざ身の危険を冒してまで助けてくれる理由がわからなかった。

リグレスは路地の途中で立ち止まり、おもむろに建物の壁を手で押す。砂で隠れていた扉がゆっくりと開き、奥に暗い階段が見えた。地中へと下がっていくそれに足を踏み出しつつ、リグレスは振り返る。

「ララたちは〈錆びた歯車〉の連中よりは信頼がおける。それだけさ」

彼はそう言って、階段を下り始める。

ララたちは顔を見合わせ、急いで彼の背中を追った。

「古い通路ね」

秘密の通路は埃とカビの匂いの立ち込める狭いものだった。すれ違うこともできず、ララたちは一列になって進む。光源もない暗闇だが、一本道なので迷うこともないだろう。

「実際古い。地下水路と一緒に作られたって話もあるくらいだ」

しばらく下りが続いたのち、長い水平の道となり、今度は急な上り階段があらわれる。

「着いたぞ」

やがて通路は突き当たり、壁が前方を阻む。リグレスはその壁を手の甲で叩き、しばらく待つ。すると、壁の向こうから数度叩く音が返ってきた。リグレスは再び壁を叩く。

すると、ようやく壁が動き、光が流れ込む。

「お疲れさん」

そこに立っていたのは、リグレスの同僚であるユーガとペレの二人だった。

彼らはララたちを小部屋に通した後、通路に繋がる扉を慎重に隠す。レンガを積み上げたそれは、元に戻すとただの壁にしか見えなくなる。さらにダメ押しとばかりに木箱を壁際に並べて、完璧な偽装を図った。

「念入りに隠すのね」

「当然だ。いつ敵が攻めてくるかもわからないからな」

城門付近での騒ぎはここからでも聞こえている。群衆の勢いを番兵たちが抑え切れなくなれば、城の中が争いの渦中になってしまうのだ。

ユーガが壁から離れて痕跡が残っていないことを確認し、満足げにうなずく。そうした後でようやく、ペレがララたちへと目を向けた。

「それで？　ここは一応、赤銅騎士団の一部しか知らねぇ通路だったわけだけど」

獣人特有の鋭い目が、ララたちを舐めるように見る。剣呑な空気に飲まれそうになるララやロミを庇うようにイールが一歩前に出た。

「門の騒ぎは地下水路が枯れたせいらしいじゃないか。あたしらはその原因を直せるかもしれない」

「原因ねぇ」

ペレは視線をリグレスへと移す。機密をララたちに漏らしたのは彼だ。

「ヨッタは優れた魔導技師だ。それにララもなにか特別な知識を持っているらしい。団長に会わせるだけでも、手伝ってくれないか」

仲のよい同僚が、いつになく真剣な面持ちで語りかける。ペレも完全に疑念を晴らしたわけではないが、彼の要求を強く否定することはできなかった。

そもそも地下水路が枯れているのは事実なのだ。そして、それをどうにかできそうな者は赤銅騎士団にもいない。

ララはともかく、ヨッタにはかすかな希望を見出せる。

「わかった。ついてこい」

ペレは尻尾をゆらりと揺らすと背を向けて歩き出す。ララたちは彼に感謝の言葉を述べて、その背中を追いかけた。

「すまねぇな。ペレも悪気があるわけじゃねぇ」

石壁に挟まれた通路を行きながら、ユーガがそっとララたちに語りかける。

「大丈夫よ。私たちだってペレの立場ならそうするもの」

城の地下にあるという水路の根源はディスロという町にとって文字通りの命脈だ。それを失えば、過酷な砂漠を生き抜くことすらできなくなる。だからこそ、それを守る赤銅騎士団も強い責任を持ち、常に警戒しているのだ。

　ヨッタはともかく、ララたちは初めて町を訪れた旅人に過ぎない。むしろ、ペレの判断は寛容と言っていいほどだろう。

「それで、騎士団長はどんな人なんだ？」

　隠し通路の繋がる小部屋から騎士団長の居室までの道のりは長かった。しばらく無言が続いたのち、イールが退屈紛れにそんな問いを投げかけた。

「マレスタさんは生まれも育ちもディスロでな。昔から文武両道の天才なんだ」

「こんな寂れた町にはもったいない人だよ」

　赤銅騎士団の面々は、自分たちのリーダーを誇らしく思っているようだ。リグレスもユーガも口々にマレスタの功績を讃える。

　それによれば、騎士団長に就任する以前から騎士として町の治安維持に努め、また魔獣狩りとしても並々ならぬ戦果を挙げていたようだ。

「どんな悪党だって、マレスタさんの名前を出せば途端に大人しくなるのさ」

「あの人が街に繰り出したときは珍しく平和だったな」

「普段は街にも出ないの？」

「多忙な人だからな」

　武勇で名を挙げ、ディスロの悪党たちにすら恐れられた騎士だったが、団長となってからは平の騎士と肩を並べて歩くことも少なくなった。騎士とは名ばかりに、今では書類仕事に忙殺されている日々だという。

「マレスタさんが出てくれれば、表の騒ぎも落ち着くのでは？」

「あれくらいの騒ぎは日常茶飯事だよ。流石に地下水路が枯れたことは報告しないとまずいが、暴動が起きるたびに呼び出してたんじゃ休む暇もないだろ」

「騎士団長ってのも大変なのね」

リグレスもユーガもペレも、マレスタが姿を現せば途端に暴動が収まるという点では意見を同じくしている。そんな彼らを見て、ララは騎士団長がどんな偉丈夫なのかと想像する。

ガラの悪い町人たちさえ尻尾を巻いてしまうような人物だ。鬼人族の筋骨隆々とした大男かもしれない。

「そんなに怖がらなくてもいいさ。普通にしてれば優しい人だからな」

「そ、そうなの？」

リグレスの言葉もあまり信じられないまま、ララたちはついに大きな扉の前にやってくる。騎士が二人、両サイドに立ち目を光らせている。それだけでこの扉がどれほど重要なものなのかララたちも察することができた。

「団長に客人を連れてきた」

ペレが端的に扉の開放を指示する。しかし、騎士たちは油断のない目でララたちを睨む。

事前の連絡もない、突然の来客。それも若い女ばかり。ララたちに至っては薄い布の服を着た、いかにも怪しい風貌なのだ。

「要件は？」

「地下水路の異常について」

「……」

ララの回答に、騎士たちは思案する。彼らも怪しい者を騎士団長に近づけるわけにはいかない。しかし、ここで躓《つまづ》いていてはララたちも話が進まない。

「これで信用してもらえると嬉しいんだけど」

彼女はそう言って胸元を弄る。一気に警戒感をあらわにする騎士たちに対して、ララはペンと剣の交差したペンダントを取り出してみせた。

「それは――」

「プラティクス家の紋章。ここでも伝わるかしら？」

「……わかった。少し待て」

大貴族プラティクス家の威光は、砂漠の果ての町にまで届いた。

騎士はララたちをそこに止め、一人が扉の向こうへと向かう。そして、さほど間をおかず戻ってきた彼が、大きく扉を開いて中へうながした。

「騎士団長のお許しが出た。中へ入れ」

「ありがとうございます」

権力というものは素晴らしい。家紋を見せるだけで信用の関わる問題は大体解決してしまう。ララは改めて貴族というものの力を実感しながら部屋へ踏み込む。

室内で待つのは、どんな巨漢なのか。砂漠の魔獣すら軽々と屠《ほふ》り、悪党からも恐れられる強者とはいったいどんな男なのか。

「はじめまして、ようこそディスロへ」

内心胸躍らせていたララは、部屋の奥から響く声に思わず瞳を揺らす。

広い執務室の奥、大きなガラスのはまった窓の前に執務机が置かれている。無数の書類が山積みになった机の向こうに座っているのは、長い黒髪と切れ長な瞳が優しげな雰囲気を醸す長身の女性。よく日に焼けた肌が、そこに活発な印象を加えている。

「騎士団長さんって、女の人だったのね」

思わず飛び出したララの言葉に、彼女は柔和な笑みを浮かべる。

ディスロを取り仕切る赤銅騎士団のリーダー、マレスタは凛々しい女性の騎士だった。事務仕事のため、鎧を脱ぎ動きやすい布の服を纏う彼女は、突然の来訪にも関わらずララたちを快《こころよ》く出迎える。

「はじめまして。あなたたちのことはリグレスから聞いてるわ」

彼女は薄く笑みを浮かべると、ララたちを椅子へ促す。

「ごめんなさいね。あまりもてなしはできないんだけど」

「大丈夫よ。むしろ突然押しかけちゃってごめんなさい」

存外に柔らかな物腰を見せるマレスタを少し意外に思いながら、ララは急な来訪を詫びる。地下水道が止まっているような状況で、茶の一杯も出ないのかと憤慨するのは見当違いだろう。そもそも、ララもそんな歓待を受ける

ためにやって来たわけではない。

「要件は軽く聞いているけど、あなたたちは地下水路に行きたいらしいわね」

自らもテーブルを挟んで椅子に腰を下ろし、騎士団長は早速話題を切り開いた。

「そう。私はあるものを探してて、それを確認したいの。それに、もしかしたら地下水路の故障を直せるかもしれないし」

ララは手短かにディスロを訪れた理由を話す。町の最高権力者に対して、下手に誤魔化したり虚言を吐いたりするのは逆に話を複雑にしてしまうだけだ。彼女は〝太陽の欠片〟と呼ばれる遺失古代技術がここに眠っている可能性があること、それと地下水路になにかしらの関連があるかもしれないことを伝える。

マレスタは静かに耳を傾け、最後まで聴き通す。その上で、しばらくの沈黙の後、油断のない瞳を彼女に向けた。

「もし仮に、あなたの言う〝太陽の欠片〟が町の下にあったとしたら?」

その問いはララも予想していたものだった。

遺失古代技術〝太陽の欠片〟が実際にディスロにあるのだとすれば、十中八九それは地下水路に関連している。となれば、ララがそれを望んでもマレスタは渡すわけにはいかない。

「そのときは、そのときに考えるわ。ただ一つしっかりと言っておくのは、無理やり奪うつもりはないってこと」

ララとしてもディスロ全体を敵に回して〝太陽の欠片〟を奪取したいわけではなかった。平和的に解決できるのならば、それを選ばない手はない。

その点を強く明言するララを見て、マレスタが思わずといったように吹き出した。なにか変なことを言ったかとララが目を瞬かせると、彼女はくつくつと笑いを抑えながら言う。

「ごめんなさい。――無理やり奪うつもりはない、ということは、奪おうと思えば奪えるってことなのね」

「うっ。それは……」

鋭い指摘にララはたじろぐ。騎士団の頂点に立つだけあって、抜け目のない傑物だ。

実際、ララが本気を出し、ナノマシンやサクラの力を全力で投入すれば、ディスロの町を陥落させることは容易いだろう。できないのとしないのとでは、意味がまったく変わってくる。

ちらりと両サイドに座るイールとロミへ目を向ければ、二人とも頭の痛そうな顔をしている。失言だったかとララは少し後悔する。

しかし、暗雲の立ち込めるような空気とは裏腹に、マレスタは微笑を湛える。

「いいわ。あなたたちに地下水路に入る許可を与えましょう」

「いいの⁉」

思わず驚くララに、マレスタは首肯する。

「地下水路に異常があり、我々ではそれに対処できないのは事実です。いくつかきな臭い話も上がってきていて、正直、猫の手も借りたいところなんですよ」

「やけに物分かりがよくて逆に怖いじゃないか」

ニコニコと笑みを崩さない騎士団長にイールが口を開く。彼女の言葉でロミがさっと血相を変え、マレスタの背後に控えていた騎士たちが眉間に皺を寄せるが、当の騎士団長は気分を害した様子もない。

「あなた方を拒絶することもできますが、そうしたところで事態は好転しませんから。それに、リグレスたちはあなた方を信頼しているようですし」

彼女はそう言って目を動かす。視線の先に捉えたのは、直立不動で話を聞いていたリグレスだ。

「あなたはリグレスを信頼してるのね」

「騎士団の仲間ですからね」

即答するマレスタに、リグレスの方が少し居心地が悪そうだった。

やりとりを経て、ララたちもおおよそ騎士団長がどんな人物なのか理解した。悪党の町とも言われるディスロを治めるだけあって、なかなか見た目に似合わぬ豪胆さを持ち合わせている。

「それに……」

マレスタはヨッタを見る。

「ヨッタさんには今まで何度も助けられています。今回も頼りにしていますよ」

「ええっ⁉ わ、わかった。任せてよ」

突然話を向けられたヨッタは驚きながらも、魔導技師としてははっきりとうなずく。

彼女はこれまでも幾度《いくど》となく遥々ディスロまでやって来て、町の住民たちを助けてきた。その功績は当然、マレスタの耳にも届いている。

おそらく、そんなヨッタの存在が大きいのだろう。ララは彼女と出会えたことに改めて感謝する。彼女がいなければ、ここまでスムーズに話は進まなかったはずだ。

「それじゃあ、今から地下水路について説明しましょう」

マレスタがさっと目つきを変える。その真剣な表情に、ララたちも居住まいを正す。

騎士たちが退室し、五人だけが残された。

「地下水路についてはリグレスたちも知らないの？」

「機密に当たりますから。当然、皆さんも口外は厳禁ですよ」

当然だろう。地下水路はディスロにとって明確なウィークポイントである。

ララも覚悟を決め、マレスタに先を促す。

騎士団長は口を開き、町を支える偉大な水路について語り始めた。

アグラ砂漠の最果て、広大無辺な砂漠の真ん中にポツンと取り残されたかのように存在する町、ディスロ。オアシスも存在しない砂と熱風の世界でこの町が存続しているのは、地中深く岩盤を貫いて供給される豊富な地下水のおかげだった。

地下から汲み上げられた水は、町中を網羅する地下水道を通って各家庭へと供給される。また、下水はまとめて浄化処理を受け、生活用水などに利用される。ディスロは砂漠の外の町よりもはるかに高度な上下水道のシステムを構築しており、その恩恵を古くから享受している。

その水はディスロの民にとって文字通りの生命線であり、失うことのできない財産だった。それゆえ、水を汲み上げる装置に関しては厳重な秘匿体制が取られ、代々町を管理してきた赤銅騎士団の団長にしか詳細は明かされない。

「〝太陽の欠片〟は、地下水道の基幹部にあるわ」

ディスロの中心、城の一室。赤銅騎士団の団長マレスタはそう告げた。

あまりにも当たり前のように明かされた機密に、ララだけでなくリグレスたちでさえも驚きを隠せない。そんな彼女たちの反応に笑い、マレスタは続けた。

「これを明かすのは、事態が逼迫していること、あなた方を信頼していること、そして〝太陽の欠片〟はその存在を知ったところでなにかできるものではないこと、それが理由です」

赤髪の騎士団長は指を三本立てて言う。

水路に異常があらわれ、ディスロの民に水が届かない。それゆえに、城には多くの民衆が集まり、暴動になりかけている。

マレスタは騎士団員を信頼し、また騎士団員が信頼している者を信頼している。

だが、最後の言葉がララたちには理解できなかった。

「存在を知っても無駄って、どういうことかしら」

「そのままの意味よ。アレを盗もうとか、手に入れようとか、壊そうとか。そういったことを考えた者が歴史上いないわけがない。それでも、今のこの時点まで、それを成し遂げた者はいない」

ディスロの歴史は長い。かつては砂鯨狩りで栄華を極め、そして衰退した。辺境の外にも近く、多くの種族が去来した。かつては辺境の内外を繋ぐ交易の要衝ともなっていた。

そのような町が、悪意ある者に狙われないはずがない。そして、町の心臓は誰の目にも明らかだ。いかに箝口令が敷かれ、厳重に秘匿されようとも、〝太陽の欠片〟の存在は自然と漏洩する。辺境随一の貴族、プラティクス家がその存在を知っていたことがその証左だ。

しかし、長い歴史のなか、多くの者が〝太陽の欠片〟に手を伸ばしたが、手中に収めたものはついぞあらわれなかった。〝太陽の欠片〟は輝きを放ち、水を供給し続けていた。

「まあ、その理由は実際に見てもらうのが早いわ。とはいえ、地下水路に入るにはいくつか気をつけて貰わないといけません」

マレスタはそう言って、ララたちに注意事項を伝える。

数多の悪意に晒され、常に狙われ続けた〝太陽の欠片〟を守るため、赤銅騎士団は多くの防御策を講じてきた。そのなかには、歴史のなかで詳細が失われてしまったものも多いという。

「地下水道には多くの罠が仕掛けられ、また魔導兵が目を光らせているの。この際、それらは壊してしまっても構わないけれど、返り討ちに遭わないように」

「魔導兵って？」

「簡単に言えば魔導具の兵士だよ。ゴレム技術が使われてて、自動で簡単な仕事をこなすんだ」

首を傾げるララに、専門家のヨッタが補足する。

事前にインプットされた命令を忠実にこなす魔導兵は、融通は利かないが優秀な兵士となる。地下水道に配置された魔導兵たちに命じられているのはただ一つ、〝すべての侵入者を撃退せよ〟というものだった。

「すべての侵入者って……。騎士団が点検に入るのも危ないんじゃないの？」

「そうね」

思い切った割り切りに呆れるララに、マレスタはすんなりとうなずく。

〝すべての侵入者を撃退せよ〟という使命を刻まれた魔導兵は、たとえ赤銅騎士団長のマレスタであっても躊躇なく殺しにかかる。

「でも、それでいいのよ。騎士団も代替わりをしているし、誰が味方で誰が敵か判別させるのは手間がかかるから」

「じゃあ、日頃のメンテナンスは誰がやってるんだ？」

イールが呈したのは当然の疑問であった。

地下とはいえ寒暖差の激しい砂漠の真ん中という過酷な環境で、何百年もメンテナンスフリーで動き続ける機械というものは存在しない。

「……もしかして、魔導兵？」

ララが予想を口にすると、マレスタが口元を緩めた。

「そうよ。地下水道は魔導兵によって保守管理と防衛が行われている、完結したシステムなの。私たち騎士団の使命は、その蓋を守ることだけ」

「いったいどうやって……。パーツから製造して、組み替えていってるのね」

その仕組みは、ララも覚えがある。

補給の望めない未開拓惑星の探索のため送られる調査用宇宙船には、大量の資材と高性能な立体造形機――いわゆる３Ｄプリンターが積み込まれる。未知の状況を観測した上で、管制ＡＩが必要としたものを現地で製造し、使用するのだ。

数千光年という距離を確率論的空間渡航も用いず下道だけで進む宇宙船は宇宙塵やデブリといった予測困難な障害によって破損する可能性も高い。軽度の損傷であれば自己修復ナノマシンによって修理可能だが、大質量を損失する重度の損傷であれば、３Ｄプリンターによって部品を製造し、自動的に修復する。

ディスロの地下水路は、それ自体が完結した巨大なシステム。何百年、ともすれば何千年もの間、人の手を借りずに生き続けてきたシステムなのだ。

「魔導兵にそんな高度なことができるのかよ？　そもそも、魔導兵って一体で貴族が一人破産するってくらいの高級品なんだぜ？」

マレスタの話を聞いて、ヨッタはうろんな顔をする。彼女の知る魔導兵は、確かに命令に忠実な兵士となる。とはいえ、高度な魔導技術が詰め込まれた、いわば精密機器の大規模な集合体だ。一人の魔道技師で作れるようなものではなく、数十人、数百人がかりの大仕事となる。

そんなものを地下水路に徘徊させるだけの数を揃えるとなると、国が傾くレベルの金額となるだろう。防衛を担う兵士そのものが狙われる可能性だって考えられる。それこそ、本末転倒というものだ。

「私も詳しいことは知らないわ。けれど、かつて砂鯨狩りで栄えた町ならあるいは。――それに、ディスロにはその昔、とても優れた魔道技師がいたそうなのよ」

「なんだか都合のいい話だな」

イールがそう言って肩を竦める。

厚い岩盤を貫いて地下水を汲み上げる〝太陽の欠片〟、そしてそれを守る魔導兵。それらを内包し、完璧な形で長年にわたって維持し続けてきた自己完結システム。

マレスタの口から明かされたディスロの地下水道は、聞けば聞くほど現実味が薄れていく代物だった。

「正直、私もそう思うわ」

それに対して、マレスタは素直に認める。

「私も前任の騎士団長から情報を引き継いだだけ。彼だって、その前の騎士団長から渡されたものをそのままこっちに渡しただけだし、そんなことが何代も続いてきた。栄華を極め、衰退し、悪党の町と言われるようになるまで、ずっと私たちは紙の上の情報をリレーしてきた。それで、特に問題も起こらなかったから」

騎士団長は情報を知る者。だが、彼女でさえ、地下水道には立ち入ったことがない。

内部のことを伝え聞いてこそいるものの、その全容を直接目の当たりにしたわけではないのだ。

「だから、あなたたちが確かめてきて。ずっと閉ざされてきた扉の先を」

マレスタは改めて依頼する。

これまで開かれることなく、また開く必要のなかった古代の遺構の異変を知るために。


マレスタが火を灯したランタンを持ち、螺旋階段を下りてゆく。底は深い闇の中で見通せず、どこまでも単調な風景に時間の感覚さえ鈍る。ララたちは先を歩くマレスタについて行くことで精一杯だ。

ここは赤銅騎士団が代々守り続け、秘匿してきた縦穴。〝太陽の欠片〟へと続く唯一の道だ。リグレスたちでさえ、この螺旋階段の手前で阻まれた。ララ、イール、ロミ、ヨッタの四人だけが、マレスタの許可を得て立ち入ることができたのだ。

螺旋階段が壁を這う円形の縦穴は想像を絶する深さだ。静寂に満ち、五人の足音だけが空虚に響く。ララは徐々に空気が湿気を帯びてきたのを肌で感じる。

「そろそろ、底に着くわ」

いったいいくつ階段を下りただろうか。それを考えることすら億劫になるほどの数を下り、マレスタはようやく振り返る。彼女の言葉に、ララたちは露骨にほっと息を吐く。このまま地の底まで連れて行かれて、帰ってこられなければどうしようと考えていたところだ。

マレスタの言葉通り、それからほどなくして螺旋階段の終端が訪れる。穴の底には豊富な水が流れこみ、その底はまったく見通せない。そして、その水の上流に続く通路には、頑丈な鉄の扉が取り付けられていた。

「ここから先は騎士団長も立ち入れない、地下水道の本体よ」

マレスタは腰に吊っていた重い鍵束を持ち上げる。ランタンの明かりを頼りに、無数の鍵の中から古びた一本を探し当て、鉄扉の錠に差し込む。

「さあ、開くかしら」

マレスタがそんなことを言って、ララたちを少し不安にさせる。しかし、鍵は滑らかに回転し、なにかが動く音が扉の中から響いた。

一人の人生よりも遥かに長い時を守り続けた頑丈な鉄扉が解き放たれる。沈黙を保ち続けた蝶番が軋音をあげ、ゆっくりと開く。その奥に続くのは水のせせらぎと暗闇だけだ。

「サクラ、ライトを」

『任されました』

ララの側に浮かぶサクラが広い範囲に向けて光を放ち、視界を確保する。映し出されたのは煉瓦を積み上げて作られた縦横共に三メートルほどの横穴だった。通路の片側半分が溝になり、豊富な水が流れている。

「こんなところで戦うのは大変そうだぞ」

狭い足場を見て、イールが眉を寄せる。横に動くこともままならない閉所では、彼女のようなアグレッシブな戦い方は難しい。

「ロミ、期待してるからな」

「うええっ!? が、頑張ります……」

頼りになるのはロミのような魔法使いである。肩を叩かれた彼女は驚いた顔で飛び跳ねるが、ごくりと生唾を飲み込んで白杖を握りしめた。

「それじゃあ、行ってきます」

「お気をつけて。我々は助けに入ることもできませんので」

「わかってるわ。まあ、ゆっくり待っててちょうだい」

静かに頭を下げるマレスタに見送られながら、ララが第一歩を踏み出す。

少なくとも、入り口の近くに罠はないらしい。ララは用心深く周囲を見渡しながら、さらに歩を進める。そんな彼女の後を追いかけて、イールたちも水路へと入る。四人全員が入ったところで、マレスタによって扉が閉じられた。

「さて、鬼が出るか蛇が出るか……」

狭い通路で大きなハルバードを展開させるわけにもいかず、ララは徒手空拳のまま進む。

「おっ？」

入り口から二十メートルほど進んだところで、通路は別の通路へと接続する。そこへ踏み入ったララは、思わず声を上げた。微かな声量ではあったが、静かな水路に反響する。

「なんだ、広いじゃないか」

「すごいですね……」

彼女たちが辿り着いたのは、巨大な水路だった。高い天井は湾曲し、通路自体が半円状の断面をしている。幅は十五メートル以上あり、中央に太い水路が走っているが、壁際にそれぞれ五メートル以上の広い道もある。

おそらく、ここまで歩いてきた道は枝道のようなものだったのだろう。

ここならば、イールやララも万全の体勢で戦うことができる。

「今のところ、魔導兵らしいのはいないな」

ララたちの背後からおっかなびっくり顔を出すヨッタが、周囲を見渡して首を傾げる。サクラの協力なライトによって照らし出された広い地下水道には、それらしい姿が見られない。ただがらんとしたところに大量の水が流れているだけだ。

「水はたくさんあるのよね。これがそのまま流れれば、地上に供給されるんでしょうけど」

ララは跪《ひざまず》き、水に手を差し込んでその冷たさを確かめる。簡単に水質を見ると、飲用にも適した清潔な水だ。

少なくとも、地下の水路には水が流れている。これがどこで途切れてしまっているのか、確認するのが第一目標となるだろう。

「とりあえず、下流だな」

イールの示した指針にララたちもうなずき、水の流れに沿って歩き出す。

人も魔獣も魔導兵も見当たらない水路は静かだ。事前にかなり脅されていたこともあり、ララはつい拍子抜けしてしまう。

考えてみれば、マレスタ以前の歴代騎士団長すら長らく立ち入ってこなかったのだ。その間に魔導兵が停止して、メンテナンスも行われなくなり、徐々に劣化してしまったという筋書きは納得できる。

暗がりで揺れる枯れ花を見つけてしまったような気持ちがして、ララは少し落胆してしまった。そのときだった。

「あれ？」

ふいに足元の抵抗が消える。違和感に視線を下げてみると、自分が踏んだレンガがそのまま深く凹《へこ》んでいる。まるで、なにかスイッチを押してしまったかのように——。

「おいっ！　後ろ！」

イールの焦った声。ララたちが振り返ると、水路の奥からなにかが迫って来ている。

武器を構えて迎撃の用意をするララたちの目に飛び込んできたのは、天井スレスレまで迫る巨大な鉄球。それは水路をレールのようにして、猛烈な勢いで転がってくる。

「流石にちょっと分が悪いかも……」

「さっさと逃げるぞ！」

ララたちは弾かれたように逃げ出す。その背後を、巨大な質量の塊が無慈悲に追いかけてきた。

「うわあああっ⁉」

猛烈な勢いで転がる巨大な丸い鉄球が、ララたちを押しつぶさんと迫り来る。地下水道のレンガ道を走り抜けながら、四人の悲鳴が反響する。

「おい、ララ。なんとかできないのか！」

「無茶言わないでよ。私はただの学者なのよ？　それよりイールが左手で殴ったら壊れるんじゃないの？」

「そっちこそ無茶言うな！」

鉄球の硬さがわからない以上、あれに攻撃を加えて破壊するというは最後の手段だ。もし破壊できなければ、あの大重量に押し潰されて圧死する。

「皆さん、あそこ。横穴があります！」

「でかした！」

「流石ロミ！」

ララとイールが言い合っている間に、ロミが通路の前方に横穴が空いていることに気付く。

「ひぃ、ひぃ」

「ヨッタも転んじゃダメよ。あともうちょっとだから」

「なんなんだよこの水路は！」

ただの魔導技師として来ているヨッタは既に泣きそうな顔をしている。優秀な職人ではあるが、彼女はただの一般人なのだ。彼女の足がもつれないようにララたちも気をつけながら走り、横穴を目指す。

「飛び込め！」

「とりゃあっ！」

イールの合図で四人は一斉に横穴へと逃げ込む。

直後、彼女たちの背後をけたたましい音と共に鉄球が転がり、水路の奥へと去っていく。その行く末を見送ることもなく、ララたちは荒い呼吸で床にへたり込んだ。

「まったく、とんだ洗礼だな」

「今まで騎士団の方々が立ち入らなかったのは英断でしたね……」

ロミも寿命が縮んだとげっそりして言う。ヨッタに至っては、もう帰りたい気持ちでいっぱいだった。

地下水路には多くの罠が仕掛けられていると事前に聞いてこそいたが、ここまで殺意に満ちたものだとは思いもよらなかった。町の生命線としての水道の重要性に、彼女たちは改めて緊張感を高める。

「はぁ。まったく、困ったわね。あんな罠がゴロゴロしてるとなると、探索も大変だわ」

ララは周囲のレンガすべてが怪しく見えてきて体を強張らせる。どれがスイッチになっているのか、見た目ではまったくわからない。

これなら〝指先の目〟を飛ばして偵察させた方がいいかもしれない。とはいえ、あれはララと接続が切れたら面倒だ。サクラのように特別優秀なＡＩを搭載しているわけでも、戦闘能力があるわけでもない。

「サクラ、ちょっと散歩してこない？」

『イヤですよ！』

腹の底が明け透けに見えるララの誘いに、サクラはランプを明滅させて憤慨する。ララとしても、こんな危険なところにサクラを放置するというのはやりたくない。

冗談よ、とララが肩を竦めたそのときだった。細い横穴の奥から、物音がする。

「ッ！」

「ヨッタ、後ろに」

「ええっ⁉」

微かな音だったが、ララとイールは敏感に反応する。飛び起きて武器を構え、暗闇に目を向ける。サクラがライトをそちらへ向け、ロミはヨッタを守るように身構える。

そのとき、暗闇の中に青い光が浮かび上がる。

「なにかしら――ッ！」

ララが首を傾げた直後、影から細長い刃が飛び出してくる。ララがハルバードの切先でそれを弾き、イールが前に飛び出す。前方の暗がりからも、刃の持ち主が姿を現した。

「コイツ！」

ヨッタが愕然として声を上げる。その反応で、ララたちもそれの正体に勘付いた。

イールの左腕が唸り、黒々とした石の躯体《くたい》に拳がぶつかる。邪鬼の醜腕の絶大な膂力は剣がなくとも発揮され、石は呆気なく砕け散る。だが、それは体の一部が破損したにも関わらず臆することもなく槍を突き出してきた。

「これが魔導兵ってやつね！」

全身が石で作られた、小柄な物体。足のない円柱型だが、滑らかに動く腕を四本持っている。短い槍を一本、盾を一枚、ナイフを二本携えて、青い光を放っている。見るからに異形の姿だが、頭部にあたる位置にある光源が敵意を示している。

「なんだかサクラに似てる？」

『カメラアイのところだけ見て言ってません⁉』

ララが冗談を言っている間にも、魔導兵は槍を突き込んでくる。イールが拳で破壊したのは盾とそれを把持していた腕だ。体の一部を欠損したにも関わらず、魔導兵は機敏に動き続けている。

「ヨッタ、こいつはどうやったら止まるんだ？」

「体のどっかに核がある。それを破壊したら止まるはず！」

槍を避けながら反撃を繰り出すイールに、ヨッタは魔導具の基本を伝授する。

魔導兵も浄水ポンプも基本的には同じだ。動力源である魔石を内蔵した核を破壊すれば動かなくなる。

「ちなみに、核はどこにある？」

「わからない。たぶん一番硬いところ！」

「だろうな！」

弱点をわざわざ露出してくれる敵に優しい魔導兵というものも考えにくい。イールは予想できた答えに若干落胆しつつ、剣を引き抜いた。

「とりあえず、全部ぶっ壊せば当たるだろ」

狭い横穴では、彼女の長い両手剣は振り回せない。イールは上段に構え、一点に狙いを定める。

「せいっ！」

魔導兵が槍を突き出す。それとタイミングを合わせ、イールも剣を突く。二本の線が交差し、火花が散る。

打ち勝ったのはイールだった。

「どうだ」

イールの剣が深々と円柱の中心を貫いていた。強力な魔獣素材を用いて鍛えた特別製の剣は、水道を守護する魔導兵すら打ち砕く。

「イール、離れて！」

だが、ララが叫ぶ。

イールは咄嗟に剣の柄から手を離し、後ろへと飛び退いた。

次の瞬間、魔導兵が残った二本の腕に握っていたナイフをイールがいた場所へと切りつけた。

「まだ動けるのか⁉」

「人間とおんなじように考えちゃダメよ。とりあえず、体表の光が消えるまでは油断しないほうが良さそうね」

魔導兵の動きはぎこちなく、最後の一撃だったことがわかる。

ハルバードを構えるララの目の前で、それは光を消して力無く崩れ落ちた。

「……今度こそ倒したみたいね」

ブラフの可能性を考えて、ララは用心深く近づく。ハルバードの先端でコツコツと石の体を突いて、本当に動きを止めたことを確認する。

「まったく、厄介だな」

円柱から剣を引き抜いて、イールも肩の力を抜く。傭兵としての経験が豊富な彼女でも、魔導兵――無生物を相手に戦うのははじめてのことだった。生きているか死んでいるかもわからない相手は非常にやりにくい。

「はぁ、すごいな……。いったい何百年動いていたんだ？ サディアス流の古い技術も使われてるみたいだし」

どっと疲れを感じるララたちのかたわらで、ヨッタはガラクタと化した魔導兵に取り付いている。興奮した様子で石の部品を分解し、円柱の内部に詰まっている細かな機構を確認しているようだ。

魔導技師の知識がないララたちにはさっぱりだが、この中にはヨッタも驚くような技術が高密度に詰め込まれているらしい。

「これ、一体だけだと思います？」

「そんなわけもないだろうな。コイツも元気いっぱいだったし」

ロミの不安な声に、イールは嘆息しながら答える。

はじめて魔導兵に遭遇し、それを撃破したのはいい。問題は、魔導兵が老朽化している様子がまったくないことだ。

マレスタの話によれば、地下水路には罠と魔導兵が無数に存在しているという。何百年、何千年という時間を、飽きることなく守り続けてきたのだ。ララたちはこれまでにずいぶんと騒音を立ててしまった。すでに異変は感知されていると考えた方がいい。

「困りましたね……。魔獣避けも意味はないでしょうし」

ただの魔獣であればロミの結界魔法で退けることもできる。しかし、意思のない魔導兵にどこまで効果があるかは疑わしいところだ。

「気が休まらない探索になりそうね」

安全地帯のない迷宮だ。

ララたちはこの先に待ち受ける地下水路の防衛機構に覚悟を決めて、気合いを入れ直す。

第五章　地下水路の侵入者

「『旋回槍《スピンショット》』ッ！」

「ひええっ⁉」

地下水路に突風が吹き抜ける。それは左右の横穴からわらわらと飛び出してきた魔導兵たちを纏めて吹き飛ばし、壁や天井に激突させる。全身が砕けて動けなくなった瓦礫の兵団を飛び越えながら、ララたちは一目散に走り続ける。

「ロミ、気をつけろよ。躓くと追いつかれるぞ」

「わ、わかってますよぉ」

必死に足を動かす四人の背後に迫るのは、青い光を放つ大量の魔導兵たち。ララの旋回槍でもどうにもならないほどの数が大挙して押し寄せてくる。

「ええい、次から次へと！」

「まったく際限がないわね」

イールが剣を振り回し、飛びかかってきた魔導兵を真っ二つに叩き折る。ララも次々と風の槍を突き込んでいくが、焼け石に水だ。

四人が地下水道に侵入し、一体目の魔導兵を撃破した直後、水道のありとあらゆる穴から同じ顔をした魔導兵が押し寄せてきた。はじめはララとイールの二人でなんとか対処可能だったのだが、それもすぐに処理が追いつかなくなってしまい、逃げることとなったのだ。

「ロミ、ちゃんとヨッタを守ってちょうだいね」

「あたしだって戦えるよ！」

「お、お願いですから前に出ないでくださいぃ」

イールとララが道を切り開き、ロミがヨッタを守りつつ進む。逃げる中で自然と役割が決まっていた。

ヨッタは血気盛んに拳を振り上げるが、ロミがそれをなんとか抑える。アグラ砂漠を渡って魔導技師をしている彼女も一般人と比べれば屈強だろうが、旅をしながら幾度となく戦いを繰り広げてきたララたちの足元にも及ばない。ロミでさえ、腕力でヨッタを抑えつけることができるのだ。

「ヨッタは走りながら魔導兵の弱点を考えて」

「弱点って言われてもなぁ」

冷静に道を選んでいる暇もない。ララは目の前の分岐で敵の少なそうな方を瞬時に選んでそちらへ進む。

彼女たちの背後に大量の魔導兵が追いかけているのは、彼らをなかなか倒せないという理由も大きかった。一体目の魔導兵こそイールが破壊し、ヨッタがバラバラに分解してしまったが、そうでもしなければ活動を停止しないほどにタフなのだ。

ララとイールが必死になって道を切り開いても、彼女たちが通りすぎた頃には復活し、追いかけてくる。そのおかげで、背後の追っ手はどんどんと数が膨れ上がってくる。

頼みの綱となるのは魔導具に精通するヨッタだけだ。魔導兵を分解し、その内部を見た彼女ならば、それを止める術もわかるのではないかとララたちは藁にも縋る思いである。

「魔導兵の内部にある魔石を破壊したら動きは止まるんだけど……」

「その魔石がなかなか破壊できなから——困ってるんだろっ！」

イールが剣を振り上げ、魔導兵を三体纏めて切り飛ばしながら言う。

円柱が真っ二つに割れて細かな破片が散らばるが、その表面に浮かび上がる青い光は健在だ。なおも四本の腕を動かして、次々と武器を繰り出してくる。

弱点をわざわざ露出させる馬鹿はいない。魔導兵もその例に漏れず、弱点となり得る心臓部である魔石は完璧に保護されていた。

「仕方ないわね……。『雷撃《ショックボルト》』ッ！」

白い稲妻が放たれ、魔導兵へ次々と拡散していく。高圧の電流は魔導兵の機体に強い負荷を生じさせ、わずかな時間ではあるが動きを止めることができる。

ララは魔導兵の動きが鈍っている間に、ハルバードでそれらを蹴散らして活路を開いた。

「まったく、出力最大でも動きを止めるだけとか、やになっちゃうわ」

高圧電流を周囲に流す『雷撃』は、有効射程こそ短いものの、ララにとっては強力な切り札の一つだ。実際、元々の脅威として想定されている強化義肢の悪漢などには絶大な威力を発揮する。要は、精密な電子機器を圧倒的なパワーで破壊するのだ。

しかし、このファンタジーな世界では電気エネルギーがほとんど利用されていない。代わりに魔力という存在も眉唾物な謎エネルギーが席巻していて、魔導兵も魔力を動力源としている。そのため、いくら電流を流しても、多少動きが鈍くなる程度しか効果がなかった。

ララが倒しても倒しても減らない敵にいい加減うんざりしていると、不意にロミが声を上げる。

「あっ！ 見てください、扉があります！」

彼女の指の指し示す先、通路の奥に頑丈そうな鉄の扉が見える。

「あそこに入ったら、しばらく時間が稼げるんじゃないでしょうか」

「そうかなぁ」

「しかし他に方法もなさそうだ。やってみるか」

懐疑的なララに対して、イールは積極的な姿勢を見せる。彼女もいい加減疲れてきたのだ。

波のように押し迫る魔導兵を蹴散らしながら、ララたちはドアへと近づく。マレスタが見送ってくれた、水路の入り口にも似た頑丈な鉄の扉だ。

「ロミ、開けるか？」

「ふぬぬっ！ ――だめです、鍵がかかってるみたいで」

なんとか取っ手に辿り着いたロミだったが、何度か押したり引いたりを繰り返した後で肩を落とす。鉄扉は頑丈に固定され、彼女の力ではまったく動きそうになかった。

「ちょっと貸して！」

暗い気持ちが立ち込める中、ヨッタが扉に取り付く。彼女は鉄扉の様子をつぶさに確認した後、荷物の中から工具を取り出す。そうして、カチャカチャとなにやらいじり始めた。

「ヨッタ、どれくらい時間かかりそう？」

「五分で終わらせるよ」

「……五分も持つかね」

ヨッタが鍵開けに集中している間、ララとイールも気合いを入れ直す。もはや逃げ道などない。ここで押しつぶされてしまえば、四人の冒険は早々に幕を下ろしてしまう。その選択肢だけは選べない。

「イール、行くわよ！」

「おうっ」

ララとイールは息を合わせて飛び出す。軽く武器を振るだけで魔導兵が吹き飛んでいく。ナノマシンによって強化されたララの力と、邪気の醜腕を持つイールの力が、押し寄せる激流のような魔導兵を退ける。

「とりあえず、腕を切り落とせばいいのね！」

魔導兵は四本の腕に槍と盾とナイフ二本を携えている。それらを切り落とせば、ある程度危険性が減ると判断し、イールは破壊よりもそちらを優先する。

「邪魔だ！」

イールは左腕の力と頑丈な剣に物を言わせて、強引に魔導兵を叩き切る。その暴力的な戦法はシンプルながら強力だ。

「はぁあああっ！」

彼女は腕に力を注ぎ、赤黒さを増し血管の浮き出たそれで石の兵士を粉砕する。飛んできた破片すらも弾丸のような勢いで、ララは流れ弾を受けないか冷や汗を流しながら戦っていた。

「ロミ、結界でなんとかできないの？」

「できてたらやってますよ！」

魔導兵は魔力駆動ではあるが魔獣ではない。ロミの結界で退けられるものではない。

そもそも、彼女のそれは地面に複雑な記号を書き連ねていくものだ。まとまった面積と時間を必要とするため、今のような状況には適さない。

「ヨッタ！」

「あともうちょっと！」

四方八方から繰り出される槍を紙一重で避けながら、ララが叫ぶ。ヨッタは鍵穴から目を逸らすことなく叫び返す。

ヨッタは多少荒事にも慣れているとはいえ、元々は一介の魔導技師に過ぎない。壊れた魔導具を修理することが生業で、客からの聞き取りには慣れていても、こんな激闘の真っ只中で死の気配を感じながら作業することはまったくの未経験だ。

だが、彼女は今までで一番深い集中状態に没入し、一度すべての状況を忘れる。

彼女の意識には、目の前に立ち塞がる鉄扉しか存在していなかった。

「すごいや、これは……」

魔導兵は彼女も見たことがないほど精緻に組み上げられた、精密魔導機器とでも言うべき代物だった。ヨッタが属する砂漠の流派、サディアス流の技術もふんだんに注ぎ込まれ、芸術的ですらあった。

おそらく、この地下水路を作り上げたのは優秀な魔導技師だったのだろう。

ヨッタは扉を封じる鍵からも、その気配を色濃く感じ取っていた。

数百年もの間、侵入者を拒み続けてきた鉄の番人。その守りを解き進めるのは、快感ですらあった。

自分の技術がどれだけ通用するのか、それだけを考える。

そして――。

「やった」

ガチャリ、と音がする。

ヨッタの心が歓喜に打ち震える。古代の技術に打ち勝った。そう思った。

しかし。

「ヨッタ！」

「――えっ？」

目の前の扉は開かない。足元が頼りない。

ララの切羽詰まった声が聞こえて、ヨッタは足元を見る。自分たちが今まで立っていた床がぱっかりと開き、暗い闇が真下に広がっている。彼女たちは、重力に従って落ちていく。

「みんな掴まって！」

落ちながら、ララが叫んだ。

「うわあああああっ⁉」

突然ぱっかりと地面が開き、底の見えない大穴へと落ちていくララたち。ヨッタが悲鳴を上げ、涙の粒が浮かぶ。

「みんな、私に掴まって！」

そんな中、ララが大声で叫ぶ。同時に隣を落ち続けているイールの腕を掴んだ。彼女もまたロミに手を伸ばし、ロミはヨッタの手を取る。四人は落下しながら互いの手を握り、円陣を組む。

「サクラ、下まで何メートル⁉」

『残り三百メートルほどかと！』

「距離と重力加速度から残りの落下時間を出して。三秒前に報告してちょうだい！」

『かしこまりました！』

長く深い縦穴の壁面は滑らかで、取っ掛かりになりそうな突起もない。このままでは十秒もせずに底にぶつかり、熟れたトマトのように潰れてしまう。それはご遠慮願いたい。

ララはサクラと情報を同期して、地面到達までの時間を睨む。

「ララ、大丈夫なのか⁉」

「任せて！」

イールたちも今回ばかりはどうすることもできない。ララにすべてを託すほかなく、腹を括る。手を握る力が強くなる中、ララはカッと目を開く。

「『風壁《エアクッション》』ッ！」

四人が硬い地面に激突するちょうど三秒前。ララとサクラが同時に圧縮された空気を直下に向かって解き放つ。勢いよく放出された空気が反発し、四人を包むクッションになる。

「ぐわっ⁉」

「きゃああっ⁉」

クッションとはいえ、自由落下を受け止めるほどのものだ。地面に激突するよりはマシ程度の衝撃緩衝能力しかない。咄嗟にロミがヨッタを抱きしめる。

瞬間的に落下速度を減衰させた四人は、再び落下して地面に強かに背中を打ちつけた。

「うぐぅ……」

「たたた……。だ、大丈夫ですか？」

「なんとかぁ」

地面でうめく声がする。エネルギーのほとんどを一気に使ってしまったララは、よろよろと壁に背を預けながら、全員がひとまず生きていることに胸を撫で下ろした。

「ララのおかげで助かったよ。あれが無かったら、こうなってたらしい」

「え？　ひええっ⁉」

イールが穴の底を見渡して言う。ロミはその言葉でようやく、足元に転がる大量の朽ちた人骨に気が付き、悲鳴をあげた。

「難攻不落の地下水道と言えど、侵入者が皆無だったわけじゃないらしい。いったい、何年前のやつらかはわからんけどな」

ララたちが一命を取り留めたのは、下に積もっていた人骨が緩衝材の役割を果たしていたことも理由の一つのようだった。その事実を知ったロミとヨッタは青い顔をしているが。

彼らもまた、あの扉を開けようとして失敗したのだろう。間違えれば深い穴の底に叩きつけられ、否応なく殺される。なんとか生き残ったとしても、救助は望めず、飢えと乾きに苦しみながら死を待つのだ。

「さて、こっからどうするかな……」

イールは荷物を下ろし、ランタンに火をつける。

穴の底はそれなりに広いが、どこかに繋がる通路は見当たらない。空気があるのが不幸中の幸いといったところだろう。魔導兵の影もなく、これ以上に罠が張られている様子もない。

「ちょっとだけ休ませてもらってもいいかしら」

「ララ?」

力のない声にイールたちが振り返る。

ララは壁に背を預け、だらんと四肢の力を抜いていた。

「おい、大丈夫なのか?」

「たぶんね。ちょっとエネルギーを使いすぎちゃって」

四人分の体重を支えるだけの風壁を発生させるには、大量のエネルギーを必要とする。それを一気に放出したララは、自身の生命維持に必要な消費以外を封じて、回復に努めていた。

「ごはんが食べられたらいいんだけど」

「……しかたない。場所はよくないが、食事にするか」

ララの様子を見て、骨折や出血はないと確認したイールはほっと息を吐きながら荷物を広げる。

「い、一応結界も張っておきましょうか」

ロミもそう言って、白い塗料で魔法陣を描き始める。それにどれほどの意味があるのかは疑わしいが、精神的な支えになってくれることだろう。

「……ごめん、みんな」

そんな中、ヨッタが震える声で呟く。手を止めて彼女の方へ目を向ける三人に、ヨッタは額を地面に擦り付けるようにして謝罪を繰り返した。

「ごめん! あたしのせいで、こんなところに……」

彼女が、自分が解錠に失敗したせいで四人全員が穴の底に落ちてしまったと気に病んでいるのは明白だった。イールは困ったように頬を掻き、ララもどう言葉を掛けようか言いあぐねている。そんななか、ロミだけがそっとヨッタの元へと歩み寄って、彼女の頭を抱きしめた。

「あまり自分を責めないでください。ヨッタさんが悪いわけではありませんから」

「でも……！」

下手な慰めは逆にヨッタを傷つける。

しかし、ロミは彼女の髪を優しく撫でて、語りかけた。

「わたしも、イールさんもララさんも、多少の困難は覚悟の上です。一緒にここへ来た以上、責任を押し付け合うのは時間の無駄です。それよりも、ここから出ることを考えなければ」

「でも、ここから出る方法なんて」

ヨッタは周囲を見渡す。

そこには大量の人骨が堆く積み上がっている。四人の命を救った救世主だが、同時にこの先の未来を物語る証拠でもある。穴の底は隙間なく壁で囲まれ、どこかへ抜ける道はない。穴を登ることもできないだろう。

「そんなに悲観的になるのは、まだ早いでしょう？」

しかし、ロミは希望を捨ててはいなかった。

「ヨッタさんはまだ知らないかもしれませんけど、わたしたち結構できるんですよ」

彼女はそういって、ゆるりと笑うのだった。

「さて、と。それじゃあサクラ、とりあえず偵察行ってらっしゃい」

『かしこまりました！』

ロミがヨッタを落ち着かせている間、早速ララが行動を起こす。とはいっても、彼女自身は無理なエネルギー消費によってほとんど体も動かせないほどの消耗してしまっている。彼女はサクラに指示を出し、現状の把握から始めた。

高度な科学技術の産物であるサクラは反重力制御によって浮遊している。人間ではまず登れない滑らかな壁も無視して、縦穴を隅々まで観察することができるのだ。

「やっぱり、天井は閉まってるみたいね」

サクラと視界を共有したララが落胆して言う。彼女たちが落ちてきた床の穴は、再び隙間なく閉じられてしまっていた。これでは、たとえ壁を登ることができたとしても復帰することはできない。

「ロミの魔法で壊せない？」

「やってできないことはないと思いますが……。瓦礫が降ってきて危ないですよ？」

「それもそうよね」

しれっと言ってのけるロミに感心しつつも、ララは再び考え込む。この地下水道を構成する石材自体には、これといって目立った特徴はなさそうだ。おそらくメンテナンス性を考慮して、あえてシンプルな石材でまとめているのだろう。

耐久力はないため、イールの腕やロミの魔法で十分に破壊可能だ。

「メシができたぞ」

「やったー！」

ララが思考を巡らせている間に、イールが部屋の隅で熾《おこ》した焚き火で簡単な料理を作っていた。持ってきた荷物から作った、干し肉と乾パンの粥である。憔悴《しょうすい》したヨッタとエネルギーの少ないララに配慮してか、いつもより具材が豪勢だ。

「いいのか、こんなに食べて」

「こういう時こそ食べないと、頭も体も動かないからな」

そう言って、イールは戸惑うヨッタに粥を盛った皿を押し付ける。ララもゴロゴロと具材の入った粥を受け取り、早速食べる。無数の人骨が山を成す真横とロケーションは最悪だが、今更その程度でどうこう言うほど繊細でもない。

「うまー！」

ララは一口口に運び、ぱっと目を開いて歓喜に震えた。

暗くじめっとしたカビ臭い密室だからこそ、温かい料理が身に染みる。水も貴重な物資だが、イールはあえて思い切った使い方をしている。

「いただきます」

もぐもぐと勢いよく食べ始めたララにならい、ヨッタもスプーンを掴む。一口、二口と食べるほどに彼女も空腹を自覚していき、そのペースも加速していった。

「それで、どうしましょうか」

焚き火を囲み、食事を楽しみつつもロミは話を進める。

「上に戻れないってことは、横かね」

「横も壁しかないわよ？」

ララたちが閉じ込められた縦穴の底は全方位にわたって頑丈な壁が並んでいる。どこか外に出られるような穴や扉といったものは見つからない。

しかしイールは問題ないと首を振り、ついでにスプーンを振った。

「こうやって火が熾せてるだろ」

「それはそうだけど……。ああ、酸素か！」

穏やかに燃える火を見て、ララが手を叩く。イールは「酸素？」と首を捻るが、すぐにうなずく。元素の概念こそないものの、彼女たちもなぜ火が燃えるのかという理屈は知っていた。

「とにかく、風が入ってきてる。てことは、壁のどっかに穴でもあって、外に続いてるってことだ」

穴の底には多くの人骨が積み上がっている。それらの死因の多くは落下死だろうが、中には幸か不幸か落下を生き延びたものもいる。それらはしばらく生きた後、出血か空腹によって死んでいるようだった。

ララたちが落ちてきたときも、空気は淀んでいなかった。これだけの死体がありながら腐臭もない。空気が外部と循環していることの証左だ。

「サクラ、環境探査で壁の内側を調べてちょうだい」

『かしこまりました！』

まだエネルギー回復中のララに変わって、サクラがくるくるとよく働く。彼女はカメラアイから白い光を放ち、壁内部の構造を透視する。さらに周囲の気体の流れをモニターし、どこから流れこみ、どこから流れだしているのかを探す。

高精度な観測機器の集合体でもあるサクラは、ものの数秒で結論を出した。

『あそこから空気が流れ込んでいますね』

「なるほど」

サクラがレーザーポインタで示したのは、一見するとなんの変哲もない石積みの壁である。しかし、イールが間近で舐めるように観察すると、石と石の隙間に小さな穴がいくつか穿《うが》たれていることに気が付いた。

「よしよし。とりあえず、この部屋の外には出られそうだぞ」

「問題は地下水道に復帰できるかなんだけど……」

「できるだろ。ここも魔導兵の修復範囲内だろうしな」

イールは確信を持って答えた。この縦穴も長い年月にさらされて風化している。しかし、壁は傷一つ見当たらず、滑らかな表面だ。これだけの人が死んでいながら、その痕跡がないというのも不可解だ。

この状況から導き出される結論は、この縦穴もまた定期的に魔導兵が修繕をしているというものである。

「それで、壁はどうやって突破するの？」

私はまだ力が出ないわよ、とララが言う。具沢山の粥を三杯平らげたとはいえ、カロリーをエネルギーに変換すると少々心許ない。景気よくナノマシンの力を使っていたら、またすぐにガス欠になってしまう。

だがイールはそんな彼女に笑みを浮かべ、左手を握りしめた。

「この程度なら、ララの力を借りなくてもいいさ」

力強く拳を作ったイールの腕――〝邪気の醜腕〟が隆起する。筋肉が膨れ上がり、太い血管が浮き出る。籠手を繋ぐ革のベルトが外され、さらに一回り大きく、禍々しくなった腕が露わになる。

「うわぁっ!?」

それを見たヨッタが驚きの声を上げる。

イールが拳を構え、壁を真正面に据えて息を吐く。

「ヨッタ、開かない扉はこうやって開ければいいんだよ」

そう言って。

――ドゴンッ！

勢いよく突き出された拳が、砂糖菓子でも割るかのように分厚い石を砕く。イールはなんら力んだ様子もなく、ただ拳を前に移動させただけのようにすら見えた。その行動と結果のミスマッチな光景に、ヨッタが唖然とする。

ガラガラと勢いよく音を上げて崩れる瓦礫。その向こうに、細い通路が伸びていた。

「これは開けたとは言わないんじゃない？」

無惨な姿と成り果てた壁を見て、ララが肩を竦める。

「〝神聖なる光の女神アルメリダに希う。彼の者に裁きの刃を下せ。煌めく光刃よ万敵を切り裂き聖なる救いを与えよ〟」

放たれた光の刃が通路を塞ぐ魔導兵を滑らかに斬り刻む。ガラガラと音を立てて崩れ落ちる兵隊を踏み越えながら、イールはその奥から迫る一回り巨大な魔導兵へと斬りかかった。

「はあああっ！」

ガギン、と硬い音が響く。邪鬼の醜腕が膨張し、尋常ではない力が吹き上がる。堅固な両刃の剣が魔導兵の腕を断ち切った。

「まだ！」

「わかってる！」

後方からララが叫ぶ。魔導兵は腕を落とされてなお、臆する事なく動き続ける。痛みも苦しみも感じない体を動かし、剣を突き出す。イールはそれを弾き、さらに繰り出された槍を蹴り折る。そして露わになった魔導兵の円柱型の胴体に勢いよく剣を突き込む。深く突き刺さった刃はそのまま筐体を貫通し、内部に宿していた魔石を破壊する。

直後、魔導兵は糸が切れたように崩れ落ち、そのまま沈黙する。

「やっとコツが掴めてきたぞ」

「どっちにしろ固いことには変わり無いみたいだけどね」

縦穴の壁を破壊して脱出したララたち四人は、その通路を進む中で再び魔導兵の襲撃を受けていた。しかし、今度はイールもロミも冷静に着実に魔導兵を無力化することに成功していた。

その立役者は魔導兵の内部機構を解明したヨッタだった。彼女は魔導技師としての知見を活かし、魔導兵の弱点を見つける。それはエネルギーの根源となる魔石だった。当然弱点となるその部分は固い外装によって守られているが、彼女はそのガードをこじ開ける方法を編み出した。

「ロミ、頼む！」

「わかりました。――〝神聖なる光の女神アルメリダの名の下、血の使徒ルタに希う。不浄の大地を焼き払え。死の火炎にてすべての敵を打ち砕け〟！」

ロミの魔法によって狭い通路を炎が埋め尽くす。火炎は潤沢な魔力を受けて燃え広がる。それは魔導兵の外装を灼熱で焼き、脆くする。そうなれば、イールの膂力《りょりょく》でなんとか破壊することができた。

「みんな、左の角を曲がったら小部屋があるみたい。そこで少し休憩しましょう」

「わかった。もう少しだな」

ララのナビゲートを受けて、四人は一丸となって通路を進む。やがて、水路の途中に小さな部屋があらわれた。そこに飛び込んだ四人は急いでバリケードを作り、一息つく。

地下水道の内部を探索した彼女たちは、ときおりこのような小部屋が点在していることに気がついた。おそらくはこの水路を建設した際に使われた休憩スペースのようなものなのだろう。そこに逃げ込み、石材や木の板で入り口を覆えば魔導兵から襲われることもなくなった。

「ふぅ。かなり進めたな」

「魔導兵はいくらでも出てきますね。なんだか大きいものもあらわれましたし」

石材に腰を下ろしたイールに、ロミが続く。

地下水道を探索し、すでに数時間が経過していた。縦穴の底で腹ごしらえしたとはいえ、連戦につぐ連戦でまた腹が減ってくる頃合いだ。イールは荷物の中から携行食を取り出し、皆に渡す。

「もぐもぐ。……ごめんね、役立たずで」

疲労のにじむ面々のなか、一番に携行食を飲み込んでしゅんと肩を落としたのはララだった。食料も潤沢にない地下水道で、彼女はすでにエネルギーが枯渇《こかつ》しかけていた。携行食によってなんとか凌いでいるものの、生存のために必要な機能を動かすことで精一杯だ。

ララは魔導兵との戦闘にも加わることができず、イールとロミの背後に下がっている。そのことを、彼女は申し訳なく思っていた。

しかし、イールもロミもそんな彼女を邪険に扱うことはない。

「十分助かってるさ。ララのおかげで迷わず進めるんだ」

「戦うだけがすべてじゃありませんからね」

イールと肩を並べて戦うことこそできないが、ララもただ荷物になっているわけではない。彼女がサクラと連携して地下水道のマッピングをしているおかげで、四人は迷うことなく探索を進めることができていた。

「そうそう。そんなこと言ったら、あたしはどうなるんだよ」

そこにヨッタも同調する。彼女は元々戦う術は持っておらず、ずっとイールたちに守られている。それでも、ララは彼女のことを足手まといだとは思わない。彼女もまた、魔導技師として罠や魔導兵への対応を考えてくれているからだ。

「できるやつができることをやればいい。それで、地図はどれくらいできた？」

「ちょっと待ってね」

ララは荷物の中から折り畳んだ紙を取り出し膝の上に広げる。それは、彼女がマッピングした地下水路の地図だった。

ララはペンを取り出すと、描きかけの紙面に走らせる。その動きは機械的で正確だ。電脳に記録されているものを自動筆記によって出力しているため、間違いはない。

「相変わらず怖いくらい正確だな」

「これだけで一生食べていけるでしょうね……」

イールとロミも、瞬く間に埋められていく地図を見て戦慄する。

地図というものは丹念な測量の末にようやく完成するものだ。戦略的にも重要で、正確なものは機密として出回ることがない。それをララは、たった一度駆け抜けるだけで地形を記憶し、一瞬で何枚でも描き記すことができるのだ。その能力だけで、貴族や軍は目の色を変えて求めるだろう。

「はい、完成。結構全貌が見えてきたわね」

ララが測量した箇所を書き加え、地図を最新の状態に更新する。

紙面に広がる地下水路の姿は、欠けた円環のような姿をしていた。いくかの円が重なるように配置され、その間を直線的な通路が複雑に繋いでいる。

欠けているのはララがまだ歩いていない部分であるため、おそらく全貌としては径の異なる同心円がいくつも重なるような形をしているはずだった。

「やっぱり、これは魔法陣なのか？」

「そうみたいですね。通路にも魔法的な意味が宿っているようですし」

地図が三割ほど完成した時点で、ロミはそう指摘していた。

ディスロの地下にある地下水路は、それそのものが巨大な魔法陣として構成されている。しかも、最初に歩いていた上層と、縦穴を落ちた先に広がっていた下層。少なくともその二種類が重なるように配置されていると。

「魔法陣の効果は？」

「おそらく、魔力の吸収と固定です」

地図を指でなぞりながらロミが答える。地図は下層だけではあるがすでに七割弱が完成していた。それを知識のある者が見れば働きを推察できる。

「魔力の吸収と固定って、どういうことだ？」

「おそらく、周辺の土地の魔力を集めて、魔法陣の中心に注いでいるんです」

「そんなことができるのか？」

ロミの口から紡がれたのは、荒唐無稽な話だった。

この世界に普遍的に存在する魔力は、土地にも宿っている。その魔力濃度が高いほど、生命も活発に動く。以前訪れたエルフの森などは、特に土地に宿る魔力が高い例だ。

「わたしも驚いてますよ。こういうことは、それこそ竜脈でなければできないですから」

土地に横たわる巨大な魔力の流れ、それが竜脈だ。エルフの隠れ里などは、その竜脈に根を下ろす精霊樹を中心に営まれる。エルフの森の高い魔力は、竜脈という雄大な自然によるものだ。

しかし、ディスロの地下に竜脈は存在しない。ロミは、この巨大な魔法陣が、人為的に作り出された竜脈だと推測していた。

竜脈を人為的に作るという試みが成功した例を、ロミは知らない。彼女が知らないということは、ララやイール、ヨッタは当然知らないということだ。しかも、この地下水路が作られたのははるか過去の話だ。にわかには信じられない。

「この水路は水を周囲に流すと同時に、周囲から魔力を集めるのね。それじゃあ、中心になにかがあるってことかしら」

「おそらく、そうでしょうね」

ララの予測にロミも同意する。しかし、彼女の中には疑念も一つあった。

「ですが、少しおかしいんです」

「おかしい？」

「この魔法陣が動いているとするならば、通路には魔力が満ちているはずです。それも、中心に向かう流れも。ですが、この魔法陣の規模に比べて魔力濃度は低いですし、なにより流れが淀んでいます」

「ああ、それはあたしも気になってたよ」

ロミは魔力の流れを見る特殊な目を持っている。ダークエルフであるヨッタもまた、その点に気付いていた。ララも頑張れば見ることができるが、今はエネルギー節約のためその機能を切っていた。

彼女の指摘は、重要なもののように思えた。

通常動いているはずの魔法陣が機能していない。それが、水道の異変の正体である可能性は十分に考えられる。

なぜなら水路自体には豊富な水が流れているのだ。

「つまりなんだ、魔法陣が壊れてるのか？」

ひとり置いて行かれたような顔をしてイールが言う。

「簡単に言えばそうですね」

「それを確かめるにはどうしたらいい？」

まどろっこしいことはなしだ、とイールが頭を掻く。

そんな彼女のために、ロミは方針を打ち出した。

「魔法陣の中央に行きましょう。そこに、核となるものがあるはずですから」

地下水道の中央になにかがある。そう考えたララたちは、一路走り出した。

「ええい、いくらでも出てきやがる！」

「落ち着いてください。わたしが足止めをします！」

彼女たちの予想を裏付けるように、中心部へと近づくほど魔導兵の数も増えていく。イールが声を荒げながら大剣を振り回し、それでも抑えきれない勢いをロミが強力な魔法によって強引にねじ伏せる。

イールとロミが互いに息を合わせて隙を補い合っている様子を見ながら、エネルギー不足で思うように動けないララは歯噛みしていた。二万カロリーほど摂取すればすぐにでも加勢できるのに、今はそんな熱量を手に入れられるだけの食料がない。生きているだけでもジワジワとエネルギーが漸減《ぜんげん》している状況では、ハルバードを振るうこともできなかった。

「ララ、ヨッタを見ててくれ。そっちまで気が回せそうにない」

「それくらいは任せてちょうだい！」

ガシャガシャと音を鳴らしてやってくる魔導兵は限りがない。イールの声に、ララも張り切って応える。

「大丈夫なのかよ？　あたしだってちょっとは……」

「いいからドンと構えてなさい。サクラ、後ろの警戒は任せるわよ」

狼狽《うろた》えるヨッタにララは不敵に笑う。彼女はサクラと視界を共有し、全方位に警戒を広げる。たとえエネルギーが潤沢になかったとしても、彼女は非力なわけではない。

「一気に進むぞ！」

イールが力を溜めて一息に走り出す。ララたちもそれに遅れないように追いかける。

「はあああぁっ！」

「〝神聖なる光の女神アルメリダの名の下、爪の使徒トゼに希う。揺るぎなき正義の心を具現し、不壊の矢を放てッ！〟」

イールが魔導兵を薙ぎ倒すのと同時に、ロミが渾身の魔法を解き放つ。杖の先端からまばゆい光と共に鋭利な矢が飛び出し、次々と魔導兵を貫き爆散させていく。一瞬、魔導兵に埋め尽くされていた地下水路に空白が生まれた。その好機を逃さず、身を捩じ込んでいく。

「ヨッタ、離れちゃダメよ。巻き込んじゃうから」

背後から迫る魔導兵を睨みながら、ララはヨッタに警告する。そして、四本足の円柱が勢いよく飛びかかってきた瞬間に身を屈めて飛び出した。

「せいやぁ！」

待機状態のハルバード――特殊合金のまっすぐな杖を突き出す。それは魔導兵の持つ槍と擦れ、高音を鳴らす。

「うわぁっ⁉」

ララは巧みに杖を動かし、魔導兵の滑らかに曲がる腕を絡め取る。そして、魔導兵自身の動きの勢いをそのまま活かし、強かに地面へ叩き落とした。

目の前で地面にめり込む魔導兵を見て、ヨッタが悲鳴をあげる。力が出なかったのではないか、と重たい魔導兵を華麗に投げ飛ばしたララを見た。

「ふふん。合気は省エネなのよ」

「ど、どういうことだよ？」

得意げに胸を張るララの言葉はほとんどヨッタには通じない。それでも、ララが今の状態でも自分より遥かに戦えることは理解できたようだった。彼女は大人しく荷物を抱え、邪魔にならないように後ろへ下がる。

「さあ、どんどん来なさい！……とはちょっと言えないかな。一人ずつ順番に並んで来なさい！」

「調子のいいことを」

銀の棒を構えて啖呵を切るララに、前方で魔導兵を叩き壊していたイールが苦笑する。しかし、彼女としても背後を気にしなくてよくなったのは精神的にとても助かっていた。

「あれれ？」

複雑怪奇に折れ曲がる水路を進むなかで、不意にロミが首を傾げた。なにやら怪訝な顔をして周囲を見渡している。魔法の支援が途絶えたことに驚いたイールが振り返り、声をかける。

「どうしたんだ、なにかあったか？」

「少し気になることが。この壁の向こうから強い魔力を感じるんです」

「また魔力か」

なんの変哲もないただの壁を指差すロミに、イールは少し辟易《へきえき》としながら肩を落とした。〝邪鬼の醜腕〟に体内の魔力を根こそぎ奪われ続けている彼女にはほとんど魔法の才と呼べるものがない。そのため、魔力を見るという魔法使いのテクニックもないのだ。

「ほんとだ。ララ、この奥がなんか怪しいよ」

「そうなの？」

ダークエルフのヨッタも、壁から滲み出す違和感に気がついた。ロミとヨッタの注目を集めたということは、そこにはなにかがあるのだろう。

「ララ、今どの辺にいるんだ？」

「まだ中心からはほど遠いわよ」

現在地を完璧に把握できているララは、イールの問いにノータイムで答える。

魔法陣の形を取る水道の中心になにかがあると睨んでいた四人からすれば、意外な展開だ。

「イールさん、やっちゃってください」

「いいのか？」

「壁を壊しても、大変なことにはならないと思いますし」

ロミが壁を睨んでイールを促す。それを受けて、イールは再び右腕に力を込めて大剣を振りかぶった。

「せいっ！」

勢いよく振り下ろされた大剣が、古びた壁を一息に破壊する。

ガラガラと音を立てて崩れる壁の向こうには、それなりに広い空間があるようだった。

「〝我が指先に標の火よ灯れ〟」

ララの目となって戦闘支援を行っているサクラに変わり、ロミが光球を生成して穴の中へと向かわせる。小さなボール型の光が照らし上げたのは、激しく動く巨大な鋼鉄の機械だった。

「なんだ、これは？」

これまでのものとは趣を異にする存在に、イールが首を傾げる。これも地下水道を構成する魔導具の一つなのだろうか。

そう考えた矢先、イールの背後で愕然とした声が響く。

「なっ、これは……！」

「ヨッタ、なにか知ってるの？」

ララが魔導兵を投げ飛ばし、その躯体で即席のバリケードを作りながらたずねる。

怪訝な顔をする三人の視線を集めながら、ヨッタは目を見開いて信じられないと呟く。そして、ゆっくりと機械に近づき、その激しく振動する筐体に手で触れた。

「これ、サディアス流の魔導具だ」

地下水道の中で見つけた、巨大な魔導具。いくつものピストンが忙しなく上下し、歯車がカラカラと回転する。その鋼鉄の筐体を一目見ただけでは、ララたちにはそれがどのように働くものなのか見当もつかない。しかし、ヨッタは愕然として立ち尽くし、それを見上げていた。

「サディアス流って、ヨッタの流派よね。別に珍しくもないんじゃないの？」

「たしか魔導兵にもサディアス流の技術は使われてるんだろ？」

ヨッタがそれほど驚く理由がララたちにはわからない。ヨッタの修めるサディアス流は、魔導技師の一派であり、アグラのような砂漠の過酷な環境を想定したものが多い。

アグラ砂漠の片隅にあるディスロの地下水道ならば、サディアス流の技術が使われた魔導具が置かれていても、さほど珍しいことのようには思えなかった。なにより、イールの言ったように地下水道を徘徊する魔導兵たちにはその技術が使われているのだ。

しかし、ヨッタは首を振ってそれを否定する。彼女はなにかを確かめるように機械をまじまじと見つめ、そして確信を高めたようだった。

「この魔導具、最新の技術が使われてるんだよ」

「最新?」

怪訝な顔で言葉を繰り返すララに、ヨッタはうなずく。

「魔導兵に使われてるのは、サディアス流のなかでも古い技術だ。それこそ、あたしも存在は知ってても今更使おうとは思わないくらい時代遅れなんだよ。それは魔導兵がかなり昔に作られたってことで納得できる」

けど、と彼女は言う。

「この魔導具、新しい理論で動いてる。筐体も真新しいし、少なくとも三年以内に作られた魔導具だ」

「それはおかしいわよ。地下水道はずっと閉じられてたんでしょ?」

「だったら地下水道が作られたときにはまだ発見すらされてなかった未来の技術が使われてることになるんだぞ」

ヨッタが叫ぶように言った。彼女の混乱する理由を、ララたちも遅まきながら理解する。数百年前に作られた地下水道、その後長らく魔導兵たちによって守られてきたはずの内部に、最新技術が使われた魔導具が安置されている。

考えられるシナリオは一つだけ。何者かが最近、この水道に侵入して魔導具を安置した。

しかし、言ってしまえば一言で済むものも、実際に成し遂げようと思えば難しい。まず、ララたちでさえ手を焼くほどの魔導兵の群れを凌ぎながら、どうやってここまで魔導具を運び込むのか。しかも、赤銅騎士団に気取られることなく。もしマレスタたちが知っているなら、ララたちにも一言伝えているはずだ。

「ヨッタ、この魔導具は誰が作ったのかってわかるのか?」

「分解して調べないと、なんとも。見えるところにサインがあるわけでもないし」

魔導具は今も動き続けている。下手に手を加えて、なにか大変なことが起きてしまうことを考えると、なかなか手が出せない。

「気になることは他にもありますよ」

外観からなにか手掛かりが見つけられないかと睨むヨッタの背後で、ロミが口を開いた。この魔導具の存在に気が付いたのは、ロミが強い魔力を壁越しに察知したからだ。

「この魔導具、隠すように四方が壁に囲まれた部屋に置かれてたみたいですが」

イールによって壁が破壊され、魔導具の存在が露わになった。この巨大な機械が安置されている部屋は、出入り口らしきものがどこにもない密室だ。ロミが気付かなければ、ララもイールもここには辿り着けなかっただろう。

ロミは壁に開いた穴を見て言う。

「魔導兵たちが、この中に入ってこないんですよ」

「……本当だな」

言われてみれば、とイールが眉を上げる。

直前まで四人を外敵と判断して容赦なく襲いかかってきた大量の魔導兵たちが、まるで気配を感じない。ララが咄嗟に築いたバリケードも今ごろはとっくに乗り越えられているはずだが、壁の中に乗り込んでくるものはいない。

「どれどれ……。うひゃぁっ⁉」

穴から頭を少し覗かせたララが、直後に大きな悲鳴を上げて部屋の中へと転がる。彼女の銀髪のすれすれを掠めるように、鋭い槍の穂先が振り下ろされた。

「魔導兵が動かなくなったってわけではないみたいだな」

それを見てイールが言う。

魔導兵は部屋の外にいる。少しでも壁から外に出れば、その瞬間に襲いかかってくる。しかし、絶対に部屋の中には入ってこない。というよりも、別の感覚をララは抱いていた。

「もしかして、魔導兵はこの部屋の存在を知らないの？」

「知らないってどういうことだよ」

「プリセットされてないってことよ。もしかしたら、魔導兵は決められた地図の範囲を巡回するように設定されているのかも。で、この四方を壁に囲まれた密室は地図の範囲外。だから、魔導兵は部屋そのものを認知できない」

「そんなことがあるのか？」

ララの予測に眉を顰めるイール。彼女からしてみれば部屋は現に存在しているわけで、その認識を崩すのは難しいようだ。理解を示したのは、意外にもロミの方だった。

「なるほど、世界の外側に当たるわけですね」

「ごめん、それがわからないけど」

自分の知らないものでたとえられる、ララが首を傾げる。ロミは薄く埃の積もった床に、杖の先で円を描いた。

「ここが、わたしたちの存在する地上界です」

「ああ、なんとなく察したわ」

地上界というワードにはララも聞き覚えがある。エルフの里で出会った精霊オビロンが語っていたことだ。この世界はララの常識にある宇宙の概念とは異なる世界構造を成しており、いくつもの世界が複層的に重なっている。キア・クルミナ教の教義に拠れば、世界は七階層にわかれているという。

ロミは地上界を示す円を囲むように、一回り大きな円を描いた。二重の円となったその外側を、杖で指し示す。

「地上界と天空界、天上界は繋がっています。ですが、その上にある神霊界はまったく異なる世界です。神霊界の存在、たとえばオビロン様などはわたしたちの世界を見下ろすことができますが、地上界から見上げることはできません」

「それが世界の壁ってことか？」

「はい。この境界を越えて、上位の世界から下位の世界は観察できますが、下位の世界に住むものは、上位の世界を認識することすらできないんです」

それが地図の外と内だ。魔導兵たちは地図の内側という世界で暮らしているため、地図の外側にある部屋を知覚することができない。つまり、さっきララが頭を出したとき、魔導兵からすれば突然彼女の頭だけが出現したように見えたはずだ。

「世界の外側に置くまでして隠したいものねぇ」

なおも動き続けている魔導具を見上げて、イールが言う。

こんなところに、誰がなぜ、どうやって。疑問は尽きることがない。しかし、それが動き続けている以上、なにかの機能を有していることは確実だ。

「ロミ、水路内に魔力がないのはこれが吸い取ってるからなの？」

「どうでしょうか。たしかにこの部屋には魔力が充満してますが、とはいえ水路全体の魔力を集めるともっと濃くなりそうですし」

地下水道不調の原因はこれにあるのではないか、とララが予想するが、ロミは訝しげだ。魔導具の周囲は魔力が満ちているが、周囲と比べて多少濃いという程度だ。ここに水路全体の魔力が集まっているとは考えにくい。

「他のところにも魔導具があるって可能性は？」

ヨッタが口を開く。彼女の指摘を受けて、ララが地図を広げた。

「あるとしたら、通路に接続していない場所よね」

地図上に浮かび上がる空白。意識して観察すれば、点々と散在するそれが見えるようになってくる。

「確かめてみるか」

「そうしましょう」

イールが大剣を担ぐ。彼女を先頭にして、四人は壁を壊して地下水路へと飛び込んだ。

硬い石壁に亀裂が入る。ポロポロと細かな破片が砕け落ち、冷たい床に転がる。

直後。

「おらあああああっ！」

イールの勢いのついた声と共に、壁が轟音を立てて崩れた。もうもうと砂埃が立ち込める中へ彼女たちはもつれるように飛び込む。その背後を無数の槍と剣が追いかけていたが、壁のあったところを境にぴたりと止まる。

「ひぃ、今度こそ死ぬかと思いました……」

「一歩外に出たらすぐに襲ってきやがる」

四方が壁に囲まれた密室の中に逃げ込んだロミは青い顔で魔導兵を見上げる。彼らは目の前にいる四人の姿がまるで見えていないかのように、ふっと興味を失って通路を下がっていく。

「安全な場所が見つけられたのは僥倖《ぎょうこう》ね。これでゆっくり考え事もできるわ」

「そこに逃げ込むのが大変なんだけどな」

深く息を吐いて落ち着くララに、イールが肩を竦める。

ロミの予測したように、地図上でどこの通路からも繋がっていない壁の中の空間は、魔導兵たちが認識できないエリアになっていた。そこに逃げ込めば、どれほど大量の魔導兵に追いかけられていても難を逃れることができる。問題なのは、頑丈で分厚い石壁を破壊することができるのがイールかロミだけという点だ。しかも、ロミも走りながらの長い詠唱というのは難しいため、実質的にはイールに任せきりになっている。

「しっかり休憩して、またよろしくね」

「簡単に言うなあ」

半目になるイールを笑ってはぐらかし、ララは部屋の奥に目を向ける。サクラのライトが照らす先にあるのは、先ほども見た巨大な魔導具だ。ピストンや歯車が忙しなく動き続け、なにかの働きを続けている。

「やっぱりここにもあったわね」

真新しい筐体を眺めて、ララはうなずく。ヨッタも間近でじっくりと観察し、間違いないと確証を得た。これは最近取り付けられた、新しい魔導具だ。

「これで何個目だ?」

「ちょうど六つね。予想通り、六角形の頂点に置かれてるみたい」

ララが地図を広げ、そのうちの一点に印を付ける。最初に見つけた魔導具から始まり、地図上の空白地点を探し回った彼女たちは、合計で六つの魔導具を発見した。それは巨大な魔法陣を構成する水路のなかで規則的に設置されており、すべての頂点を繋ぐと魔法陣と中心を重ねる六角形を描くことができる。

誰かが意図的にこれを空白点に設置していたのは事実だろう。

「それでヨッタ、なにかわかった?」

「うーん」

六つの魔導具はどれも同じような形だが、どのような動きをしているのかララたちにはわからない。しかし魔導具はヨッタの扱うサディアス流の技術が使われている。彼女は大量のメモを書き留めながら、その全容を把握しようと解析を進めていた。

「ぶっ壊しゃいいんじゃないのか？　どうせ水路の不調もこれが原因なんだろ？」

「適当なこと言わないでよ」

瓦礫に腰掛けて携帯食料を齧りながら言うイールに、ララが眉間に皺を寄せる。精密機械というものは、おいそれと稼働を止められないのだ。

「うーん、多分魔力を集めてるんだと思うけど、肝心の集めた魔力をどうしてるのかが全然わかんないんだよ。下手に触ると最悪爆発するよ」

「魔導具っておっかないな」

「適切に使いこなせば便利なんだよ」

戦々恐々とするイール。ヨッタは唇を尖らせる。

「一つ気になるのは」

ララが二人の間に割り込んで口を開いた。彼女は動き続ける魔導具を見上げて、その方向を確認する。

「これ、全部水路の中心を向いてるのよね」

「中心、ですか。正直もう方向感覚が全然なくてわからないです」

首を傾げるロミだが、それも仕方ないとララはうなずく。空も見えない地下水道で、しかもその道は複雑に入り組んでいる。ララは電脳による支援を受けて完璧に方角を把握できているが、そうでなければすぐに感覚が麻痺してしまうだろう。

「……ああ、そういうことか」

魔導具を見つめていたヨッタが、唐突に呟いた。

ララたちの視線が一気にそちらへ向かう。

「なにかわかったのか？」

期待のこもったイールの声に、ヨッタは勢いよく振り返って目を大きく開いた。

「すごいぞ、これ！　すごい魔導具だ！」

これまでとは打って変わって興奮を隠しきれないヨッタ。彼女のなかでは、なにか大きな進展があったらしい。パズルの最後の一ピースがはまったのか、もしくは喉奥に支えていた小骨が取れたかのように、小躍りしそうなほど喜んでいる。

完全に蚊帳の外に置かれたララたちは、三人できょとんと目を合わせるほかなかった。

「結局、なにがどういうことだったの？」

ついにララが切り出すと、ヨッタはようやく気が付いた様子で落ち着きを取り戻す。それでもまだ少し浮き足だっていたが、それでも説明を始めた。

「こいつは魔力を吸収してるんじゃない。魔力を打ち消して、魔法を使えなくする魔導具なんだ！」

「魔法を使えなくするって……」

ララは首を傾げ、隣に立つロミを見る。彼女も不思議そうな顔だ。ロミはこの魔導具の近くに立っていても、問題なく魔法が使えている。

しかし、彼女たちの言わんとすることを察したヨッタは首を横にふる。

「違う違う。こいつはもっと大規模な魔法を想定してるんだ。魔法使いが一人で使えるようなやつじゃなくて、数十人規模で扱うような――それこそ、でっかい魔法陣で使うような！」

彼女の言葉をそこまで聞いて、ララたちも理解する。

そしてイールが「やっぱり言ったとおりじゃないか」と唇を尖らせる。

「つまり、この魔導具は地下水道の魔法陣を停止させてるのね？」

「ああ。けど、それだけじゃない。これはスイッチなんだよ。魔法陣は基本的に陣を崩されない限り動き続けるけど、一度破綻したら描き直さないといけない。それを、この魔導具を使えばいつでも自由に動かしたり止めたりできるんだ」

これは画期的だぞ、とヨッタは叫ぶ。

ララとイールはその素晴らしさにピンとこなかったが、ロミだけは興味深げに聞いていた。

「それじゃ、こいつ壊せば水路は元に戻るのか？」

「いや、それは違うと思う。魔導具は六つで一組だから、一つ壊しても意味はないし、最悪魔法陣自体が壊れる可能性もある」

ヨッタの予測に、イールは背筋を凍らせる。安易に魔導具を壊していたら、自分たちがディスロの水源にとどめを刺していた可能性すらあったのだ。

「魔導具の機能がわかったところで、どうするの？」

「やっぱり中心に行くべきだと思う。そこに、魔導具を停止させる装置があるはずだから」

先ほどまでとは異なり、強い確信を持ってヨッタが断言する。それを聞いて、ララたちも方針を固めた。

少し回り道をしたが、彼女たちは結局、水路の中心へ誘われているのだ。

石の筐体が擦れ合い、耳障りな音を立てる。石の壁、石の床、石の天井。それらが音を反射して、輻湊《ふくそう》した雑音が精神を乱す。

「――らぁっ！」

風を切って唸る大剣が石と激突し火花を散らす。骨を断ち、肉を斬るために研ぎ澄まされた刃は、硬質な石の躯体に対しても有効だった。人が扱うには重すぎる刀身は、そのまま石を砕くのに十分な威力を孕む。

鬼の力を注がれ、その暴力を体現せんと放たれた一撃は、物言わぬ魔導兵の硬い横腹を穿った。

「〝神聖なる光の女神アルメリダの名の下、爪の使徒トゼに希う。揺るぎなき正義の心を具現し、不壊の矢を放て〟！」

勢いをつけて広がる赤髪を飛び越えて、放たれる光の矢。たった一条の尾を引く鏃《やじり》だが、それは狭い道を埋め尽くす魔導兵を貫き、吹き飛ばし、薙ぎ倒す。潤沢な魔力を封入された魔矢は石すらも容易く射抜く。

轟音と共に崩れていく円柱の瓦礫を飛び越えて、四人の少女は走り出す。

「一気に駆け抜けるぞ！」

「ヨッタ、転けないでね」

「わかってるよ！」

先がけを務めるイールが大剣で活路を開く。ひしめく魔導兵たちの堅固な壁にわずかな亀裂が走った瞬間、魔力を編み込んだロミの詠唱が紡がれ、力強い矢が道を貫く。二人の連携によって生まれた一瞬の隙を、ララはヨッタの手を引いて走る。

巨大な魔法陣を構成する地下水路の中心に向けて走り出した四人は、進み始めてすぐにその困難を思い知らされていた。

「いくらでも湧いてきやがる。流石に多すぎないか⁉」

イールとロミが必死の思いで開いた道も、数秒で閉じる。前方から押し寄せる魔導兵は際限がなく、数体打ち倒したところで焼け石に水だった。

「後ろからもどんどん来てるわ。このままだとペシャンコよ」

「これだけ警備が万全なら、そりゃあ誰も入らないだろうな」

どれだけ敵を倒しても、代わりが次々とやって来る。だからといってとどめを刺さなければ、多少の損壊でも魔導兵は痛みすら感じず戦いを続行する。

「うー、エネルギーが十分にあれば……」

なによりララが歯痒く思っているのは、イールとロミに負担が集中してしまっているこの状況だった。縦穴を落下したときはああするしかなかったとはいえ、出し惜しみのないエアクッションによって、彼女のエネルギーは枯渇していた。いつものように戦える状況であれば、ロミが前線に出ることもなかったはずだ。

「今更言ってても仕方ないだろ。ララは道案内をしてくれ」

「わかってるわ。そこ右！」

方向感覚も麻痺した地下迷宮において、イールたちが頼れるのはララの絶対的なマッピング技術のみだ。ララは埋まりつつある地下水路の内部構造データを用いて、イールたちの進むべき方向を指し示す。

「とはいえ、これでは埒が明きませんね……」

ロミが障壁を展開し、一時的に魔導兵の猛攻を凌ぐ。だが、これも数秒しか保たない応急策にしか過ぎない。

「ララさん、このあたりに空白地はありますか？」

意を決した顔で、ロミが振り返る。彼女の問いにララは戸惑いながらうなずいた。

「そこの壁の向こうは空間があるはずよ」

周囲の戦闘音などが反響することで、ララは周囲の状況を把握することができる。音響解析によって立体的な構造を割り出し、さらには壁の向こうの状況すら分析できるのだ。

ララを信頼しているロミは、同時にイールも信じている。彼女が目を向けると、それだけで赤髪の傭兵はすべてを察した。

「言っとくが、こっちもいい加減限界だぞ」

疲弊しているのはララだけではない。常に戦い続けてきたイールもロミも、走り続けてきたヨッタも、すでに足が棒のようになっていて、いつ倒れるともわからない状況だった。

しかし、だからこそロミはうなずく。

「任せてください」

「……わかった。あとは頼むぞ」

ロミの表情が真剣なことを知り、イールはうなずく。そして、壁に向き直って剣を構えた。

次の瞬間、ロミが構築した障壁が崩れ、魔導兵が波のように押し寄せてくる。それが到達すれば、ララたちは終わりだ。

「はぁあああああっ！」

雄叫びを上げ、剣を振り上げる。イールの右腕が赤黒さを増し、ブチブチと音を立てて膨張する。渾身の力を受け取った醜腕が、最大限の膂力を発揮する。

「おらぁっ！」

無造作に振り下ろされた剣。その硬い刀身が石壁を砕く。

ララの予測通りその向こうに暗闇の空間があらわれる。随伴《ずいはん》するサクラがすかさず飛び込み、ライトで内部を照らす。そこに危険がないと判断したイールたちは、一息に飛び込んだ。

「――はぁっ！」

もつれるようにして地図上の空白地へと避難した四人。障壁を乗り越えて殺到していた魔導兵たちは、眼前に倒れる彼女たちから唐突に興味を失う。まるで、その姿が見えなくなったかのように。

魔導兵には地下水路の構造が完璧にインプットされており、そこに侵入する外敵を排除するよう命令されている。裏を返せば、地図にない場所に存在する者は外敵ではないのだ。

何事もなかったこのように落ち着きを取り戻し、巡回へ戻っていく魔導兵たちの背中を見届け、ララは大きく安堵のため息をつく。

「おい、退いてくれないか」

「あ、ごめんごめん」

そして下から呻くようなイールの声で、自分が彼女の上に倒れ込んでいることに気づく。ララがぴょこんと軽やかに飛び退くと、イールは体を重たそうにして壁に背を預ける。

「大丈夫？」

「食料が欲しい。適当に出してくれ」

イールも無尽蔵に力を出せるわけではない。彼女はララの手から干し肉を受け取ると、固く乾いたそれをボリボリと噛み砕いた。

「それでロミはどうするんだ？」

急場凌ぎの栄養補給をしながら、イールがロミにたずねる。一足先に立ち上がったロミは、床の埃を払ってなにかを描いていた。

「少々無茶なことは承知で、直通の道を作りたいと思います」

「直通の？」

ララが訝る。

地下水道の内部構造は複雑怪奇だ。絡まった麺のように入り組んだ通路は、完璧に把握しているララでさえ混乱してしまう。彼女たちの水道中心に向けた進行も、この入り組んだ道が大きな負担になっていることは間違いない。

怪訝な顔をする三人の注目を集めながら、ロミはチョークを動かし続ける。それがなにを描いているのか、ほどなくララたちも理解する。

「もしかして、魔法陣？」

「はい。ちょっと強力な魔法を使うので、魔法陣を補助に使わないといけないんです」

ロミの魔法の腕がどの程度のものなのか、その分野に明るくないララたちはよく理解できていない。しかし、彼女が辺境でも随一の魔法使いであるヤルダの神殿長レイラの一番弟子であり、その名を知る者が一目置いているということは認識している。

そんな彼女が時間をかけて準備しなければならないほどの魔法ともなれば、それがどれほど大掛かりなものなのか、おのずと察せられるというものだ。

「ヨッタさん、少し魔力を借りてもいいですか？」

「ええっ？」

振り返ったロミの言葉に、ヨッタは驚く。生まれながらにして魔法に長けた種族であるダークエルフの彼女だ。その身には潤沢に魔力が宿されている。幸か不幸か、彼女は戦いに参加しておらず、結果として魔力も温存されていた。

しかし、魔力の譲渡は非常に繊細な魔力操作を要求する高等技術だ。まさか人間族であるロミがそれを提案するとは思わず、彼女は驚いたのだ。

「だ、大丈夫なの？」

「これでも魔法には自信があります。信じてください」

人間族とダークエルフ族では、体を巡る魔力の流れが圧倒的に違う。ララの親しみやすい概念に置き換えるならば、電圧の違いのようなものだ。ロミがなんの対策もなしにヨッタから魔力を受け取れば、最悪全身が破裂して死ぬことになる。

そこまで考えて、ヨッタはロミの足元にある魔法陣の意味を察した。あれは、圧力の異なる二者間で魔力をやりとりする際に挟み込む、コンバータのようなものだ。

「……わかった。一応、こっちも気をつけるけど」

「時間がありませんから。一気に流し込んでください」

ロミの言葉にヨッタは驚く。しかし、彼女の真剣な眼差しが疑いを晴らす。

「――じゃあ、行くよ」

「お願いします」

ヨッタがロミの手を取る。白と黒が混ざり合う。肌と肌がふれあい、その薄い皮膜越しに、ヨッタは脈打つ魔力の流れを感じ取る。

人間のそれとは思えないほど、力強い魔力の拍動だ。これだけの戦いを経てなお、常人を遥かに超える力を残している。魔力の扱いに長けたエルフ族の一員だからこそ、ヨッタは実感する。

不可思議な力を使いこなすララと、異形の腕を持つイール。彼女たちが特別な存在であることは理解していた。だが、その二人の中にありながら、負けることなく並び立つことができるロミもまた、特別な存在なのだ。

そして、ヨッタは理解する。――女神に愛された存在とは、彼女のことを言うのだろうと。

「――ッ！」

その身に宿る魔力を一息に開放する。怒涛の勢いで放たれた流れは、そのまま少女の細い腕へと注ぎ込まれる。魔法陣が淡く輝き、複雑な波を制御する。その繊細な動きに、ヨッタは思わず感嘆の声すら漏らす。

ロミは薄く瞼を閉じ、とめどなく押し寄せる魔力を受け止めていた。轟々と音を立てて流れこむ暴力的な魔力を、唯々諾々と受け止める。平然としていることが最も難しいということを、ヨッタだけが理解している。

イールとララが静かに見守る中、ロミはその身に大きすぎる力を蓄積する。

荒波を御し、折りたたみ、押し込み、圧縮する。密度を高め、体積を減らす。編み込まれていく魔力は、やがて青白い光となって少女の体から滲み出す。

ヨッタが不安になるほどの魔力を取り込んだ末に、ロミはようやく目を開く。

「ララさん、中心はどの向きですか？」

「えっと……こっちよ」

ララが指し示した方角へ、ロミは杖を構える。

そして淡く赤を帯びた瑞々しい唇で、流れるように言葉を紡ぐ。

「〝神聖なる光の女神アルメリダの名の下、爪の使徒トゼに希う。その固き意志は一切が欠けることなく、また不屈である。ゆえにその矢に揺らぎはなく、また迷うことはない。正義は正しく、ゆえに立ちはだかる万難を排し、また止まることはない。究極の巨悪を射抜く聖なる弓の射手よ、その薄き爪にて弦を弾き、果てなき道を塞ぐ獣を討ち払え。揺るぎなき正義の心を具現し、不壊の矢を放て〟――!」

一本の矢が、放たれる。

その光はすべてを消し去った。瓦礫すら残さず、目の前に立ちはだかる壁のすべてが消滅した。音すらも、そこからは感じられない。ただまばゆい光のみが地下水路を駆け巡る。

ララは目の前で起きた事実を理解できなかった。ただのエネルギーの放出であれば、物理的な衝突によって様々な余波が発生するはずだ。物質そのものが消滅するという現象が、どれほど非現実的なことなのか、彼女はよく理解している。分子や原始、素粒子といった物質の基本構成を完全に無視した光景だ。

光が途切れ、闇が戻る。残されたのは、真っ直ぐに伸びる丸い穴だけ。

「うぅ……」

「ロミ! 大丈夫?」

「一気に魔力を放出したので、一時的に欠乏症に陥っているだけです。少し休めば、すぐ元に戻ります」

ぐったりとして石の床にへたりこんだロミを、ララは慌てて介抱する。水とナッツを渡すと、彼女はポリポリと小動物のように食べ始めた。

「すごいわね、これ……。魔法のことがまたわからなくなってきたわ」

ロミが体力を取り戻すまで動けない。ララは穴の側まで近づき、その滑らかな断面にそっと触れる。まるで丁寧にヤスリがけされたかのように凹凸がなく、縁の部分は鋭く尖っている。まるで空間そのものが削がれたかのような、非現実的な破壊痕だった。

物質をそのまま消滅させる。そんな芸当が可能なのが魔法なのか。少なくとも、ララの知る科学技術では、これほどまでの圧倒的な破壊能力は存在しない。

魔法という現象について少しは理解できたと自負していたララは、まだその深淵を見通すことができていなかったことを痛感する。彼女が垣間見ていたのは、魔法という広大な技術体系の、ほんの一端に過ぎなかった。

「えへへ。実はわたしも、この魔法を使うのははじめてだったんです」

「ええっ？」

壁に背を預けて姿勢を楽にしたロミが少し笑う。彼女の言葉にララたちは目を丸くして驚いた。

「こんな状況で、よくそんな魔法を使おうと思ったな」

「そうしないとどうにもできない状況だと思ったので。完全詠唱がはじめてなだけで、正式詠唱や略式詠唱での発動はしたことがありますし」

キア・クルミナ教の神官が使う神聖魔法には、一つにつき三種類の詠唱がある。長大で魔力消費も大きい正式詠唱、消費も少なく素早い発動が可能な略式詠唱。そして、正式詠唱よりもさらに長く、大量の魔力を必要とする完全詠唱。

ララは以前ロミから受けたレクチャーを思い出す。

「たしか、完全詠唱って儀式とかでしかしないって言ってなかったっけ？」

実用性という側面の一切を切り捨てた完全詠唱は、神官であっても扱う機会はそう訪れない。神殿で大勢の神官が一堂に会して行う厳粛な儀式や礼拝などで、一部の魔法が象徴的に扱われるだけだ。

そもそも、攻撃に用いる魔法の完全詠唱というものは、実践を考えると使う余裕がないのだ。

「そうですね。昔は敵対勢力との戦いで戦術級魔法として使っていたらしいですが」

「いわゆるマップ兵器ってやつね」

それがどれほど前の時代のことかララには推し量ることもできないが、ここ最近という訳でもないだろう。とはいえ、人間一人にそんな大規模な影響を及ぼす能力があるというのは、かなり恐ろしい事実だ。

「ロミは怒らせない方がいいわね」

「わ、わたしだって必要に迫られないと使いませんからね⁉」

痕跡すら残さず抹殺されるのは、流石にララもごめん被りたい。そもそも、あの光線を真正面から受けて耐えられるかどうかすら未知数なのだから。もし本当にあらゆる理屈を貫いて〝物質を消す〟という単純な能力を持っているのだとすれば、ナノマシンや特殊合金でなんとかなるものでもない。

「ふぅ。……お待たせしました。いつでも出発できます」

「いいの？」

「はい。魔力がある程度戻れば楽になりますから」

ナッツを食べ終えたロミが水を一口飲んで立ち上がる。彼女の顔色も、さほど悪くはない。それを認めて、ララはうなずいた。

「それじゃああとはこの道を一直線に進めばいいのね」

「こりゃ楽だな。最初からこうしてりゃよかったかもしれん」

「簡単に言わないでくださいよぉ」

イールの冗談めかした言葉で、少し落ち込んでいた空気が弛緩する。

「この先に、〝太陽の欠片〟があるんだな」

ヨッタが期待のこもった声を漏らす。

地下水道の中心まで貫くこの道の先に、ディスロが守り続けてきたものがある。それがついに、彼女たちの前にあらわれるのだ。

だが、意気揚々と歩き出そうとしたヨッタの手を、ララが強く握って引き止める。

「なん――」

驚いて振り返るヨッタの口を、彼女は手で覆って塞ぐ。目に驚愕の色を見せるヨッタに、ララは身振りで口を閉じるよう伝える。コクコクとうなずいたのを見て、ようやく手を離す。

イールとロミは、すでに壁に背を付けて真剣な表情だ。周囲を警戒し、耳を澄ませている。

「どうしたんだよ？」

ヨッタがララに顔を近づけて囁く。ララは彼女に届くギリギリの声量で、質問に答える。

「――誰か、他の人間がいるわ」

その言葉に、ヨッタは再び驚愕した。

第六章　降り注ぐ慈雨

地下水道内に人がいる。そう伝えられたヨッタは驚愕の声が漏れないように必死に口を押さえた。

イールとロミは壁に背を付けて、真剣な表情で周囲の気配を探っている。ララもまた、サクラのライトを消して口を固く結んでいた。彼女たちの剣呑な空気に、ヨッタの中で不安も膨れ上がる。

地下水道は本来、赤銅騎士団長ですらおいそれと立ち入ることのできない秘境だ。侵入者を問答無用で排除するために待ち構える無数の魔導兵たちは、彼女たちも苦労した優秀な警備員だ。ララ、イール、ロミの三人が常人以上の実力を持っていたおかげで今まで無事に生きているのだ。そのうちの誰か一人でも欠けていれば、ヨッタはここにはいないかもしれない。

だというのに、彼女たちは他の人物の気配を察知した。その事実がなによりも奇怪だ。

「もしかして、魔導具を置いたやつか？」

ヨッタの脳裏に浮かんだのは、水路の壁の外側に置かれた六つの魔導具。誰がどのようにして、なんの目的で置いたのかわからない、謎の物体だ。

「敵意があるかどうかわからないのが厄介ね。中心に向かうなら、絶対に鉢合わせるわよ」

「せめて姿を確認できたらいいんだが」

人の存在を感知したのは、ララの鋭敏な感覚だけだ。イールもロミも、彼女の言葉を信頼しているだけで、実際に目視したわけではない。相手の外見や言動がわかれば、そこから正体を類推し、危険性を判別することも可能だろう。しかし、彼女たちには圧倒的に情報が不足していた。

また、もう一つ懸念事項がある。ララが気配を察知したのは、ロミが放った魔法によって作られた穴の先だ。つまり、向こうもまた、ララたちの存在を察知していると考えなければならない。それも、一方的に攻撃してきた、と捉えられている可能性すらあった。

「……仕方ないわね。イールとロミはヨッタを守って。私が偵察してくるわ」

「ララ⁉」

『ララ様、ここは私が！』

覚悟を決めて口を開くララ。彼女の言葉にイールたちが驚く。サクラがランプを明滅させて、自分が適役だと訴える。しかし、ララの意志は揺らがなかった。

「サクラが突然出てきたら、それこそ敵だと思われるでしょ」

浮遊する金属球という姿のサクラは、どう考えても話の通じる相手には見えない。むしろ、水道内を徘徊している魔導兵の一味だと思われるだろう。ファーストコンタクトがサクラであった場合、平和的なやり取りができる可能性はぐっと低くなる。

「心配しないで。上手くやるわよ」

ララは胸を張って自信に満ちた笑みを浮かべる。

「ちょっと悔しいけど自分が一番小さいしね。本格的に襲いかかってきたら迷わず逃げてくるから、そのときはよろしくね」

「はぁ……。気を付けろよ」

ララの言っていることは、間違いではなかった。イールもロミも、自分がそういった事に向いているとは思わない。彼女たちはしばらく考えた後、結局それが最適であると判断してうなずいた。

ただし、少しでも身の危険を感じれば、すぐに退避することを彼女に約束させる。ララもまた、ここで死ぬ予定はないため、すんなりと了承した。

「じゃあ、ちょっと行ってくるわ。――『隠密歩行《キャットウォーク》』」

ララはエネルギー残量を確認しながら、足音を抑えるコマンドを実行する。ナノマシンの働きによって彼女の足裏はしなやかに音を吸収するようになり、石の床を走っても奇妙なほど音がしなくなった。

「本当はノイズキャンセリングまでしたいんだけど、流石に厳しいわね」

自身を中心に一定範囲の音をすべて打ち消すコマンドもあることにはあったが、あまりにも規模が大きいため、現在のララのエネルギー残量では実行できない。ないものを嘆いていても仕方がないと彼女は早々に諦めを付けて、ロミが貫いた穴の先へ目を向けた。

静かに地面を蹴り、穴の中へと飛び込む。

ララの背中が闇に紛れて見えなくなるまで、イールたちは心配そうにそれを見送る。そして、その奥に待ち構える存在が、せめて話の通じる者であることを祈るのだった。

(断面が滑らかね。気をつけないと滑りそうだわ)

ララは狭い穴を駆け抜けながら、その凹凸のない壁に思わず感心する。ロミの魔法によって削り取られた壁はツルツルとしていて、意識していなければ滑って転んでしまいそうだった。

水路を横断する瞬間に魔導兵がぴくりと反応するが、壁の向こうへ飛び込むとすぐにおとなしくなる。そんなことを続けながら、ララはまったく音を立てる事なく穴の中を突き進む。

「ッ！」

そして、二百メートルほどをノンストップで進んだとき、彼女は足を止めて壁の陰に身を隠す。彼女の目が鋭くなり、耳に意識が集中する。彼女の鋭敏な聴覚が、この先のかすかな物音を感じ取ったのだ。

彼女は物陰に身を潜めながら、ゆっくりと顔を出す。こういうことならば、指先の目を一つくらい持ってきておくべきだったと少し後悔しながら、慎重に音の発生源を確認する。

「――あれは？」

彼女の目が暗闇を見通す。音の発生地点には光源らしきものもない。それだけで怪しさは拭いきれないところがあったが、それを見たララはさらに困惑する。

水路の一角が、異様な光景を呈していた。これまで彼女が見てきたのは、魔導兵によって絶えず補修が続けられてきた完璧な水路だった。しかし、そこは壁もボロボロで、さらにボロボロの布を使った簡素なテントがいくつか並んでいる。

明らかに、人の生活の痕跡が見てとれた。

「いったいどういう事なの？」

水路は魔導兵が目を光らせている。ララたちが歩いているだけでも、問答無用で攻撃されるのだ。あのようなテントを建てるほどの余裕があるはずがない。

一つ可能性があるとするならば、あの一角が魔導兵にとって〝水路の外〟と認識されていること。しかし、それもおかしい。どう考えても、あそこは水路を構成する通路の一つなのだから。

思考を巡らせていたララだが、結局その答えは出なかった。彼女は小さなため息をついて、考えることを諦める。

「本人に聞けばいいわね」

意を決して立ち上がる。堂々と穴の真ん中を歩いて、ボロボロのテントの前に立つ。

薄い布越しに、人の気配がする。ロミの放った魔法は強力だった。それを感知していないはずもない。その上で、テントの中の人物は静かに佇《たたず》んでいるのだ。

少なくとも、過激な性格ではないだろう。

ララは覚悟を決めて布に手をかける。

そして、勢いよくそれを払った。

光源のない闇の中、それを見通すララの目に男の姿が映る。彼女がその姿をよく見ようと目を凝らしたそのとき、男は弾かれたように立ち上がり、懐からなにかを引き抜く。

「っ！」

危険を察知したララは咄嗟に後方へ飛び退く。男の手に握られているナイフを目にして、彼女は自分の直感が正しかったことを知る。

「物騒なものを持ってるわね」

「死ねっ！」

問答無用、と男は更なる追撃を繰り出す。ララはそれを軽やかに避け、さらに伸び切った男の腕を膝で蹴り上げる。

「ぐあっ⁉」

骨が折れるほどの力を込めたつもりは無かったが、男は悶絶して刃物を取り落とす。ララはすかさずそれを蹴り、男から離す。

その段になって、ようやく彼の詳しい姿が明らかになった。見るからに浮浪者然とした、着古した服を纏った男だ。老人の手前といった風貌だが、伸び放題の髭が顔の大半を覆い隠し、さらに目深に帽子を被っていることで実際の年齢を推し量ることは困難だった。

しかし、ナイフを繰り出した動きにはキレがあった。ララはわずかな判断材料から、彼が壮年ながらも鍛錬を積んだ戦士であることを類推する。

「一応、名前を聞いても？」

「貴様に語る名などない！」

「うわっ」

背を曲げてうずくまっていた男は、油断なく眼光をララに向ける。そして、新たなナイフを手にしてララへ飛びかかった。

手刀で男の手首を叩き、強引にナイフを取る。今度は彼女がそれを握り、男の喉元に突き付けた。

「ナイフなんて物騒なものしまいなさいよ。自分に向けられても文句は言えないわよ」

「ぐぅ……っ！」

真剣な表情でララが警告する。彼女の青い瞳を見た男も、冗談ではないことを思い知る。悔しげに唸り声をあげるが、最後にはだらりと両腕を垂らした。

「降参だ。……まったく、小娘だと思って油断した」

「心外ねぇ。こんなナイスバディのお姉さんもいないでしょ」

ララがナイフを弄びながら言うと、男は珍妙な目を向ける。髭ぐらい削いでもバチは当たらないか、とララが睨むと、彼は慌てて目を逸らす。

「友好の証として、自己紹介くらいしましょ。私はララ、旅の傭兵よ」

「……グラフだ」

グラフと名乗った男は、脱力して座り込む。もはや戦意もない彼の様子を見て、ララもようやくわずかに警戒を解いた。

「それで、グラフはどうしてこんなところに？　あなたは何者？」

ララの疑問は多くある。矢継ぎ早に繰り出すと、髭面の男はげんなりとした表情で顔を逸らせた。一旦彼女の質問を無視したグラフは、簡素なテントに頭を突っ込み、小ぶりなガラス瓶を取り出すと、その中身を一息に煽った。

周囲にアルコールの匂いが漂い、ララもそれの正体を察する。

「俺ぁただの見張りだよ。何日かここで寝てりゃ金と酒が貰えるってんで引き受けただけだ」

「見張りぃ？ ここがどこか、知らないわけじゃないでしょ？」

うろんな顔をするララ。

地下水路内に見張りの人間がいるなど、マレスタからも聞いていない。

そもそも、地下水道は赤銅騎士団も立ち入ることのない場所だ。警備システムとして魔導兵が徘徊している以上、彼もまた侵入者にすぎない。侵入者が侵入者がいないか目を光らせるなど、間抜けにもほどがある。

しかし、そんなララの胸中を読み取ったグラフは、ふんと鼻で笑う。

「詳しいことは知らねえが、実際に侵入者はやって来たんだ」

「それって、私のこと？」

「他に誰がいるんだよ。立派な水路に馬鹿でかい穴まで開けやがって。大胆なこった」

そう言うグラフの声には憤慨も混ざっていた。その様子から、彼が水路に多少なりとも思い入れがあることをララも察する。どうやら、彼もただの浮浪者というわけではないようだ。

「もしかして、水路に置かれてる魔導具もなにか関係あるの？」

ララがそう問うと、グラフの雰囲気が変わる。彼は目を大きく見開き、彼女へ詰め寄った。

「お前、あれに触ってねぇだろうな！」

「うわっ⁉ さ、触ってないわよ。あれを止めるには中心に行かなきゃいけないってことで、進んでるんだから」

「止める⁉ やっぱりお前、敵なのか！」

「うわぁっ⁉」

顔を真っ赤にしたグラフが立ち上がる。再び臨戦体勢に入る彼に、ララは驚きながら口を開く。

「私は水路を直すために来たのよ。そしたら謎の奇妙な魔導具があるもんだから、止めようと思うのも当然でしょ？」

「水路を直すだと？」

今度はグラフがうろんな顔になる。

彼は拳を下ろしたものの、困惑の拭いきれない様子で、ざりざりと髭を掻いた。

「お前はなにを言ってんだ。水路は今、直してるところだろうが」

「はぁ？」

衝撃の言葉に、ララは眉を吊り上げる。

「聞いてないわよ。私たち、マレスタに頼まれて来たんだけど！」

「マレスタって誰だよ！」

「ここを管理してる赤銅騎士団の団長よ！」

二人の間に横たわる溝が徐々に広がる。お互いがお互いに疑念を持っていた。

水路を知る者が、マレスタの名を知らないはずもない。だが、目の前に立つ男は本心から戸惑っているようだった。

「グラフ、あんたの所属と依頼主を教えなさい」

「断る。俺も悪党にゃ変わりないが、それでも矜持《きょうじ》はあるんでな」

二人は剣呑な空気に包まれる。グラフは懐から、三本目のナイフを取り出す。対するララは徒手空拳だ。それでも、彼女は遅れを取らないと確信していた。

だが、そのとき。ララの背後から物音がする。瞬間的にイールたちのものではないと察したララが振り返ると、そこにはグラフと似たり寄ったりの荒れた風貌をした男たちが立っていた。

「なんだ、このガキ！」

「グラフ、なにやってるんだ！」

「ちっ、厄介ね……！」

一対多数でもいつもなら問題はない。しかし今は、エネルギーも枯渇気味の極限状態だ。さらに狭い水路内で、少しでも外に出れば魔導兵たちまで襲ってくる。

どうするべきか、ララが考えあぐねていたそのとき、再び事態が変わる。

「うおおおおおっ！」

「ぐわーーーっ!?」

突如、新たにあらわれた男たちが薙ぎ倒される。

その向こうからあらわれた赤髪の女を見て、ララは思わず笑顔を浮かべた。

「イール、ロミ！」

「あたしもいるよ！」

あらわれたのは、ララの仲間たち。男たちの不意を突いたイールの奇襲はうまく決まり、ロミが素早く捕縛の魔法を使ったことで、グラフは一気に窮地に立たされる。

ナイフを構えていた彼は、四人の視線を受けて、今度こそぐったりと床に膝をついた。

四肢を縄でキツく縛られて床に膝をそろえた彼らは、ぐったりとして大人しくなっている。そんな彼らを見下ろして、ララは思わず息を吐く。

「まったく、なにがなんだかわからないわね」

「こっちも同じ気持ちだよ」

とにかく情報が交錯して、状況が混乱していた。ララの嘆息にグラフも冷笑して応じる。両者共に、今の状況が理解できていない。

この状況を打破するためにも、ララは改めてグラフに問いかけた。

「あなたたちの目的と、正体を教えて」

「言ったろ。俺はただの雇われだよ」

適当な返答に、ララの背後に立っていたイールがぎろりと睨む。その気迫だけで、グラフの隣に座っていた男たちは小さな悲鳴を漏らした。

剣呑な空気に肩を竦め、グラフはヒゲに囲まれた口を開く。

「別に冗談で言ってるわけじゃねぇ。俺とこいつらははぐれでね。砂漠の集落を渡り歩いてた流民だ。それで、この町の近くにあるオアシスで、魔導技師の男に出会ったんだ」

「魔導技師の男?」

怪訝な顔をするララに、グラフはうなずく。

「そいつはなんでも、ディスロの水路を直すために動いてるみたいでな。俺たちは力仕事のために雇われたんだ。そのままじゃあどっかで野垂れ死んで砂狼に食われてただろうからな、飯も貰えるってんで引き受けた」

「その魔導技師の男はどこの誰なんだ?」

イールがさらに尋問するも、今度は明瞭な答えは返ってこなかった。

「ずっとフードを目深に被って顔を隠してるからな。名前はチキンって言ってたが、多分偽名だろ。声の感じからして、若い男ってことくらいしかわからん」

「よくそんな怪しいやつについて行ったわね」

「俺たちもギリギリだったんでな。藁にもすがる気持ちだったのさ」

グラフの笑いは自嘲的だ。砂漠を放浪するというのは、灼熱の太陽と極寒の夜を交互に過ごすことに他ならない。壁や屋根のある宿ならともかく、集落から集落へと渡り歩く旅人の過酷さは想像を絶するものがある。

彼らも必死なのだ。

「若い男……。水路に置いてあった魔導具も、そいつが置いたのか?」

ヨッタが興味深げにたずねる。グラフは再びうなずいた。

「あれがねぇと作業ができねぇってことでな。あんたらが壊さなくてよかったぜ」

「てことは、魔導技師もここにいるの?」

「それこそ、修理の真っ最中さ。俺たちは修理が終わるまでの見張りなんだ」

その言葉にララたちは一様に驚いた。

修理の必要があると言われてやってきたのに、すでに修理が始まっているという。しかも、これは赤銅騎士団も関知していないはずだ。となれば、グラフたちの雇い主である魔導技師とは、いったい何者なのか。

「それで、お前たちこそ何者なんだよ」

拘束されている身でありながら、堂々とした態度でグラフが質問をし返す。

「私たちも水路の修理のためにやってきたのよ。管理者の赤銅騎士団から直々に頼まれてね」

自分たちの方が正当だ、と言外に主張しながらララはここへ来た理由を伝える。そうすると、グラフの隣に並んで座っていた男たちは、やはり困惑の表情を浮かべた。

「ちょっと待て、いま赤銅騎士団って言ったか？」

「ええ、そうよ」

彼らは困惑し、互いに顔を見る。そして五人を代表するようにグラフが厳しい形相で言い放った。

「それじゃあ、ここはディスロってことか！」

「そうだけど……。知らなかったの？」

憤る男たちに再びララたちが困惑する。

地下水路はディスロの生命線であり、またこの町の有名な建造物だ。内部に立ち入ったものこそいないものの、その存在はアグラ砂漠に広く知られている。

ララたちも当然、グラフたちはそれを知っているものだと思っていた。だが、彼らの反応はまるで、騙されて連れてこられたかのようなものだった。

「ここがディスロの町だとして、なにか問題でもあるのか？」

「問題大有りだよ。——ここには、〈錆びた歯車〉のやつらがいるんだろ！」

「っ⁉」

グラフの口から飛び出した言葉。

それを聞いた瞬間、ララたちは咄嗟に臨戦体勢を取った。それほどまでに、彼女たちの中にその名は強く鮮烈に刻み込まれているのだ。

〈錆びた歯車〉——辺境の外からやって来た、各地に眠る遺失古代技術《ロストアーツ》を悪用せんと付け狙う犯罪者集団。彼らは一つの村を滅ぼし、また魔獣と人に対する実験を繰り返していた。

その首領として君臨していたイライザとその腹心たちは、ララたちによって落とされた。今はキア・クルミナ教が擁する監獄に収容されているはずだ。

しかし、この辺境の辺境ともいえるディスロには、かの組織の残党が今も居着いている。そして、彼らは町の古参たちと頻繁に衝突し、両陣営は互いに睨み合っているのだ。

「お前ら、いったい何者なんだ」

イールが問う。

その名前を口にした瞬間に豹変した彼女たちを見て、グラフも目を細める。そして、重たい口をゆっくりと開いた。

「俺たちは――。いや、俺は、〈錆びた歯車〉の前首領の息子だ」

彼の明かした正体。

それを聞いたララたちは、異口同音に驚きの声を上げた。

教会から要注意団体としてマークされるほどの危険な組織〈錆びた歯車《ラスティギア》〉。グラフは己をその前首領の息子であると語った。それを聞いたララたちは驚き、疑う。そして、その真偽を確かめるため、ララが口を開いた。

「ていうことはつまり、イライザの息子?」

彼女が口にした名前を聞いた瞬間、グラフが眉間に皺を寄せる。その険しい表情は、ララの言葉を強く否定していた。

イライザはララたちの知る〈錆びた歯車〉の首領だった女だ。ララと戦い、捕縛された彼女は、キア・クルミナ教の監獄にいる。

「あの女の名前を知ってるってことは、あんたらもそれなりに詳しいみたいだな」

「それなりに因縁があるのよ」

多くは語らないララに、グラフも肩を竦めるに留める。そうして、自身の身の上について語り出した。

「俺はその女が殺した男の息子だ。裏切って地位を奪ったやつとは違って、正当に首領の座を継承した男だ」

「正統に、ねぇ」

犯罪組織に正統もなにもないのでは、とララは首を傾げる。しかし、一方でイライザが先代の首領を討ち倒して強引に組織のトップに躍り出たという話も聞き覚えがあった。そういえば、〈錆びた歯車〉という組織の性格が荒くれに傾いたのも、それがきっかけだったと聞く。

「今の〈錆びた歯車〉はただの荒くれだろ。親父の代までは、真っ当に遺失古代技術の研究をしてる組織だったんだ」

「へぇ。そうだったの」

「信じるかどうかはそっちに任せるよ」

グラフや仲間たちの風貌はどこから見ても立派な荒くれ者である。地面に転がったままのナイフも物騒だ。ララの表情からその内心を察したグラフは、諦観の宿る顔で力無く笑った。

「この方のお話は、ある程度信頼してもよいかと」

そのとき、静かに話を聞いていたロミが口を開く。

「レイラ様からも同じような話を聞いています。〈錆びた歯車〉は、砂漠を越えて辺境に入る前までは、古代文明研究者の集団であったと」

「巫女さんはまだ話がわかるみたいだな」

「私だって信じないとは言ってないじゃない」

ロミが肯定したことで、グラフの言葉にも信憑性が出てきた。となれば、続く疑問はなぜそんな彼がここにいるのか、である。

「あなたはこの地下水道がディスロの下にあることは知らなかったの？」

ララの問いにグラフは当然だとうなずいた。

「親父を殺したやつらが住んでるところに近づくかよ。ただでさえ、面が割れてからはしつこく追われてるんだぞ」

「ああ、そういうこと……。血生臭い話ね」

前首領の息子ということは、正統な後継ぎとなる可能性が高いということだ。そんな明け透けな反乱分子を残しておく必要はない。

「イライザたちは砂漠の外に出かけてるらしいが、それもいつ帰ってくるかわかったもんじゃない。こんなこったら、仕事も受けてなかったさ」

「ふんふん。……うん？」

グラフの言葉に違和感を抱き、ララが首を傾げる。イールとロミも、同じようなことを思ったらしい。ぱちくりと瞬きする三人に、グラフたちも不穏な様子を感じ取ったようだった。

「どうかしたのか?」

「いや、えっと……」

ララは答えあぐねる。

〈錆びた歯車〉の存在は表沙汰にはされておらず、それが引き起こした事件に関してもレイラの主導する教会によって徹底的な隠蔽と情報封鎖が行われている。つまり、グラフたちはイライザとその腹心たちがすでにいないことを知らない。

おそらく本拠地にしているディスロから辺境の内地へと向かったことは知っているのだろう。しかし、そこでなにがあって、彼女たちがいまどうなっているのか、その情報を知らない。

「もしかして、街の残党たちも……?」

「知らない可能性があるな」

ララがそっとイールに耳打ちすると、彼女も微妙な顔をしてうなずく。

なぜ〈錆びた歯車〉の残党たちが強気で町の古参たちと張り合っているのか、その後ろ盾となっている自信の正体に、ララたちはようやく気が付いた。

「ロミ、これって伝えてもいいの?」

「まだ皆さんの正体がはっきりしないので……。最悪、〈錆びた歯車〉と繋がっている可能性もありますし」

ややこしいのは、ここまでグラフが語った言葉が嘘ではないにしても、ブラフを混ぜ込んでいるか、真実をすべて話していないという可能性を捨てきれない点だ。前首領の息子であることが事実でも、現在町を我が物顔で歩いている〈錆びた歯車〉の残党たちと和解している可能性はある。

「うん、なんでもないわ」

結局、ララたちはイライザの現状を伝えないことにした。そもそも、キア・クルミナ教内でも機密となっていることを、出会ったばかりの男に伝える必要もない。

「それより、私たちは水路の中心にある〝太陽の欠片〟を確認したいんだけど」

「それは困るな。俺たちは邪魔が入らないように頼まれてんだ」

手足をしっかり縛られているにも関わらず、グラフは毅然と断る。ララもいちいちうかがいを立てずに進めばいいのだが、すでに彼らのことをある程度悪しからず思っていた。

「……ねぇ、ちょっといい？」

そのとき、ヨッタが口を開く。

彼女はグラフの顔を見つめ、疑念と期待の綯い交ぜになった複雑な表情でたずねた。

「あんたらの雇い主って、人間族か？　こういう飾りをどっかに身に付けてなかったか？」

彼女が懐から取り出したのは、鮮やかな色の石を糸で繋げた飾りだった。キラキラと光を反射するそれは、ほのかに魔力を宿している。

それを見たグラフたちは一様に驚く。その反応を見て、ヨッタは確信を強めた。

「ララ、わかったよ。――こいつらの雇い主は、あたしの師匠だ」

ロミの魔法によってくり抜かれた直線の道を、ララたちは駆け足で進む。その中には、拘束を解かれたグラフたちの姿もあった。丸い穴の中を進みながら、ララはヨッタの方へと目を向ける。

「それで、師匠っていうのはほんとなの？」

「ああ。間違いない」

どこか緊張した様子でヨッタはうなずく。そして、わずかに魔力を宿した石の飾りを握りしめた。

「これは、師匠が弟子に渡すものなんだ。師匠もおんなじものを持ってて、旅先で出会ってもお互いの素性がわかるようになってる」

それは、砂漠を流浪するサディアス流一派のしきたりなのだと彼女は語った。

広い砂漠のなか、定住地もなくオアシスからオアシスへと流れながら、行く先々で魔導具を作り、直して生計を立てていたのがサディアス流だ。師匠が弟子に渡す飾りには、一門の刻印と師匠の刻印が彫られた二種類の石が結ばれている。

旅先で出会った魔導技師は、その刻印を見ることで流派と師匠を知ることができるのだ。

「しかし、それはサディアス流の魔導技師ならみんな持ってるんだろ？　だったら、師匠かどうかわからないんじゃないか？」

ララたちの後を追いかけながら、グラフが疑問を呈する。だがヨッタはそれに準備していたように即答した。

「砂漠で活動してるサディアス流の技師で、こんなところに来るのは師匠くらいだよ」

そもそも、ここはディスロの心臓部とも言える地下水道だ。並大抵の魔導技師では、赤銅騎士団の目を盗んで立ち入り、あまつさえ内部を巡回する魔導兵をやり過ごすことなどできない。

それほど腕の立つ魔導技師を、ヨッタは一人しか知らなかった。その人物が自分と同じ飾りを持っているならば、それはほとんど確定と断じていい確率で師匠である。

「ヨッタの師匠って、あちこちふらふらしてる人なのよね」

「そうだよ。あたしやファイルを連れ回して技術と知識を教えた後、突然ふらっと居なくなった」

恨みのこもった声で語るヨッタ。彼女は師匠の実力はともかく、性格についてはあまり好ましく思っていない様子だった。

彼女がはるばるエストルからディスロまで出張してやっている魔道具修理の仕事も、元々は師匠に届いた依頼だったはずだ。

「クソ師匠。会ったら一発ぶん殴ってやる！」

鼻息を荒くして気炎をあげるヨッタを見て、ララは少しだけ距離を取った。

とはいえ、まだ本当に師匠だと確定したわけではない。グラフがその場しのぎに嘘をついた可能性もある。あくまで慎重に、と彼女がヨッタに忠告しようとしたそのとき、細長く薄暗かった道が終わる。

「わわっ⁉」

広い空間に飛び出した瞬間、鮮烈な光が網膜を焼く。ララは慌てて目を細め、後ろから続くイールたちを手で制した。

はたして、ロミの魔法はまっすぐに地中を貫き地下水路の中心まで至っていた。そこへ到達したララは、思わず足を止める。

「これは……」

縦横に広い円柱状の空間。ララはその周りを囲む通路に立っていた。等間隔で並ぶ柱の向こうに、眩い光を放つ巨大な光球が浮かんでいる。

直径およそ十メートル。表面は絶えずゆらめき、火炎を帯びている。白と赤が入り混じり、ときおり黒い塵のようなものが浮かんでは消える。

その姿はまさに――。

「〝太陽の欠片〟」

天に座する偉大なる恒星。永遠に燃え盛る不滅の象徴。大地に光を振り撒き、生命の恵を与える、すべての母。太陽のそのままの姿が、地下に広がる大水道の中心にあった。

「これがそうなのか」

穴から恐る恐る出てきたイールたちもそれを見上げて眩しそうに手で光を遮る。直視すれば目が焼かれてしまうだろう。それほどまでに強烈な光と、そしてほのかな熱を放っている。

ヨッタや、グラフたちまでもがその神々しい光に目を奪われていた。そのとき、不意に新たな声が響く。

「あれ、僕は誰も入らないようにって頼んだはずなんだけど」

若い男の声。

それが耳に届いた瞬間、ララたちは振り向く。

柱の陰からあらわれたのはローブを身に纏った人だった。おそらくは青年、人間族だろう。しかし、目深に被ったフードによって、その顔は明らかではない。

ララたちが行動を起こすよりも先んじて、ヨッタが前に出る。その眉間にはくっきりと皺が寄り、瑠璃色の瞳が真っ直ぐに男を睨みつけていた。

「こんなところでなにしてんだよ、師匠」

「おや」

ぴくりと笹型の耳を震わせるヨッタの強い言葉に、男の動きが止まる。

「うわ、ヨッタじゃないか！　元気してた？　奇遇だね！」

直後、男は歩速を速めてヨッタの元へと近づく。ララたちが間に割り込む前に、彼は勢いよくフードを取り払った。

「なにを呑気なこと言ってんだよ、クソ師匠」

ヨッタがさらに苛立つ。

フードの向こうからあらわれたのは、陽光に照らされて輝く銀髪。そして、顔の半分を隠す奇妙な仮面だった。

結局明らかにならない男の素顔に、ララは思わずがっくりと肩を落とす。とはいえ、顔の輪郭などは露わになった。見たところ、かなり若い人間族の青年のようだった。とても弟子を複数抱えるような人物には思えない。

口元はゆるい弧を描き、柔和な表情を見せている。全体的な印象としては、怪しさ八割と温和そうな性格が二割といったところだろうか。

「アンタがなにしているのか知らないけど、あたしはこいつを直さないといけないんだ。邪魔しないでくれない？」

ララが師匠と呼ばれた青年について分析している間に、ヨッタがぐいぐいと詰め寄る。しかし、強気な彼女に胸を押されても、青年は困ったように肩を竦めるだけだった。

「ごめんね。でも、僕もちょっとやるべきことがあってね」

「やるべきことって、なんだよ」

疑念を帯びた目で睨むヨッタ。

青年は彼女に対して、へにゃりと笑って答えた。

「この〝太陽の欠片〟を停止させるんだ」

まばゆい光に照らされて、青年の横顔に影ができる。彼は仮面の下の口元を緩めて、ララたちを正面に堂々と言い切った。

〝太陽の欠片〟を停止させる。それはつまり、地下水道の水を完全に止めることであり、ディスロの生命線を断つことに他ならない。

そのことを理解した上で、ヨッタが眉間に深い皺を刻んで詰め寄った。

「おい、自分がなにを言ってんのかわかってんのか！」

「わかってるよ、ヨッタ」

彼女に勢いよく肩を揺らされながらも、青年は飄々とした調子を崩さない。それでいて、ララたちの怒気を受けても言葉を撤回するつもりはなさそうだった。

ララはなにか言いかけたイールを手で制して、一歩前に出る。荒ぶっていた感情を呼吸と共に落ち着かせ、改めて怪しげな風貌をした青年に目を向ける。

「〝太陽の欠片〟を止めたらどうなるか、わかってて言ってる？」

「もちろん」

ララは回廊の縁から下を覗く。太陽の欠片の強い輝きが照らす穴の底には、豊富な水が蓄えられている。砂漠の地下深くから湧出する清水は、回廊に刻まれた水路に届いていない。〝太陽の欠片〟が出力を落としているのは明白だった。

おそらくは、これを取り囲む六つの魔導具が太陽の欠片の力を押さえつけているのだろう。そして、その魔導具を作り設置したのは目の前の青年だ。

ララはもう一度、〝太陽の欠片〟を見る。強烈な光と熱を放つ巨大な球体は、そう簡単に接近を許さない。これほどの力を持つ物体を、押さえつけているだけでも大したものだ。

「これについてどれくらい知ってるの」

「無限の力を生み出す遺失古代技術《ロストアーツ》。でも、明らかに他のものとは系統が違う。現代の技術では到底理解不能であることに変わりはないけれど、これは連綿と伝えられてきたどの技術の祖でもなく、子でも傍流でもない。歴史の中に突然あらわれた、特異点とでも言うべき存在だ」

青年の口から語られた言葉にララは思わず眉を動かす。彼女が予想していたよりも遥かに、彼は詳しかった。

すでに滅びてしまった古代文明の残滓。それが遺失古代技術である。現代の技術を遥かに超越したそれは、悠久の時を経てもなお強い力を有する。ゆえにキア・クルミナ教や〈壁の中の花園《シークレットガーデン》〉、そして〈錆びた歯車《ラスティギア》〉といった集団が狙う。

そこまでが、一般的な遺失古代技術に対する認識だ。

しかし、ヨッタの師匠だという青年は、それよりもさらに一歩踏み込んでいる。それはつまり――。

「これが、実は私のものだって言ったら、信じる?」

「ああ、なるほど。それなら説明がつくかもね」

歴史の中に埋まる遺失古代技術の中に、ララと共にこの世界へと流れ着いたものが存在するということを、すんなりと理解してしまう。

否定することもなくうなずいた青年に、ララは今度こそ驚く。彼女はまだ、超科学的な技術を見せたわけではない。だが、彼は一見すると荒唐無稽な話を容易く受け入れてしまった。

「どうして……」

「君の後ろに浮かんでる球体。あれは魔導具じゃなさそうだ。むしろ、〝太陽《こ》の欠片《つち》〟に似た気配を感じるんだ」

『わ、私ですか?』

青年の視線が、静かに浮かんでいたサクラへと向く。それを見てララは少し後悔した。

たしかに、サクラは超科学の産物だ。魔導具ではないため魔力は放っておらず、重力制御技術で浮いている。その上、魔導兵を遥かに凌駕する、コミュニケーションさえ可能な人工知能を搭載しているのだ。

驚愕すべきは青年の直感、もしくは鋭い観察眼だろう。ララと出会って数分と経たずにその特異性を認識したのだ。これほどまでに理解の早い人物は、はじめてだった。

「私の名前はララよ。できれば、本名を教えて欲しいんだけど」

ララは敬意を持って名をたずねる。

わずかな間を置いて、青年はゆっくりと仮面に手を伸ばした。

「――僕の名前はレイス。しがない魔導技師だ」

仮面の下からあらわれたのは、涼やかな目元。そして、好奇心に輝く青い瞳。砂漠に暮らしながらも、その肌は白くきめ細かい。レイスと名乗った青年は、にこやかな笑みを浮かべてララに手を差し出した。

「もし、これが本当にララの物だったなら、ぜひ協力してほしい」

「ララ!」

ララを誘おうとするレイスの言葉に重ねるように、イールが名前を呼ぶ。ヨッタはどう動くべきか、迷っているようだった。

「その前に、一つ聞かせてちょうだい」

イールがララの二の腕を掴む。だが、ララは真っ直ぐにレイスの目を見つめて問いかけた。

「あなたは、どっちの味方なの？」

レイスは一度、意外な様子で眉を上げる。視線を上に向けて、少しだけ考える。

「――どっちの味方でもないよ。強いて言うなら、どちらでもない」

彼の返答を解きほぐすかのようにララは数度うなずく。そして、くるりと身を翻し、イールたちの方へ振り返る。

そうして、彼女はイールたち、そしてグラフたちに向かって堂々と宣言した。

「私はレイスに協力するわ。〝太陽の欠片〟の動きを止めて、取り返す。元々私のものだから」

「ララ⁉」

イールが愕然として口を開く。ロミもヨッタも、驚きが隠せないようだった。

ララも地下水道、ひいては〝太陽の欠片〟がもたらす水の重要性は知っているはずだった。赤銅騎士団が何代もの間守り続けた大切なものであることを。そして、今、水を求めて地上では暴動が起こりかけていることも。

それを知った上で、ララはそう決断した。その理由が、イールたちには理解し難かった。

だから、ララは言葉足らずな部分を補足する。

「〝太陽の欠片〟は取り戻す。それは元々決めていたことでしょ。でも、これがディスロの暮らしを支える大切なものってこともわかってる。だから――」

彼女は宣言する。

「〝太陽の欠片〟をもう一つ作るわ」

ディスロの地下に広がる広大な水路の中心に浮かぶ、巨大な発光体〝太陽の欠片〟。レイスの魔導具によって力を制限されてもなお強い光と熱を放つ球体は、人智をはるかに超越した高度な技術の集合体だ。

乾燥した砂漠のなかに孤立するディスロが人の拠点として存続しているのは、〝太陽の欠片〟が供給する莫大なエネルギーを用いた揚水システムによって潤沢な水が供給されているからだった。

「ララ、本気で言ってるのか？」

「ええ。もちろん」

だが、ララはそれを破壊すると言う。〝太陽の欠片〟を停止させ、そして新たな〝太陽の欠片〟を作り出すのだと。

それがどれほど荒唐無稽なことなのか、彼女が本当に理解しているのか疑わしそうにヨッタが目を細める。だが、ララはそんな彼女の追及に臆することなく即座にうなずいた。

「状況が変わりすぎだ。あたしにもわかるように教えてくれ」

緊迫した空気を打ち壊すように、イールが後頭部を掻きながら前に出る。彼女もロミも、目の前で事態が二転三転し、もう理解が追いついていなかった。

ララは彼女たちを呼び寄せて、一から事情を説明する。

「まず、ヨッタたちに抑えておいて欲しいのは、この〝太陽の欠片〟が元々私の所有物だったということよ」

「そこから納得できねぇよ。だって、これは遺失古代技術《ロストアーツ》なんだろ？」

唇を尖らせて鋭い指摘をするヨッタ。

遺失古代技術は現在よりもはるか昔に栄えた高度な文明の残滓だ。そのほとんどが失われているが、各地の遺構などにわずかだが残っているものもある。それらは現代の技術では説明も付けられないような強い力を持つ。

古代文明が栄華を極め、そして滅びたのは千年以上前のことだと言われている。

さらに、この〝太陽の欠片〟が古代遺失技術ではなく、ララの所有物だったとしても、話は説明がつかない。なぜなら、ディスロという町そのものが百年以上の歴史を持っているのだ。

「それとも、ララは百歳以上のおばあちゃんなのか？」

「うーん……」

疑念の目を向けられたララは、どう答えたものか悩む。コールドスリープの期間を数えるならば、優に百歳は超えている。そもそも、寿命という概念が薄らぐほど医療技術や生体機械化技術の発達した社会で暮らしていたのだ、自分の年齢というものに、彼女は元々強い執着を持っていない。

一応、自認している年齢で答えるならば、十八歳くらい、といったところだ。

「説明するのは難しいんだけど、保証書みたいなものならあるわよ」

ララはそう言って懐に手を入れる。

懐疑的な態度を崩さないヨッタの前に差し出されたのは、一枚の紙。だが、それを一目見た瞬間、ヨッタは笹型の耳を震わせて飛び上がった。

「なっ⁉ おま、これ――！」

「やっぱりヨッタは一目見ただけでわかるのね」

覿面な反応にララは口元を緩める。

彼女が広げて見せたのは、一枚の地図だった。それは辺境の全域を簡素な線で描いており、その中には広大なアグラ砂漠も記されている。そして、砂漠の片隅に位置するディスロの町のあたりに、印が一つ記されていた。

この地図は、ただの地図ではない。ヨッタの後方から覗き込むグラフたちには察知できないが、ダークエルフである彼女はすぐに理解した。地図そのものから滲み出す魔力は驚くほどに清浄で力強い。これに並ぶものとなれば、伝説上の聖遺物しか思い当たらないほどだ。

こんなものを生み出せる存在など、限られている。そして、ヨッタの最もなじみ深い存在となれば、該当するのはただ一柱である。

「オビロンと、会ったのか……？」

「ま、いろいろあってね」

不敵に笑うララを見て、ヨッタはふらりと力をなくす。膝から崩れ落ちる彼女を、イールが慌てて抱き抱えた。

「それで、彼女から貰ったこの地図にいくつか印があるでしょ。ここには、私の失くした物があるの」

「なんていうか、信じるとか、信じないとか、そういう話じゃないよな」

この数秒でどっと疲れた様子のヨッタがぐったりとして言う。

エルフ族の守護者でもある精霊オビロンは、当然エルフ族の一員でもあるダークエルフ族のヨッタの信奉する存在だ。エルフであろうと、オビロンと直接対面できるのはその長い人生のなかで二回きり。ましてや、他の種族が邂逅したという話はまず聞いたことがない。その上、彼女から物を授けられるともなれば……。

もはや、そこに理屈はなかった。神がララを認めているのだ。ならば、ヨッタが主張したところで意味はなさない。

「実際、レイスはこれが遺失古代技術じゃないと思ってるんでしょ？」

「ああ。普通、遺失古代技術は謎めいてはいても、特異ではないからね」

話を振られたレイスは逡巡なくうなずいた。

彼が先ほども言ったように、遺失古代技術は現代の技術をはるかに超越しているものの、それは確かにこの世界に根付いた技術だ。一方で、ララと共に各地に散逸したものは、どの技術体系からも逸脱し、独立した異質なものなのだ。

「はぁ……。わかったよ。それじゃあ、ララはこいつをどうにかできるってことか？」

証拠と言うのもおこがましいほどの物を出されては、ヨッタはもうなにも言えない。彼女を両手を上げて降参の意を示すと、好きにしろと言い放った。

「そうね。じゃあ、とりあえず停止させたい……ところだけど、それも難しいわね」

燦然と輝く〝太陽の欠片〟に向き直ったララは、そう言って肩を落とす。

「なにか問題でもあるんですか？」

不思議そうに首を傾げるロミに、彼女はうなずく。

「これを止める前に、まずは新しい〝太陽の欠片〟の材料を集めないといけないのよ」

〝太陽の欠片〟はディスロの生命線。その活動が停止すれば、水の供給も絶たれ、灼熱の日射のなかでジリジリと焦げるような苦しみを余儀なくされる。それは、彼女としても本意ではないし、そもそも現在も地上では暴動が起きかけているのだ。〝太陽の欠片〟を見つけたからといって、すぐに水の供給を止めるわけにはいかない。

「それじゃあ、どうするんだ」

イールが腰に手を当ててたずね、ララが答える。

「まずは材料集めからね」

〝太陽の欠片〟を新たに作り出す。そんな大言壮語を放ったララは、早速その第一歩を踏み出す。なにを始めるにしても必要なのは材料だ。ララはイールたちにそう説いて、ひとまずグラフたちが使っていたテントを拠点として設定する。

「しっかし、遺失古代技術《ロストアーツ》をもう一つ作るなんてできるのかよ。材料だってどこで集めるんだ？」

「アレはロストアーツでもオーパーツでもないのよ。ちゃんとした理論に基づいて設計された機械なの」

怪訝な顔をするヨッタにそう言って、ララは鼻を鳴らす。彼女からすれば、魔法や魔導具や魔力といった不確かなものの方が奇妙に映るのだ。

「それに材料なら心配しなくてもいいわ。大体のものは、地下水道《こ こ》で揃うから」

「ここで？」

ララは自信ありげに笑む。彼女はテントの側に寄せ集められたガラクタに山に手を伸ばし、なにかを掴み取った。石のようにも見えるが表面は滑らかで硬い。白っぽいそれは、ヨッタたちも見覚えがあった。

「それって魔導兵の残骸じゃないか」

「そうそう。これだって見方を変えれば遺失古代技術《ロストアーツ》なんじゃないの？」

ガラクタの山を構成しているのは、グラフたちによって破壊された魔導兵だ。強引に叩き割られたのか、円柱型の筐体は破壊され、内部に収まっていた細かなパーツも溢れでている。

魔導兵は数百年にわたってこの地下水道を守り続けてきた守護者だ。時と共に朽ちていく施設と自身を補修し続け、今日までその機能を保ち続けてきた。

ララの目線から見れば、この世界の技術レベルにおいてこれほどまでの長期間まったくのメンテナンスフリーで稼働し続けるというのは信じがたい事実であった。まだ鉄砲すら広く普及していないというのに、魔導具に関する技術だけが突出している。

「ヨッタはこの魔導兵、作れるの？」

「無理だ」

山の中に埋まっていた丸いコアのようなものを抱えて問いかけるララに、ヨッタは即座に否定する。

彼女も魔導技師として一人前と言ってよいだけの実力を持つ。だからこそ、魔導兵に注ぎ込まれた技術の高さも肌で感じていた。魔導兵にはサディアス流の技術がふんだんに使われているが、それだけではない。アグラ砂漠で古くから連綿と受け継がれてきた様々な流派、今では失伝してしまった技術も、多く使われている。

通常、魔導技師は一つの流派に人生を捧げる。それほどまでに奥が深く、人の寿命は短すぎるのだ。ゆえに多くの技術は門外不出として秘匿され、複数の流派が交わるということは滅多にない。そういった意味でも、この魔導兵は特異な存在だった。

「それじゃあレイスは?」

「うーん、ちょっと難しいかな」

ララの視線が青年へ移動する。話を差し向けられた魔導技師は、弟子よりも少しだけ悩んだ末に首を横に振った。

「僕はある程度、サディアス流以外の流派も齧ってるけどね。魔導兵にはそれぞれの流派の奥義や秘伝、口伝、なんなら一子相伝の術が使われてる。それを全部ものにしようと思ったら、とてもじゃないけど時間が足りない」

「師匠でもそうなのか……」

わかっていたとはいえ、本人の口から断言されると、ヨッタも衝撃を覚える。自分よりも遥かに優れた技術を持つレイスでさえ、魔導兵の復元は叶わない。

「となれば、この魔導兵も遺失古代技術みたいなもんでしょ」

二人の魔導技師の意見が揃ったのを見て、ララが再び主張する。

魔導兵は確かに現代まで続く魔導技師の系譜の上に存在するものだ。しかし、奇跡的に絡まった多色の糸が偶然に美しい柄を見せるように、それはすでに再現することができない。

現代では失われた、しかしかつて確かに存在した技術。それはまさしく遺失古代技術と称するべきものである。

「魔導兵が遺失古代技術だっていう主張はわかった。しかし、〝太陽の欠片〟は遺失古代技術じゃないんだろ。だったら、魔導兵の残骸を使っても〝太陽の欠片〟は作れないんじゃないか?」

「うぐ。イールは妙なところで鋭いわね……」

全体がうなずきかけたそのとき、不意にイールが指摘する。ララは痛いところを突かれたと眉を寄せ、さらに詳しい説明を試みる。

「大事なのは〝太陽の欠片〟の互換品を作ることで、〝太陽の欠片〟そのものを作ることじゃないわ。極論、地下から水を吸い出せるポンプが作れたら、それでいいのよ」

「問題が解決できるなら、途中式はどうあってもよいと言うわけですね」

「さっすが、ロミは察しがいいわねぇ」

ニコニコと破顔するララ。扱いの違う様子にイールがむっとする。

「とにかく、メンテナンスフリーで動き続ける動力源を作ればいい。それなら、わざわざ取り扱いを間違えたら辺境そのものがぶっ飛ぶような危険物じゃなくてもいいってことよ。魔導兵が数百年続けて動くのはもう実証済みでしょ」

「おい、今なんかサラッとすごいこと言わなかったか？」

「間違えなければいいのよ。――ともかく、魔導兵をたくさん集めないと話は始まらないわ」

口を開きかけたイールを強引に封殺し、ララは宣言する。

魔導兵の機能を流用して、〝太陽の欠片〟の代替品を作製する。しかし、そのために必要な部品の総数は気が遠くなるほどのものだ。

「そんなわけだから、みんなには魔導兵狩りをしてもらうわ」

そんなララの言葉に、イールは肩を落としてため息を吐いた。

暗い地下水道の中を四本脚の魔導兵がカシャカシャと歩く。手にした武器はいつでも突き出せるように構えられ、円筒の先にはめ込まれた頭が周囲を鋭く見渡している。それは警備を命じられた領域の内部に何者かが侵入したことで数百年ぶりの警戒態勢に入っていた。鼠一匹たりとも見逃さないと、一瞬の油断もなく目を光らせる。

だが、それが狭い通路を通り抜けた直後。壁にぽっかりと開いた大きな穴の奥から人が飛び出した。長い赤髪を広げ、禍々しい右腕を突き出す。

「せいっ！」

魔導兵が認識できない領域に潜んでいたイールが、背後から奇襲を仕掛ける。邪鬼の醜腕の人並外れた膂力を遺憾なく発揮し、その鋼鉄よりも硬い筐体に亀裂を走らせた。

ちっ、流石にぶっ壊せないか」

だが、イールは不満げだ。〝邪鬼の醜腕〟が最もいいタイミングで拳を突きつけたというのに、魔導兵の破壊には至らない。彼女は間髪入れず反撃を繰り出す相手を見て、すかさず後方へと飛び退いた。

それと入れ替わるようにして闇の中から飛び出したのは、鋭い魔力の矢だ。それは魔導兵の障壁を容易く突き破り、円筒型の筐体に入った亀裂を広げる。さらに立て続けに二の矢、三の矢が突き刺さり、魔導兵は動きをぎこちなくした。

「外装、剥がれたわね！　それじゃあ遠慮なく！」

イールの脇をすり抜けて、ララが飛び出す。彼女はロミが広げた亀裂の隙間からわずかに見える魔導兵の体内に向かって、小さく格納したハルバードを突き刺す。

その先端が筐体の内部に入り込むと同時に、ハルバードを展開。強烈な力で傷を押し広げ、内部機構を破壊する。魔導兵は悲鳴のような甲高い音を響かせ、粉々に砕けた。

「よし、いい感じ！」

「くそう。あたしも剣が使えれば……」

力を失くし、床に転がる魔導兵。それを拾ってララが飛び跳ねる。背後ではイールが悔しげに拳を握りしめていた。

複雑な迷路のように入り組んだ地下水道では、狭すぎてイールも大剣を振り回すことができない。邪鬼の醜腕だけでは、魔導兵の動きを止めて突破口を開くのがせいぜいといったところだ。

「そのためにわたしがいるんですから。存分に頼ってくださいよ」

壁の奥からひょっこりと顔を出したのは白杖を携えたロミである。

イールが傷をつけ、ロミが広げる。そこにララがハルバードを捩じ込み、内部構造を破壊する。それが、三人が戦いの中で確立させた対魔導兵戦闘の連携だった。今のところその作戦はうまくいっており、彼女たちは順調に五機の魔導兵を破壊することに成功していた。

「とはいえ、まだまだ道は長いわね」

「そんなに大量に必要なのか？」

「町一つ賄えるだけの水を吸い上げるのよ。単純なサイズでもかなりの大きさになるもの」

魔導兵の骸を抱え、ララたちはテントへと戻る。そこでは、レイスとヨッタが頭を突き合わせて議論を白熱させていた。

彼らの手元にあるのは、ララたちが集めてきた魔導兵だ。二人はそれを分解し、そこに秘められた技術を解析しようとしていた。

「だから、ここの回路がこっちに繋がって――」

「でもそれならこの機構の意味がわからないんじゃないか？　だったら、こっちの魔力波がここに干渉してるのが本来の設計通りと考えた方が」

「それだとこっちの説明が付かないって言ってるだろ！」

専門家同士の議論は、門外漢にはさっぱりわからない。イールもロミも今ではすっかり興味を失い、「また元気にやってるなぁ」とでも言いたげな表情だ。

ララは侃侃諤諤《かんかんがくがく》と言い合っている二人の前に、新たに持ってきた魔導兵の頭を置く。

「二人とも、お代わり持ってきたわよ」

「おお！　ありがとうララ！」

「また胴体部の損傷が激しいなぁ……」

「できるだけ傷つけずにしようとはしてるんだけどね」

肩を落とすヨッタを見てララは思わず苦笑する。魔導兵の構造を知るには内部を極力残したおくべきだが、戦闘中にはそうも言っていられない。そんなわけで、ララたちが持ち帰る魔導兵は、二人の魔導技師にとっては多少不満の残るものとなっていた。

「グラフたちも順調かしら？」

「まあなんとかやってるよ。とりあえず落ちないように気をつけろとは言ってるけど」

一仕事終えたララたちは、一度グラフたちの様子を見に行くことにした。テントを離れ、地下水路の中央にある〝太陽の欠片〟の元へ。そこではグラフたちが真剣な表情で様々な場所の寸法を測っていた。

「グラフ。調子はどう？」

「おお。とりあえず図面はできそうだ」

彼らは太陽の欠片を動力源とする揚水設備の設置方法について計画を練っていた。ララが作るのは、あくまでエンジンの部分だ。それを用いて水を上げるための機構も必要となる。

その設計で名乗りを上げたのがグラフたちだった。

「材料の問題はあるが、組み立てるのは得意だからな。とりあえず、図面が描けたら見てくれよ」

イライザが乗っ取る前、真っ当な研究組織としての〈錆びた歯車〉で活動していたグラフたちはこういった作業を得意としていた。グラフは四人の仲間と共に、計画を練り、不足している部分についてララに伝える。

「一番大きな問題は、ノズルをどうするかだな。今は〝太陽の欠片〟の力で強引に吸い上げてるが、多少出力が落ちるならそれに合わせたもんを作らないといけないだろう」

「ふふん。そこに関しては私にいい考えがあるわ」

悩ましげに眉を寄せるグラフ。それに対し、ララは待ってましたとばかりに胸を張る。

そして彼女は隣で休んでいるロミの肩に手を置いた。


ディスロの城へ詰めかける暴徒は、刻一刻と増大していた。そこに元々この土地に住んでいた者も、新たにやってきた者も区別はない。文字通りの生命線と言える水が枯れたのだ。容赦無く太陽の光が降り注ぐなか、彼らは怒りを爆発させていた。

「マレスタを出せ！　水路が壊れたのはあいつのせいだろう！」

「責任を取れ！」

赤銅騎士団が築いたバリケードを揺らし、怒号が飛び交う。城の中に引きこもり、今まで一度たりとも姿を現さない騎士団長に、誰もが声を上げていた。

「落ち着け！　騎士団長は今、問題に対処しているところだ！」

「今に水は戻る。だから落ち着いて待っていればいい！」

バリケードの崩壊を留めようとしているのは赤道騎士団の騎士たちだ。彼らは必死に訴えるが、その声も町の住人たちには届かない。ただでさえ、生来荒い気質の者たちである。平静を呼びかけたところで焼け石に水であった。

「いつまで待てばいいんだ！　今にも死人が出るぞ！」

「騎士団め、いざという時に役に立たないとは！」

これまで騎士団陣営に立っていた者でさえ不信を抱く。群衆の中に紛れる〈錆びた歯車〉の者の声に同調し、拳を振り上げる。

辺境の片隅にある過酷な土地で生き抜くには、権威や名誉はなにも役に立たない。人々をまとめるには、その日その日の生活を保証するのが第一の条件であった。

水という生活の根幹が制限され、人々は決起する。地下水路を独占する騎士団を、ひいてはマレスタを成敗しようと武器を手にとる。中には、騎士の証を首にかけたままという者までいた。

「マレスタを出せ！」

「引きずり出せ！」

「殺せ！」

「水を！」

憎悪が渦巻き、声が空を揺らす。人々の足踏みが地響きを起こし、砂漠に熱風が吹き荒ぶ。

バリケードを守る騎士たちも、もはやその圧力を抑えきれない。どこかが一つでも崩壊すれば、その瞬間に群衆が雪崩のように襲いかかってくるだろう。リグレスは祈るような気持ちで、必死に柱を押さえていた。

「ララ――ッ！」

そのときである。

リグレスの額が小さく濡れる。

「これは……」

違和感を抱き、眉を寄せた直後。再び雫が落ちてくる。空は快晴。雲一つない蒼穹である。しかし、見上げたリグレスに次々と大粒の雫が降る。

それは彼の周囲にも、騎士団にも暴徒にも、等しく降り注ぐ。

「雨だ！」

「雨が降ってるぞ！」

「まだ乾季のはずじゃ……」

「水だ！」

どよめき、混乱、そして歓喜。水を求めて怒り昂っていた人々は次第に勢いを増す慈雨に飛び跳ねる。

バリケードを押さえていたリグレスも、隣のユーガやペレたちと目を合わせて首を傾げる。砂漠の乾季は雨が降らない。ましてや、雨雲もなく雨が降るなど、そんな不可思議なことが起きるとはにわかには信じられない。

しかしながら現実として雨は勢いを増し、驟雨《しゅうう》と言わんばかりの激しさだ。

「なんなんだ、この雨は」

全身をずぶ濡れにして、リグレスは呆然と立ち尽くす。

雨は降り続け、乾いた大地を潤していく。口元についた水を舐めた彼は驚く。驚くほど冷たく澄んだ水である。埃や砂混じりの雨水とも違う。

「お、ちゃんと機能してるわね」

「ララ⁉」

雨音の中から待ちわびた声がする。リグレスが驚き振り返れば、そこに銀髪をしっとりと濡らした少女が立っていた。意気揚々と胸を張り、この不思議な状況に笑みを浮かべている。

「いったいこれは、なにをしたんだ？」

ざあざあと雨が降るなか、リグレスが問う。ララは肩を竦め、城の方へと視線を向けた。

見れば、熱砂に晒されて古びた城の尖塔から、次々と水が噴き出している。それこそが、今も降り注ぐ雨の正体のようだった。

「あれは……いったい、なにがどうなってるんだ？」

「地下から汲み上げた水を、尖塔を通して吸い上げてるの。ロミには頑張ってもらったわ」

地中深くから尖塔までを一直線に貫く穴を作り上げ、それを巨大なパイプとした。新たに作られた〝太陽の欠片〟は、膨大な地下水を一気に汲み上げるには出力が足りない。そこで、ララは取水口を複数箇所に分けたのだった。ロミの魔法によって地盤を貫き、そこから溢れ出す水をさらに押し上げる。後先を考えずただ汲み上げるだけであれば、難しい操作は必要ない。城の尖塔から噴き出す水は、やがて大地を潤すだろう。

「なんてことを……」

「時間も材料もなかったし、こうするしかなかったのよ。後の改造はどうぞご自由に、ってね」

ララの仕事は、地下から水を汲み上げること。新たな〝太陽の欠片〟を作り上げたのはレイスとヨッタで、それを取り付けたのはグラフたちである。そこに使われているのは未知なる古代の技術ではなく、今を生きる最新の知見だ。これならば、後からいくらでも修正は効く。

「しかし、わざわざ空から降らせなくていいんじゃないか」

拭っても際限なく降り頻る雨に辟易としながら、リグレスが言う。待望の水は騎士も暴徒も喜ばせたが、あまりにも長々と降り続けるとまた別の面倒が出てきてしまう。

しかし、そう訴えるリグレスに、ララは挑発的な笑みを見せて言った。

「水は空から降って大地を潤し、生命を育むものよ。この雨はあなたたちの生活を支えるだけじゃない」

リグレスはその言葉に首を傾げる。

「豊かな水が、この町をオアシスに変えるわ。そうしたらきっと、去っていった魔獣も戻ってくる」

「それは……まさか……」

ララは彼の驚く顔を見て、満足そうにうなずいた。

「きっと砂鯨もまたやってくるわ。そもそもここは、硬い地盤によって水が溜まっていた土地なのよ。それを全部使い尽くしちゃって、乾き切ったせいで鯨たちもいなくなっちゃった。――雨が降り続ければ、きっとまた会えるわ」

ディスロは荒くれ者の街ではない。

他ならぬリグレスが、それを信じていた。

ここにはかつての栄光がある。砂鯨と共に暮らし、それによって栄えた都市としての姿が、朽ちかけ、砂に埋もれそうになりながらも残っている。

雨は大地に染み込み、それは水を求める者を呼び寄せる。砂鯨もまた、あらわれるだろう。

しかし、問題は水だけではない。暴徒のなかには、いまだマレスタの責任を追及する者もいる。その多くは、〈錆びた歯車〉に与する者だ。

「安心して、リグレス」

そんなリグレスの不安を感じ取ったララは、先回りして彼の肩を叩く。彼女は背後へ振り返り、物陰に向かって声をかける。そこからあらわれたのは、リグレスの見知らぬ顔の男だった。

「彼は……？」

「〈錆びた歯車〉の前主領の息子よ。——大丈夫。悪いやつじゃないわ」

男、グラフの素性を聞いたリグレスは途端に険しい表情になる。今にも剣を抜きそうな彼を、ララが止める。

「真面目な遺失古代技術の研究組織だったときの首領の息子だから。言わば、正統後継者ってやつね。彼なら町にいる残党とも渡り合えるし、あなたたちとも手を組めるはず」

「どうしてそんなやつが」

「偶然って恐ろしいわねぇ」

奇妙な巡り合わせである。そんな偶然が、この広い砂漠の一都市で起きるだろうか。

足の向くまま気の向くままに砂漠を巡る魔道技師の青年を思う。彼はいったい、どこまで考えてグラフたちを雇い、そしてこの町へ連れてきたのか。それを本人は語らない。

しかし、〈錆びた歯車〉の正統後継者が水路の機構を再構築したのは事実である。この一件をどう捉え、どう活かすかは、すべて赤銅騎士団にかかっている。

「俺も事を荒げるつもりはない。むしろ、あの馬鹿どもを引き締めるために手を貸して欲しいくらいなんだ。どうかよろしく頼む」

グラフはまっすぐにリグレスを見つめ、そして深々と頭を下げる。

慈雨が降り止まぬなか、相容れぬはずの両者の最初の歩み寄りがあった。

地下から噴き上がり、町を濡らした雨は、やがて少しずつ落ち着いていった。それと同時にグラフたちによって水路の機構が整備された。

グラフはまず〈錆びた歯車〉の面々の前に姿を現し、そして高らかに宣言した。イライザが捕えられ、今や率いる者が不在となったこと。そして、自らがその席に座ることを。

反発する者もいたが、中には以前の〈錆びた歯車〉が復活すると知って喜ぶ者もいた。町の整備は、そんな技術者たちも多く参加した。

「しかし、砂漠の植物っていうのは力強いわね。もう一面緑になっちゃったわ」

「乾季を耐え忍んで、雨季に一斉に花を咲かせるんですね。不思議だけど、とっても綺麗です」

ディスロの町は数日で見違えるほど変化した。水路網を通り抜けた余剰の水や、使用後に浄化された水が都市の外へと流れ出し、地中へと染み込むようになったのだ。その結果、砂の下に眠っていた種が一斉に芽吹き、瞬く間に美しいオアシスの光景が広がった。

緑があらわれると、それだけで人の心の有り様も変わってくる。地元民も〈錆びた歯車〉の面々も衝突や諍いが減り、お互いに胸襟を開き始めたのだ。ディスロも元々は故郷を追われた流民たちが辿り着いた最後の土地である。その血脈が今も連綿と繋がっていることを実感させられた。

「おおーい！」

ララとロミが緑に覆われる丘となった砂丘に立っていると、その麓から溌剌とした声が響く。リグレスたちと共に狩りに出かけていたイールが、立派な獲物を引きずって帰ってきていた。

「おかえり。大漁だったみたいね」

「魔獣たちは目ざといな。もうこの辺りに水があることを嗅ぎつけたようだ」

迎えるララに、リグレスは満足げな顔を見せる。

都市から流れ出す水が、魔獣を呼び寄せる。リグレスたちはそれを狩り、生業とする目算も立てられるようになっていた。今はまだ小型の魔獣ばかりだが、やがて砂狼や砂蚯蚓といった大物もそれに惹かれてやってくるだろう。そしていずれは、砂鯨も。

リグレスは再び砂鯨狩りが始まることに備え、バジャフからいろいろと聞き込んでいるようだった。おかげで、毎日のように狩りに出かけ、多くの収獲を持ち帰っている。

「ヨッタとレイスはどうしたんだ？」

「マレスタと一緒に水路の視察に行ってるわ。今後は定期的な検査と改修も続けるって話だから、その準備でしょうね」

何百、何千年と人の手を借りずに動き続けてきた〝太陽の欠片〟はもうない。あの町の地下にあるのは、この世界、この時代の人々が力を結集して作り上げた偉大な建造物だ。

だからこそ、それを保守管理し、後の世代へと繋げていくこともできる。人の手に収まるものになったのだ。

「〈錆びた歯車〉も落ち着いたし、これで一件落着かな」

新たなリーダーを迎え、要注意団体だった〈錆びた歯車〉も再出発することになる。レイラたちからの監視はしばらく続くだろうが、もはや以前のものとはまるで違う。

そして何より――。

「私も目的のものが手に入ったし」

ララが丘の麓に停めているモービルの荷台には、燃え盛る火球が厳重に保管されている。無限のエネルギーを生み出すリアクターにして、彼女が乗ってきた宇宙船のメインエンジン。彼女にとっても重要な部品の一つ。それを、再び取り戻すことができた。

これでひとまず、砂漠全域が焦土と化すこともなくなった。

「ララさんの集めているものは、これで全部集まったんですか？」

「うん？　いや、まだあるわよ」

ロミが少し不安そうにたずねる。ララは散逸した宇宙船を再構成するために必要な物を数え上げ、まだ足りないことを伝える。まだまだ、旅は続くのだ。

書籍版特典
ショートストーリー

砂の上を滑る船

赤銅騎士団と〈錆びた歯車〉によってディスロの町の再構築が進むなか、ララたち一行は暇を持て余していた。本来ならば〝太陽の欠片〟も取り戻したことで、さっさとエストルに戻ってもよいのだが、行動を共にしていたヨッタが師匠と共にまだ町で仕事をしているのだ。ララたちに専門職を手伝えるようなこともなく、さりとてヨッタを置いて帰るわけにもいかず、のんびりとした時間を過ごすほかない。

「ララは色々部品を作ってたじゃないか。それで協力しないのか？」

暇にかまけてのんべんだらりと机に突っ伏すララを見かねてイールが言う。

「私も最初はそう提案したんだけどね。レイスがそんなんじゃ修行にならないって却下したの」

「まあ、それはそうですよねぇ」

至極もっともな意見に、ロミがウンウンと頷く。ララは瞬時に高精度な部品を用意できるが、それではヨッタの身にならない。ララとてそれで稼ぐつもりはないのだから、横から手を出すのはむしろ迷惑とさえ言えた。

「とはいえ、ここでずっと駄弁ってるのもいい加減飽きてきたわね」

はじめの頃は町に緑が増えていく様が新鮮に見えたものの、今ではすっかり日常になってしまった。町の住人たちは楽しそうだが、ララたちにとってはそう珍しい景色でもない。

陽射しの強さがやわらいだというわけでもなく、ララは宿の中に引きこもっていた。

「それなら、あたしと狩りにでも行くか？」

「狩り？」

剣の手入れをしていたイールが顔を上げる。彼女の申し出に、ララはぬらりと背を伸ばした。

イールがリグレスたちと共に砂漠の魔獣狩りに出かけていることは、ララも知っている。最近は大物も獲れるようになってきて、その肉などのご相伴《しょうばん》にも預かっていた。

とはいえ、ララ自身は狩りに出かけるほどのアグレッシブさを持っていなかった。とにかく陽射しが辛く、また砂の上はナノマシンの力を使っても歩きづらいのだ。

「ようやく砂上船ができたみたいでな。今日はその試験航行があるんだ」

「砂上船？」

さらに畳み掛けるイールの、謎の言葉にララも反応する。

砂上船とはかつてこの町で砂鯨狩りが活発に行われていた頃のものだという。風を受け、砂の上をまるで水上の船のように滑る乗り物で、かつての鯨狩りはこれを使って何日も獲物を追いかけていたという。

鯨狩りが衰退してからは出番もなくなり、今では現物も残っていない。町にいる元鯨狩りたちから話を聞き出し、その再現が行われていたのだ。

「ふーん、それはなかなか面白そうじゃない」

かつて廃れたものが復活する。なんともロマンのある話に、ララも思わず耳を揺らす。

「それじゃ、わたしはお部屋の番を――」

「ロミも行くわよ。せっかくの歴史的瞬間に立ち会わないでどうするの」

「えええっ⁉」

もぞもぞとベッドへ戻ろうとするロミの手を掴み、ララは風のように部屋を飛び出した。

「おう、ララたちも来たか」

三人がやって来たのは、町の内外を隔てる風化した門柱の足元だ。かつての栄光とその久しさを伝える遺構だが、扱いやすい待ち合わせの目印でもあった。そこにはすでにリグレスたち赤銅騎士団の面々と、元鯨狩りの老人たち、そして〈錆びた歯車〉の技術者たちが集まっていた。

数日前までは睨み合っていた面々が一堂に会している光景を見て、ララは少し感慨深くなる。しかし、それよりも目を奪われたのは門柱に寄りかかるようにして置かれている小型のヨットのような木造船だった。

「こんにちは、リグレス。あれが砂上船？」

「ああ。一応、形としては大体こんなものらしい」

砂の上を走る船。それはララが想像していたものよりもいくぶん小さく、シンプルなものだった。定員は三人といったところだろうか。大きな三角形の帆がマストに支えられ、細長いシャフトのような船体がある。船の側面には物々しい金属製の銛を置く台座があり、竜骨も頑丈に補強されているようだ。

外見は簡素ながら、質実剛健という言葉が似合う船である。

「懐かしいな。まさかもう一度見ることができるとは」

元鯨狩りの老人、バジャフが遠い目をして感慨に耽《ふけ》る。彼曰く、若かりし頃は砂上船を乗り回し、はるか遠方まで何日でも鯨を追いかけていたという。

「今回のは試作第一号だ。うまく動くかどうかもわからん」

緊張に表情を固くしているのは、設計を担当したグラフである。〈錆びた歯車〉の新たな首領となった彼は、ディスロの町の地元民との和睦の証として、砂上船の復活計画に参加していた。

しかし、かつての詳細な図面や資料はほとんど残っておらず、頼りとなるのはバジャフたち老人の曖昧な記憶のみ。グラフはリグレスたちと共に根気強く聞き取りを続け、なんとかそれらしいものを完成させた。

「なに、見た目は完璧だ。何度か滑るうちに、船も思い出すだろうさ」

泰然《たいぜん》と構えるのはバジャフである。彼は旧友と久しく再会したような顔で、砂上船のマストを撫でる。

「今日は風も安定しているな。まずは丘から滑り下りてみよう」

砂上船は風をとらえて走る。うまく扱えば平地から斜面を上ることもできるが、まずは小手調べである。

「で、私たちが運ぶのね」

「ララたちの方が力があるだろ。助かってるよ」

小型とはいえ、砂上船もかなりの重量である。ララが押し、イールが引っ張り、町のすぐ近くにある小高い丘の頂まで持ち上げる。緩やかに波打つ砂漠を一望できる高い視点で、砂上船に並び立つと不思議と赤褐色の砂が海原の波のように見えた。

リグレスたちが慎重に船首の向きを調整する。砂漠も砂だけというわけではなく、岩が転がっていることもある。万が一にでも転倒すれば、操縦者が大怪我を負う可能性もある。

「それで、誰が乗るんだ？」

「そりゃあオレだろう」

いの一番に手を挙げたのは経験のあるバジャフだ。しかし、彼に周囲は疑念の目を向ける。彼の実力を疑っているわけではない。忠実に再現したとはいえ、安全性に不安が残る試作品の砂上船を任せてよいものかと心配しているのだ。

「バジャフ、俺に任せてくれないか」

「リグレス……。しかしなぁ」

続いて前に出たのはリグレスである。彼もまた、ディスロの町で生まれ育ち、砂鯨の逸話を聞いて育ってきた。砂上船に対する思いもひとしおだろう。

「そもそも三人乗りだろう。俺も乗せてくれ」

そう言ったのはグラフである。設計者として、乗り心地を確かめて次の改良に活かしたいという思いからだった。

「はいはーい！　それなら私も！」

「なんでララが手を挙げるんだよ」

流れるように連なったのが、ララである。思わずイールが小突くが、ララは好奇心に目を輝かせてリグレスに迫る。

「私なら多少転んだって怪我しないわよ。それに小さくて軽いし、邪魔にはならないと思うけど」

こんな時だけ自分の体格を持ち出すララに、イールとロミが揃って頭を抱える。

しかし、意外なことにリグレスとグラフの反応は好意的なものだった。

「ララなら大丈夫そうだな。なにかあった時は頼む」

「振り落とされないようにだけ、気を付けてくれよ」

和睦《わぼく》がなされたとはいえ、リグレスもグラフも同じ船に二人というのは気まずいところがあったのだろう。そこに第三者であるララが同乗すれば、多少は空気も和らぐと考えたようだった。

「バジャフはいいのか？　しれっとララに席を奪われてるが」

「そんな細えことを気にする性質じゃねぇよ。あいつらが安全を確かめてくれた後に、しっかり楽しませてもらうさ」

そんなバジャフの声もあり、乗船するメンバーが決まる。帆の傾きを調節し、船そのものの舵を取るのはリグレスである。ララは船首側、グラフは船尾側に陣取り、船縁を掴んで揺れに備える。

「それじゃ、出すぞ」

斜面に押し出すのはイールに任された。彼女は腕に力を込め、三人分の体重を加えた木造船を丘の稜線の先へと動かす。

「おおおっ。――おおおおおおっ！」

船首が浮き上がり、そして一気に落ちる。

赤い砂を散らしながら、砂上船は一息に滑り出した。

「うおおおっ⁉　ぐ、このっ！」

「おおおおっ⁉　いいわよ、リグレス！　その調子！」

「結構揺れるじゃないか！」

リグレスが帆とつながるロープを引っ張り、風を捕えようとする。ララは歓声をあげ、グラフは船底に重心を落として振り落とされないように耐えていた。

砂上船は斜面を滑り落ちていく。だが華麗に波を乗りこなしているようには見えない。船体が傾き、斜面に対して水平に寄っていく。このままではバランスを崩して横転してしまう。

リグレスもなんとか姿勢を戻そうと躍起《やっき》になっているが、技術の必要なことを土壇場でこなせるはずもない。

「仕方ないわねぇ。――『空震衝撃《エアーショック》』ッ！」

あわや転覆。といったその直前、ララが狙いを定め、出力を落とした突風を帆に撃ち込む。一瞬だけ白い帆が膨らみ、その勢いで再び船首が進行方向へと戻った。

「リグレス、引っ張って！」

「うおおおおおおっ！」

ララの合図を受け、リグレスが帆を動かす。太いロープを腕に巻きつけ、船縁に足をかけて外へ身を投げ出すように。背中が砂に擦りそうなほど仰向けに倒れながら、体重も使って帆を支える。

そして――。

「きたっ！　掴んだぞ、リグレス！」

グラフが船の変化をいち早く感じる。

ガタガタと揺れていた船体が驚くほど安定したのだ。凪の海を走るように、それは砂を切り裂くようにして滑る。

白い帆に風を孕み、斜面を駆け抜けていく。

「これが……砂上船……」

帆を操りながら、リグレスが思わずこぼす。

やがて船は止まるだろう。しかし、斜面から駆け下りた一瞬、たったの数秒とはいえ風をとらえて走った。その感触は、彼の手のひらに残っていた。

かつてはディスロの町の名物にもなっていた砂上船。何日も風をとらえて走り続け、鯨を追いかける漁船。数十年前の砂鯨狩りたちの光景を、彼は見たのだ。

「なかなか、いいものじゃないか」

少年のように目を輝かせ、リグレスが言う。

「まだまだ改良しないとな。もっと姿勢は安定できるし、速度も出せるだろう」

グラフはすでに、頭の中の図面をいじり始めている。

復活して終わりではない。ここからが始まりなのだ。

「さあ、もう一回滑りましょ！」

ララは無邪気にそう言って、丘の上から見ていたイールたちに向かって手を振った。

あとがき

剣と魔法とナノマシン第九巻をご購入いただき、ありがとうございます。著者のベニサンゴです。

前巻では大都市での騒動に巻き込まれたララたち一行ですが、今回は辺境の更に辺境にある砂漠の街が舞台です。砂漠での暮らしというものは現実世界においても特色豊かでとても興味深いものですが、今回は更にあの因縁の組織も関わってくることになっています。彼女たちの活躍を見ていただけた方はありがとうございます。これから見ていただく方、お楽しみに。

剣と魔法とナノマシンも今回で九冊目、次でついに二桁の大台に乗るようです。思えば遠くに来たもんだ、と作者が一番思っております。初投稿日を確認したら二〇一八年でしたからね。そこから色々とありましたが、こうして書き続けられていることが何よりも幸せです。

小説を書くこと自体はもはやライフワークというか、習慣のようになっています。それでも、読んでもらうためには読者の方々の存在がなければ成立しません。小説は一人で孤独に書くものというイメージもありますが、ネット小説時代の最もありがたいところは、作品が完結していなくても、一冊分に満たなくても、読んで反応を頂けるという点にあるのではないでしょうか。

私が最初に小説を書いたのは、もう記憶もあやふやな学生時代の頃だったと思いますが、その時に投稿した小説は今思うとメチャクチャでした。ランキングに載っていた作品の何番煎じかも分からないような作品で、今なら読み返すのも苦しいような悪文だったと思います。それでも、サイトに掲載すれば僅かながらにPVが付き、誰かが読んでくれたという実感が湧きました。おそらくそれが、私の最初の成功体験だと思います。結局、その作品は完結できずに途絶えてしまったわけですが……。作者の都合で止められるのもネット小説の利点といえば利点でしょう。

それから考えれば、今は何作も完結させて、こうしていずみノベルズでも刊行させていただいております。振り返れば何百万字という足跡が見え、それがずいぶんと自分を高めてくれているように思えます。努力は裏切らない、とまでは言うつもりもないですが、書けば書けるんだなぁ、という当たり前の感想がちょっとしみじみ漏れ出してしまいます。

まるで最終巻の締めくくりのような話をしてしまいましたが、別にそんなことはないです。年始に書いているせいで、色々と感慨深い思いが溢れているようです。妙なところで今年の抱負を書かせていただきますが、二〇二五年はもっといろんな作品を書いて、書いて、たくさんの方々に見てもらいたいですね。これからもぜひ、私の我儘にお付き合いいただけると幸いです。

では、ここからは謝辞を。

小説は作者と読者で成立するわけではなく、間の関係各所に多くの方がいらっしゃいます。編集さんをはじめ、今回も大いに助けていただきました。これからもよろしくお願いいたします。

そして、イラストレーターの夘田恭さんももちろんのこと、またまた素晴らしいイラストを描いていただきました。ありがとうございます。

改めまして、読者の皆様、今回もここまでお付き合いいただき本当にありがとうございます。また次回をお楽しみにしていただけると幸いです。

二〇二五年三月　ベニサンゴ

著者紹介

ベニサンゴ

関西在住。ファンタジー小説を読み漁っているうちに、自分でも書くように。誤字は友達。最近、執筆環境を大幅に変えました。最初は戸惑いも大きかったけど、荷物が減って、慣れると便利になって良かったです。タブレットってすごい。

イラストレーター紹介

卯田 恭 (うだ きょう)

イラストレーター。ソーシャルゲームのイラストやカードイラスト等。Twitter: @kyo_niku

◎本書スタッフ
デザイン：岡田章志＋GY
編集協力：石橋亜耶
ディレクター：栗原 翔

●著者、イラストレーターへのメッセージについて

ベニサンゴ先生、卯田恭先生への応援メッセージは、「いずみノベルズ」Webサイトの各作品ページよりお送りください。URLは https://izuminovels.jp/ です。ファンレターは、株式会社インプレス・NextPublishing推進室「いずみノベルズ」係宛にお送りください。

izuminovels.jp

●底本について

本書籍は、『小説家になろう』に掲載したものを底本とし、加筆修正等を行ったものです。『小説家になろう』は、株式会社ヒナプロジェクトの登録商標です。

●本書の内容についてのお問い合わせ先

株式会社インプレス
インプレス NextPublishing　メール窓口

お問い合わせの際は、書名、ISBN、お名前、お電話番号、メールアドレス に加えて、「該当するページ」と「具体的なご質問内容」「お使いの動作環境」を必ずご明記ください。なお、本書の範囲を超えるご質問にはお答えできないのでご了承ください。

電話やFAXでのご質問には対応しておりません。また、封書でのお問い合わせは回答までに日数をいただく場合があります。あらかじめご了承ください。

●落丁・乱丁本はお手数ですが、インプレスカスタマーセンターまでお送りください。送料弊社負担にてお取り替えさせていただきます。但し、古書店で購入されたものについてはお取り替えできません。
■読者の窓口
インプレスカスタマーセンター
〒101-0051
東京都千代田区神田神保町一丁目105番地
info@impress.co.jp

いずみノベルズ
剣と魔法とナノマシン⑨
砂原に沈む太陽

2025年3月28日　初版発行Ver.1.0（PDF版）

著　者　ベニサンゴ
編集人　山城 敬
企画・編集　合同会社技術の泉出版
発行人　高橋 隆志
発　行　インプレス NextPublishing
〒101-0051
東京都千代田区神田神保町一丁目105番地
https://nextpublishing.jp/
販　売　株式会社インプレス
〒101-0051　東京都千代田区神田神保町一丁目105番地

印刷・製本　京葉流通倉庫株式会社
Printed in Japan

ISBN978-4-295-60329-0